知味

余斌著

吃相

增订本

生活·讀書·新知 三联书店　生活書店 出版有限公司

图书在版编目（CIP）数据

吃相 / 余斌著 . -- 增订本 . -- 北京 ：生活书店出版有限公司，2023.1

ISBN 978-7-80768-392-6

Ⅰ . ①吃… Ⅱ . ①余… Ⅲ . ①随笔－作品集－中国－当代 Ⅳ . ① I267.1

中国版本图书馆 CIP 数据核字 (2022) 第 228691 号

责任编辑 廉 勇
装帧设计 汐 和
内文制作 王 军
责任印制 孙 明
出版发行 **生活書店**出版有限公司
(北京市东城区美术馆东街22号)
邮 编 100010
经 销 新华书店
印 刷 三河市腾飞印务有限公司
版 次 2023年8月北京第1版
2023年8月北京第1次印刷
开 本 880毫米 × 1230毫米 1/32 印张11.5
字 数 210千字
印 数 0,001-3,000册
定 价 48.00元
（印装查询：010-64004884；邮购查询：010-64052612）

目录

自序 / 001

辑一

蟹 / 008
醉虾 / 026
龙虾风暴 / 039
观鱼 / 070
那些年，我们桌上的鱼 / 074
镇江肴肉 / 077
猪耳朵，层层脆 / 081
“下水”之猪肝儿 / 086
论肥肉之存在方式 / 091
锅贴、煎饺之辨 / 102

辑二

荷包蛋 / 110
丝瓜 / 116
豌豆 / 121
慈姑 / 126
豆花与豆腐脑 / 131
豆腐乳 / 134
凉粉 / 139
炒粿条 / 146

辑三

四色糖 / 150
糕与团 / 153
年糕 / 159
奶糕 / 162
巧克力 / 167

烘山芋 / 170
月　饼 / 178
“老鼠屎” / 185
麦精露与麦乳精 / 190
“原教旨主义”粽子 / 196

辑　四

吃　相 / 202
做　饭 / 205
吃　饭 / 209
下　饭 / 213
盒　饭 / 216
混　搭 / 230
打　包 / 233
食分男女 / 238
一日三餐 / 243
沪宁线上的味道 / 252
草根“私房菜” / 256
农家菜与“俺家小院” / 260
鱼香肉丝与洗脚问题 / 267

辑　五

载　体 / 274
加　椰 / 280
意大利馅饼 / 283
炒菜之热闹 / 291
初遇“洋”面条 / 296
焙果与如意卷 / 299
中美油条之比较 / 302
餐桌上的中西 / 306
餐桌上的句号 / 309
“扒”与“排” / 312

两个半西餐厅 / 315
吃　肉 / 332
下　面 / 337
“饭”的加法 / 343
首尔“一只鸡” / 346
当炸鸡遇到啤酒 / 350

自序

几年前，我的同事莫砺锋教授碰巧读到了我一篇谈吃的文章，触发他关于吃的记忆，遂写一文。文中有同事多年，不知我为美食家等语——涉笔成趣的性质，但不经意间“美食家”与“粗茶淡饭”的对比还是令我不胜惶恐。又过些时候，在三联出了本《南京味道》，熟人碰面，不免又要加以发挥，虽不乏调侃成分，“美食家”这顶帽子，却不由分说地戴上来，仿佛铁案如山、百口莫辩了。

我急于给自己摘帽，实有几分可笑，因“美食家”这顶冠冕，早已大大贬值，几与“吃货”彼此彼此，可随口奉送，无人当真。唯本人逊谢不遑，倒还是真心实意。我怀疑自家的急于洗刷，多少还是和所受的教育有关：吃与喝、玩、乐并举，称为“吃喝玩乐”，性质恶劣，与“革命意志”是此消彼长的关系，向为有为者所不屑。即使不以“革命”的名义，津津于吃，也有玩物丧志的嫌疑。我母亲文化水平不高，对写书是很高看的，我出了几本书，她口虽不言，心里是高兴的，但对《南京味道》之类，就不大“感冒”，一面虽还是高兴，一面却要打击，会举为“没出息”的证据，至少以为写这样的书，不大有面子。她的老同事知道我出了几本书，跟她要，她索之于我，因想老年人看书消闲，当是轻松如《南京味道》之类更相宜。不想遭她拒绝，令换《张爱玲传》等相形之下更“高大上”的书。显然，她是不想让人留下她儿子整日“不干正事”的印象——这四字恰是母亲常拿来笑话我的。

我的“革命意志”早已丢到爪哇国里，其他若还有什么未丧之志，我也说不清，底线就是做个明白人吧，虽然这与高远之志相去甚远。当真想明白了，那么志于吃，也未尝不可，可惜还未想明白。一边就吃事高谈阔论，一边有意无意间，也还有鄙薄之意，仿佛要用这点鄙薄，证明还有什么大志意意思思在那里。

但我对“美食家”之号敬而远之，主要还不是因为这个——主要是因为“敬”，并无“远之”的意思，盖因对真正的美食家仰之弥高，欲近之而不得。大概的意思，《南京味道》自序里已说了。不要说“美食家”，即如“吃货”，也还高攀不上。时下二者似乎已是一而二、二而一了，雅则“美食家”，俗则称“吃货”，在我这里倒还有个计较，似乎前者偏于“会吃”，后者偏于“能吃”，虽然事实上二者兼擅者不在少数，像台湾的逯耀东先生，不仅精于吃，且有一副令人称羡的肠胃，诚所谓“肚大能容”。我是两项都不挨,肚量有限,物质基础就不行,至于吃出门道，就更不必提。

说起来我任教的南京大学中文系，在吃上面倒是有传统的。胡小石、胡翔冬二先生的流连食肆，坊间早传为佳话，更有“胡先生豆腐”一说，那是厨师经小石先生点拨，创出的一道名菜。即在今日，文学院也还有几位颇通食经，比如丁帆、徐兴无两位。丁帆对餐馆要求甚高，有不惬意处，每呼经理、厨师当堂发落。若是食鱼，必“内口”“外口”一通行话，受者诺诺而座中人皆震其艰深。在我听来直如江湖上的切口，又兼气壮声洪，道来颇有一招制敌之概。徐兴无显亦会家子，于淮扬菜门端的门儿清，说来知根知底、头头是道，更令我佩服者是下得厨房，有所动作，常自采买开始。犹记好多年前听他说如何自烹龙虾，种种细节，绘声绘色，令人口角生津。不好说“二胡”先生算他们的“不祧之祖”，因老辈的流连美食、口腹之乐而外，实在是其风雅生活的一部分，诗酒风流是打成一片的；我辈则往往吃只是一个吃，旧式文人的背景、情调已是荡然无存了。我则单是吃本身也难有置喙的余地,每每露怯。比如头次在席上听得“内口”“外口”之说，即不明所以，好像只在医院口腔科有这说法，弱弱地问一句，才知厨师行内将鱼的表面处理称作“外口活”，腹腔内的处理则称“内口活”。

我一好吃的中学同学读到我谈吃的文章，后来又见到书，以为说不到位处不在少数，揶揄道，就是会耍笔杆子而已，若他能写，必更有道道。这个账，不认也得认。认了也于我无伤：我从不敢以美食家自许、自期，若说厨师是唱大戏的，那美食家就是鉴赏家、批评家，有时兼着票友，我则连低段位的票友也说不上，业余的看客而已。还有一条，我虽对吃的本身颇有兴味，且有兴味转浓之势，却对吃事的周边也有兴致，或更在其上也未可知，见于写吃的文字，亦复如是。所以从正宗美食书的角度看来，难免跑题之讥，但若不让跑题，我虽不至于凡切题处就无话可说，兴味与写的动力就少了许多。切题与跑题一起来，写吃也写吃的"相"，才是我所乐为的。

"吃相"一语，本义当然是指吃喝时的举止神态，本集里有一小文，就写这个。但也时常挪作他用，说某人"吃相难看"，未必就是说他饭桌上欠斯文，有时是指其为人行事不够淡定，急吼吼缺少风度。再往大里引申，吃相之"相"也可通于世相之"相"，一个人有一个人的吃相，作为整体，人类有人类的吃相，一个时代则又有一个时代的吃相，在吃上面，也是"此中有人，呼之欲出"的。从吃相能看出的东西委实不少，据说有公司的老板招聘员工，必与应聘者一同用餐，观其吃喝之际的表现而定其弃取，因从其吃相已能断其为人大概，态度认真与否，团队合作精神如何，尽在其中。我并无"人力资源"方面的需要，也没有这等眼力，唯对于吃相，不管是微观者抑或宏观者，均不乏“张看”的兴趣，既然时或跑题，集子中又有一篇，就叫《吃相》，不妨拔高一下，就当作书名。

拉杂如上，算是给个交代。

辑一

蟹

一

螃蟹，南方人北方人都吃。当然，是南方人先吃起来的。所谓“第一个吃螃蟹的人”虽无从考证，却必是南方人无疑。率先对无肠公子下口的人得有胆子，因其奇形怪状的模样，再加被俘时的张牙舞爪，委实是拒人千里的。直到宋代时，关中人仍有将螃蟹视为怪物者。沈括《梦溪笔谈》即记有一桩趣事，说乡人不识螃蟹，有人收得一只干蟹，逢左近有人得疟疾，便将此物借去，悬于门上，借以驱鬼——散布疟疾者称疟鬼，疟鬼见门上怪物狰狞可怖，便过其门而不入了。沈括甚至夸张地说，螃蟹在关中，“不但人不识，鬼亦不识也”。

南方人对螃蟹自然见怪不怪，然“第一个吃螃蟹的人”要“前无古人”地将其视为可食之物，进而当作无上美味，却仍要有足够的勇气和想象力。此人是不是一位美食家，不去管他，照古书上的说法，南方民间食蟹之风的大盛，与口腹之乐的冲动没有一毛钱关系，其因由倒是螃蟹的泛滥成灾：南方多种稻，螃蟹正是毁稻伤田的好手，元代史料里有记载，这些家伙一度弄得稻不聊生，以致被形容为“蟹厄”:“吴中蟹厄如蝗，平田皆满,稻谷荡尽。吴谚有蟹（虾）荒蟹乱之说,正谓此也。”故彼时的吃蟹之风大盛，其实是农人的愤而食，是一种泄愤之举，大有食肉寝皮的恨意。

然而以螃蟹味道的鲜美，以南方人口味上的偏嗜，食之后，转恨为爱几乎是必然的。事实上螃蟹早已被视为美味，吃蟹的“事迹”，亦可称“史不绝书”，最远的记到西周，往后隋炀帝的酷嗜此味不用说，东晋名士毕卓“右手持酒杯，左手持蟹螯，拍浮酒船中，便足了一生”的豪语更是将吃蟹定格为一桩韵事了。而到宋代，在位于北方的汴梁，食蟹已成时尚。只是凡此种种，均限于宫廷或上层社会，平民百姓不与也。没准儿元代江南农人的愤而食蟹倒是吃蟹之风走向民间的转折点。（虽然食蟹既有悠久历史，江南又螃蟹遍地，要到那时才走入寻常百姓家，似乎有点说不过去。）

不管怎么说，江南人吃螃蟹较北方人更有传统，也更有底蕴，却是板上钉钉的事。同样是吃，态度上便有差异——前者将螃蟹视为无上美味，后者虽不是视同寻常，吃起来殊少一份隆重。这里说的是江南人而非泛泛的南方人，因江浙而外，其他地方吃螃蟹之风皆不如江浙之盛，也没那么讲究。单说螃蟹出现的场所，就可见出螃蟹在人们心目中的位置。几年前在南宁逛夜市，有条美食街迤逦一两里路，路两边一家挨一家的排档，别的倒也罢了，让我这江南人吃惊不小的是，许多摊档上居然一摞一摞码着个头儿不小的螃蟹，价格记不清了，反正便宜得可以。要知道在南京，螃蟹的价格早已奔着一斤一百元而去，一度甚至卖到两百元一斤，小饭馆里不见踪影，大酒楼里它也往往是一桌酒席的高潮，哪能这样跟猪头肉似的随随便便就吃将起来？又一回是在开会，会议的自助餐里好几回见到螃蟹，横七竖八堆在盆里，由人自取。出于好奇取了一个尝尝，不知何时烧煮的，早凉了，有点腥——整个就当冷菜嘛。我知道摊档、自助餐上，都是本地的蟹，不要说大名鼎鼎的阳澄湖大闸蟹，就是南京高淳的固城湖螃蟹，本地的也比不了，但是，毕竟是螃蟹呀。

江南人吃螃蟹的郑重其事，“直面”螃蟹时的那份认真仔细就不用说了（北方人最喜笑话吃上面的南派风格：“南派”的螺蛳壳里做道场的那份小气，最见于吃螃蟹时的兢兢业业，流传颇广的一则笑谈，说上海人坐火车去乌鲁木齐，上车伊始便开始吃一只蟹，直到下车才吃完），即使在吃不着的季节里，对螃蟹也还是念兹在兹。不然，何以要在不相干食物的命名上，牵出螃蟹来？上海有种出名的烧饼，唤作“蟹壳黄”，特别酥脆，圆形，说是出炉时皮色近于蒸熟的螃蟹的颜色，故名。味道、口感，与螃蟹八竿子打不着的，真是见“色”起意。另有一道很常见的菜，“蟹黄蛋”，则似乎有一点儿螃蟹的消息。其实就是炒鸡蛋，不过做法特别一点儿而已：鸡蛋磕破后，并不在碗里将蛋清蛋黄搅匀，另将生姜切碎末，与适量的醋做一处，一如吃螃蟹的蘸料。鸡蛋入油锅划散了炒，再将备好的姜醋倒入，炒几下就行了。因不是搅匀的蛋液，炒出来黄是黄白是白，乍一看真有几分像蟹黄蟹肉，有人说吃起来味道也有几分近似，好像还有店家在菜谱上写作“赛螃蟹”的。其实怎么能够？我说的那点“消息”，乃是从姜和醋里来，螃蟹都是蘸姜醋吃，虽北边人家亦如此（贾宝玉不是说“泼醋擂姜兴欲狂”？），以至于姜醋在我们意识里也成为蟹味的一部分了。这也就是吃不着螃蟹时聊寄相思罢了。

二

过去人的饮食中，时令季节的概念特分明，江南人既对螃蟹情有独钟，“秋风起，蟹脚肥”之时，吃顿螃蟹是必需的。穷也要设法吃上一回，否则这一年就似漏掉了一个重要节目。

一家人围桌吃蟹，应该是悠闲自在、其乐融融的时候。只是剔剥咂咂、乐在其中者，必不包括小男孩。倘一小男孩剔剥之间津津有味，以今天的话说，他就可称“奇葩”。吃螃蟹是要有一份好整以暇的闲情的，而闲情这东西求之于以疯玩为极乐之境的顽童，不啻缘木求鱼。我小时只喜吃肉，最烦吃鱼，何况螃蟹?

记得亲戚家有个年岁和我差不多的女孩，特别会吃鱼，好像四岁就不要大人帮着剔刺儿，而吃过的鱼骨头总是干干净净的。可以想象的，在大人嘴里，从起先的吃鱼，到后来的吃螃蟹，她在相当长的时间里成为我的一个重要参照，用来衬托我的低能。在场时就不用说了，即使她并不在场，大人也会触景生情——当然又是在吃鱼虾螃蟹之类时——地数落:“你看看你吃成什么样子? ——人家小芳……”这话，耳朵都要听出茧了。此所以我对那亲戚来访或是我们往访持一种比较矛盾的态度: 有个玩伴是好事，最烦的就是在一起吃饭。小芳受到夸奖之后总是有点因不好意思而来的矜持，另一面又像知道要似好的女孩一样，吃得越发兢兢业业，一脸端凝的表情。幸好我的自我判断标准里基本没有吃的本领这一项，否则我的自信心早就被他们毁得所剩无几了。

我也实在是低能，鱼刺排列最是规整的带鱼吃起来也觉困难，鲫鱼之类更是视为畏途。类推下去，夸张地说，直到上中学，我之吃螃蟹，都是出于被逼无奈。每每吃了多时，还有一堆蟹脚在那里，让人心灰意懒，好歹大腿对付完了，你要将小腿混在蟹壳之中了事，大人还不依。老阿姨甚至会扒拉扒拉，瞪眼道: 还有这么多都不要了? 浪费啊? ! ——只好坐下蔫头耷脑继续吃。

天底下大概没有比螃蟹更须打点起十二分精神对付的东

西了。天知道怎么长成那样，明摆着不想让人吃嘛。比之猪牛羊们的慷慨大度，螃蟹可说是吝啬到家了。像猪，满身的肉在你眼前晃荡，它倒好，那一点点儿肉藏着掖着的，仿佛都生在缝里。倘说水里游的小家伙才具可比性，那河虾也没像它那么拒人千里嘛，虽身材迷你，却也是剥出来便是肉，不像它，揭了盖儿还有那么些沟沟壑壑，腿、钳上好歹算是有点囫囵肉了，却又是那么硬的壳包裹着。而且，没有比吃螃蟹更事倍功半的了：你下的功夫与吃到肚里的东西，绝对不成正比。剔下来的一丝一缕，只够塞牙缝儿，所谓“到嘴不到肚”一语，简直就是为蟹而设。如此这般，任是如何美味，我也品不出来，只剩下一团焦躁。

但说我对螃蟹全无兴趣，也不见得。我感兴趣的是它生前的时候。只要不让我去买菜，菜场对我还是有吸引力的，这吸引力主要来自不大见到的活物，比如黄鳝，比如螃蟹。事实上菜场里的螃蟹没什么看头儿，因都是在网兜或蒲包里，基本上动弹不得，只看见腿脚钳子缓缓地动两下，再就是呆呆地吐泡泡。但我第一次看见螃蟹横行就是在菜场。应该是买卖时没留神，一只螃蟹忽然上演大逃亡，腿和钳子不知怎么动的，横着身就跑了，跑得还挺快。其时我应该还小，大人不放心一人在家才带到菜场。螃蟹快速横行的模样太滑稽了，我一面稀奇一面笑得上气不接下气。回到家向邻家的小孩学说，两人也横行了一把——顶多只能叫移动，快不了。

家里再有螃蟹时，我几度要求拿一只出来让它爬，均遭大人拒绝。最后趁大人不在时，我终于大着胆子打开蒲包弄出了一只，究竟是怎么弄出而又未引发蟹们的集体逃亡，记不清了。记得是那只蟹下了地便横着一溜小跑，起初我还兴奋，过一会儿担心大人发现急着将它捉回时，才发现要捉拿归案绝非易事：追上去蹲下身正待下手，它又跑了；或者它稍有停留，怕被夹住抖抖索索下不了手，犹豫间它再度跑走。这样几次蹲下站起地追踪之后，它已从厨房跑到院子里，后来竟没影了。那天我一直在闯祸的惶恐之中，幸运的是，螃蟹入锅时，大人居然没发现少了一只。虽然如此，随后的几天我仍然忐忑不安，唯恐那蟹再度出现。那只生死未卜的蟹甚至化为一场梦魇：在梦中它死死地夹住了我的手，怎么也甩不掉。奇异的是，梦中我好像能认出它就是我放跑了的那一只——虽然说不出任何特征，虽然现实中我对蟹们根本分不出张三李四。

后来在菜场，我再没见到过螃蟹逃亡的戏剧性场面，我耽看的是菜场的人将售出的螃蟹捆扎起来。螃蟹像鱼虾一样，可以挑，大小不用看，已是分好类的，通常个儿大就贵，观的是“色”，会看的人颠过来倒过去地看，不单看正面，还看反面，即看肚脐那一块，据说看上去斑斑癞癞的反而好，叫作“铁锈蟹”，特别肥美。

上秤称时都已用稻草扎成了一串儿。那是个技术活儿，卖蟹的都会，我看过几回，却是看不出所以，因有不敢下手令螃蟹逃逸的记忆，我对人能麻利地将蟹扎好又不为所伤，特别佩服。买下的蟹固然可以放在菜篮子里，印象中则很多人都是拎在手里，还有挂在自行车上的，从车龙头上垂下一串儿。我还记得，当年的蟹都是一公一母搭着卖的，大多数人喜欢吃母蟹，贪吃那口黄儿，若不成对地卖，被买的尽是母蟹，那就亏了。螃蟹不施行一夫一妻制,没想到到了人这儿被乱点鸳鸯谱，虽说论“对”也就限于买卖的那一刻。

买回来的螃蟹要洗，那时的螃蟹拖泥带水，洗起来尤其要大动干戈。好像都是拿废弃了的牙刷刷。蟹们的不肯配合是肯定的，那么多条钳子、腿的，掰开了这条那条上来，烦人得很。所以很多人家都是两人配合，一个拉住腿或钳，另一个刷。两个大人弯腰攒头做手术似的，对付小小一只蟹，那场面委实有几分滑稽。这倒不是我看出来的，是大学时一北京同学说起他南来读书后在亲戚家见到洗蟹的情景，揶揄模仿一番之后发议论，操着一口京腔道:“瞧人那点儿出息！”——不单是嘲笑南方人，俨然已是上升到对人类的鄙夷了。

且说洗过的螃蟹马上就得入锅，据说不洗则已，洗过的很快便会死。有的人家会将螃蟹重新捆扎之后再行蒸煮。我们家不，就那么下锅，螃蟹觉了烫便挣命，力气特别大，木头的锅盖根本不在话下，由着它非掀翻不可，得有一人用手揿着。我最喜欢干这活儿。若恰在厨房,必是主动请缨高喊“让我来，让我来！”，冲过去极夸张地用力压着锅盖，隔着锅盖仿佛有无数的螃蟹在攒动，就听锅里面一阵儿骚动，尖利的爪在金属上刮擦，让人牙酸。但我仍坚守岗位，不多会儿就再听不到动静，只剩下水沸和蒸汽的声音。

螃蟹再次出现，已是地道的盘中餐，一种特别的红晕，从身上红到腿上，像是醉酒，因未加捆绑，张牙舞爪的，却是僵硬的，不复呆霸王的凶相。然而到这时，我对螃蟹的兴趣差不多也就戛然而止了。

三

我对螃蟹——作为美食——的麻木不仁一直持续到上高中。照说我应该早些开悟：虽然对且剥且剔且食的螃蟹不胜其烦，但毕竟吃蟹并非只此一途，还有其他“现成”的吃法嘛，比如蟹黄包，比如蟹粉豆腐。

这两样儿，剔剥之事都由人代劳，现拆下来的蟹黄蟹肉去点缀与升华别的吃食、菜肴。说“点缀”，盖以其掺入的量甚少，绝对的辅料（话说回来，要是西人的吃法，蟹肉抟作实打实的蟹饼，未免暴殄天物，太无趣了）；说“升华”，则因加入之后，随便哪一味，立马升格。蟹黄包与肉包、三丁固然不可同日而语，蟹粉豆腐与寻常豆腐亦判然有别，单看价格，仿佛豆腐已不复豆腐。

蟹粉豆腐又称“蟹黄豆腐”，与“蟹黄包”一样，此处“蟹黄”

是举其诱人者，不免以偏概全，事实上是蟹肉、蟹黄做一处，试想全用蟹黄，需得多少？（“蟹粉”应该是将螃蟹去壳取肉后再晾干碾碎而成，唯蟹黄蟹肉剔剥出来已是散碎之相。）“蟹黄包”是统称，凡包子馅儿入以蟹黄蟹肉者，不论多寡，不论形制，均以“蟹黄”相号召。食蟹的季节，江南大小城镇，无数的大酒楼小食肆皆打出这旗号来。所售有薄皮死面的汤包，亦有发面的，还有类如生煎者。其馅儿大多是与肉混合而成，蟹肉嵌于肉中，泯然一色，唯蟹黄一星半点，在食客眼中如宝石生辉。这里面唯有淮安的文楼汤包与众不同，独成一格。也不必特别标出“蟹黄”二字了，它几乎就是蟹黄汤包的同义语——名副其实的“汤包”。我是说，号为“汤包”者，其他种种，是提示有汤汁及汤汁的足，文楼汤包则当真皮里就是一包汤，以至于无法站立，只能瘫在笼里。而汤汁里的固体物，只剩蟹肉蟹黄，因此地道的文楼汤包，“蟹”的存在是格外分明的。有些店家还要将这一点再加渲染，比如南京有家连锁的“苏亦铭汤包”，主打就是“文楼”式蟹黄汤包，狮子桥的那一家，堵着店门就见一群大妈大嫂在围桌剥蟹，桌上的盆里拆出的蟹肉蟹黄，入内先就有一阵儿甜腥的蟹味。不在后场操作，挡着道儿，于理不合，然换个角度，这也可说是活广告，或曰行为艺术了。

螃蟹的腥气极具渗透性，剥吃一回，手上的味道即使用肥皂或洗手液洗过也好像还逗留着。但蟹的鲜美又极娇嫩，既然蟹出现的场合它都要唱主角，为保重点突出，与之搭配做菜的，须有清淡而具谦抑的品格。印象里吃过不少以蟹粉相号召的菜，前不久在哪家餐馆里领教的一道“蟹糊芦笋”，像是一种实验，“蟹粉豆腐”才是经典的组合，豆腐与蟹，搭得很。豆腐本是吸味的东西，嫩豆腐与蟹肉蟹黄同烧，用调羹连汤带汁送入口中，鲜香伴着嫩滑，的确很妙。

但我这是把后话说在头里了：小时根本没吃过这些，或者偶食一回全无记忆。即使是不劳动手的“现成”螃蟹，我也是到很迟才发生兴趣，虽然在家里，这倒是常有的。

我父母在吃上面从未表现出浓厚的兴趣，母亲尤然。虽然到时候也会循例吃蟹，却很有“虚应故事”的意味，殊少别家围桌而食的那份津津有味、兴致盎然。进家门的蟹倒不少，大半是父亲的战友、老部下送的，一送就是一大堆。量既多，大人小孩又皆兴致不高，吃不掉就须另做处理。其实也只有一法，即是蒸熟了将蟹肉蟹黄拆下。这是搁不住的，便用荤油熬起来，像当时人家常备的冻猪油一样，大碗盛之，搁在碗橱里，到时候取用。

我母亲对我的耐不住性子吃蟹以及堪称粗鲁野蛮的吃蟹方式大加申斥，她自己因为并不觉得螃蟹有何妙处，也是没耐心的。但她倒不拒绝只剔剥而不吃，没准儿剔剥出那么一丝一缕的，到口中马上就化为无形，很不值，在碗里积少成多起来，最后竟能有一大碗，甚至两碗，会有一种成就感吧？她拆得又仔细，似我粗枝大叶造成的浪费绝不会发生。故年年秋天那顿循例的螃蟹吃过之后的某个晚上，她会把自己关在厨房里，独自一人耐心地剔剥。深秋时分，夜晚已是寒气逼人，每每到睡觉时，透过厨房水汽弥蒙的窗户，看来她在昏黄的灯下还在剔剥，桌上堆着一堆蟹壳。

这实在是个双赢的局面：她获得了某种成就感，我被逼勒着与螃蟹们搏斗的烦劳解除了，日后还可以“不劳而获”地一饱口福。

熬好的蟹油通常也就是用来烧豆腐或包包子。烧豆腐是从碗里挑出一大块子，烧时化在里面就行了，包包子则和在肉馅儿里即可。家里所为，只会比餐馆里下的料更足，应该差不到哪儿吧？无奈我由“隔锅的饭香”发展起来的一种势利眼，对家里的饭菜总保持着某种不屑，这甚至祸及我们家的蟹黄豆腐和包子。当然，也不是全无道理。比如包子。家里的包子沿用的是老家的包法，那里包子叫作馒头，看上去也的确像馒头，因无脐无褶。我认定这模样“土”得很，无疑很可笑，但老家的包子都是菜肉馅儿，蟹油与菜肉馅儿结合起来，再舍得放，也有点煞风景了。

我忽然开窍，对家里的蟹油发生浓厚兴趣，有点偶然。是高中有次学工的那段时间。那家工厂是两班倒，轮着上晚班时，十点多钟回到家，饥肠辘辘，大人已早早睡下了，只好自己倒腾点儿吃的。有一天炒饭，用蛋炒了，还觉意下未足，想在碗橱里搜出点儿什么有肉丝的剩菜，一无所获，倒从旮旯里搜出一碗蟹油来。聊胜于无吧,就弄了一块儿放下去炒在里面。没想到吃得齿颊留香，意犹未尽。以后接连几天，下了班，还在路上,我就惦着回到家要用蟹油炒饭。起先还是和鸡蛋同炒，后来便舍了鸡蛋，那样蟹油似更能独尽其妙。特别是哪天家里是纯用粳米烧的饭，那就更香。荤油熬的，自然是香，蟹肉蟹黄既经熬制，鲜度已是大减了，但仍有一种沉淀下来的鲜，在米粒中如散金碎玉。蟹油特有的那种油黄亦令人食指大动。我还用蟹油下过面，面条里放一调羹荤油，已是升格不少，放蟹油则又是一个境界了。不过我最馋的仍是炒饭。在真正的吃家看来，这未免太小儿科，然而在领略螃蟹的好处上面，这道胡乱倒腾的蟹油炒饭对我实有启蒙之功。

四

虽属后知后觉，然一旦开悟，喜欢上以本色示人的清蒸螃蟹几乎是必然的，尽管我仍有烦言，吃的本领较原先也说不上质的飞跃，仍是流于粗放型。

越是鲜美之物，越是要食其本味，这大概是江南人在吃上面的一个原则。落实到螃蟹上，便是蒸，什么也不加就上锅，端的是“清水出芙蓉，天然去雕饰”。吃时用姜醋，说是螃蟹凉性大，姜醋是暖性。这也就是一说罢了，从味道的角度说，则这两样儿一者去腥，二者提鲜，尤其是醋，绝不喧宾夺主，反将蟹肉特有的鲜甜“和盘托出”。倘姜醋与蟹有“违和”之感，任是怎样“暖”，必也弃之不用了。

这些年川菜攻城略地，连带着“香辣蟹”在餐饮界也名声大振。南京有段时间有家名为“宋记香辣蟹”的馆子风头很劲，食客之间动辄以“去过没有”相问，它家当然不是专攻一味，却是要仗香辣蟹打天下的架势。香辣蟹绝对是重口味，辣椒、花椒一起往上招呼，味道自然是浓而重。此后东南亚的菜肴进来，又有一味咖喱蟹，也颇受欢迎，可想而知，也是浓重一路的。然而这些都是以肉蟹烹制，也就是海里的螃蟹，从未听说过有大闸蟹如此吃法的。

事实上海里的螃蟹食其原味，也极鲜美，当然条件是要极新鲜。一九八一年夏天我骑车南下旅游，在舟山群岛盘桓数日，从渔港经过，无数的渔船泊在那里，一片咸腥的味道弥漫在空气里，颇有些游客直接到船上去买海鲜。我好奇，尾随着看新鲜，好些叫不出名的海货，也不知买什么是好。梭子蟹虽与大闸蟹身量体貌不同，总算是似曾相识吧，就买了俩，个头儿很大，却极便宜。拎着晃悠到街上，街边的小饭馆好多都写着“代客加工”，给个一角两角的加工费，店家就给蒸煮好，提供一碟作料，你就可以找张桌子坐下来吃了。浙江人是好喝黄酒的，店里就有“零拷”的黄酒卖，论碗。要一碗来，以螃蟹下酒，或曰酒就螃蟹，均无不可。海里的螃蟹那么吃，我好像只此一回，蟹肉鲜甜无比，两大个吃下来，爽啊。昔有“一人不饮酒”之说——以我之见，独自一人，最不宜的是吃螃蟹，那次是我唯一的一次独个儿对付蟹。傍晚，还没什么食客，店里有个喝茶的闲人，一看就是本地的，起先是坐另一张桌上和我搭讪，后来干脆就坐过来，对我吃蟹做了些指点之外，又扯些别的闲篇儿，当地方言，半懂不懂的，居然有来言有去语地继续下去，那顿蟹吃得倒也颇不寂寞。

我对那次吃蟹记忆犹新，倒也不是举以贬低香辣蟹、咖喱蟹之类，事实上那些我也都喜欢，尤其是咖喱蟹。只是包括常见的葱姜炒蟹在内，在江南人的概念里，较复杂烹制者与所谓“吃螃蟹”仿佛是两回事儿。前者只是一道菜而已，后者则仿佛自身就是一出戏，而且，得是大闸蟹，得是那样吃。大闸蟹的时令特征也使得“吃螃蟹”一事隆重起来:肉蟹四季皆有，大闸蟹则必得是“秋风起，蟹脚痒”之时，届时江南大大小小的城市，“阳澄湖大闸蟹”“××湖大闸蟹”（在南京则为高淳的“固城湖大闸蟹”）的字样满目皆是——那才真正有一种吃蟹的氛围。

其实大闸蟹其他季节也不是没有，但江南人吃螃蟹是以膏蟹为目标的，这就须等到深秋才有了。所谓“膏蟹”就是卵巢饱满的母蟹，卵巢俗称蟹黄，江南人对蟹黄的情有独钟，从“蟹黄包”“蟹黄豆腐”之类以偏概全的命名即已可见一斑了。于肉蟹以食肉为主，于膏蟹自然是以食黄儿为尚，故母蟹比公蟹更受人青睐。

掀开母蟹的壳，但见中央的部分有红黄二色，酱黄者犹是粥样，橘红者色干硬，似鸭蛋黄，明艳照人。这都是“黄儿”，向来都是以干硬者为高的，我却好那粥样的，掰开壳来且不动手，凑上去猛吸一口，妙不可言。蟹黄其实是螃蟹的卵巢和腺体，既然称为“蟹黄”，蟹黄饱满的蟹不知为何不称“黄蟹”而称“膏蟹”。这很容易引起歧义，因我们通常都是将公蟹肚腹中对应于母蟹蟹黄的部分称为“膏”的。字典里说“膏”：指脂肪或很稠的糊状的东西。——我觉得公蟹腹中精华很符合这定义。蒸熟后它呈半透明状，似胶冻，较蟹黄另有一种油润的鲜美，吃起来黏韧，不似蟹黄干硬部分的干涩。若要选择，我是弃黄就膏的。每在食蟹时，座中总有人因摊着公蟹嗒然若丧，而我恰摊着母蟹之际，我都慷慨与人交换，并非高风亮节，各得其所嘛。而到了膏黄啖尽进入剥食蟹肉的环节，则公蟹的优势尽显，因公蟹个头儿大而肉丰。

后来才知道，公蟹所谓“膏”者并非油脂。（说到膏就想到油脂，也不为无因，《三国》里的董卓人神共愤，被施以点天灯的酷刑，就说他肥胖异常，膏油烧得流了一地。）某次和一伙人吃饭，上了螃蟹，席间亮出我的公蟹优越论，旁边的一位一脸促狭，笑问道，知道你好的那一口是什么吗？我不知，众人亦不晓，催他说。他卖了阵关子，最后坏笑着说，是你们逼我说的——是精液！座中两个女的立马攒眉蹙额，整个像是要吐了。我回家查了一下,应是公蟹精囊的精液和器官的集合。那哥们儿意在恶心人,所说倒也并非没影子。只是此类恶作剧,早先我可称“优为之”,免疫力极强,在这上面绝对持拒绝联想的理性主义态度,故对公蟹的兴趣丝毫未受影响。

不拘公蟹母蟹,通常吃起来似乎都是直达高潮的——我是说,都是先食其身,后食腿脚,而掀开壳来又必是先将蟹黄蟹膏吃掉,即使那些习惯将最好的一颗葡萄留到最后吃的人也概莫能外。腥与鲜有时是成正比的,越是鲜美者腥起来也格外地腥,往往是冷了就腥,与蟹肉相比,蟹黄蟹膏尤须趁热吃。吃螃蟹既然是慢功细活,吃到后来蟹已趋凉,有个吃家朋友每吃蟹,便将钳、腿先掰下留在锅中,由余热保着温,待食完蟹身再取而食之。这在餐馆里就不行:那里要讲究看相,总不能将螃蟹断其手足地端上来。

高潮过后必是归于平淡,专注于精华的蟹黄党往往很难体味“平平淡淡才是真”的境界,何况吃蟹黄蟹膏不麻烦,剔剥之烦恰恰在于对付蟹肉哩。这上面专门的工具也无济于事,就是说,还是烦。我在一朋友家里见识过“蟹八件”,镀银的,精巧漂亮,小锤小剪,还有许多掏、剔、撬的说不出名堂的玩意儿。铺陈开来,像是要整什么精密仪器,真吃起来就觉华而不实,还不如因陋就简,所以也就是展览贵族文化(像拍《红楼梦》里的蟹宴)时那么一用吧?即使在高档酒楼里也极少见到。吃蟹的人大多还是徒手操练。在家里则筷子捣捣、牙签掏掏、蟹爪拨拉拨拉，突破蟹钳蟹腿的硬壳，往往还是牙咬。古人的“把酒持螯”听起来好不潇洒，直似有“左牵黄，右擎苍”的气概了，但坐实了想，他怎么对付那蟹螯？持在手中当是未剥的，要维持住那份豪气，只能是当当道具吧？真要体味到妙处，还须坐下慢慢来。虽说仍缺乏耐心，我总算有过那么几次，超越宏观吃法，进入小腿也加剔食的微观，回报是得以领略蟹肉在舌尖那种独一无二的细嫩鲜甜。

当然，蟹黄蟹膏怎么说也是精华所在，大闸蟹吃膏黄才算修成正果。平生吃蟹最美的一次，是学生送的。好像是从什么养殖中心弄来的，有一篓子。我喊了不止一拨朋友来吃。头天吃的最是鲜美，那些蟹个头儿不大，看着不起眼，剥开来却是满满当当的黄儿，异常饱满，仿佛身上全长这个了。而吃起来又特别鲜而润。后来我吃到过个头儿大得多黄儿也饱满的蟹，却再无这样的味美，比起来，就像眼睛的大而无神。那日座中一人就着黄酒吃得心满意足，微醺中提出了一个相当人类自我中心主义的不近情理的要求或愿望：“螃蟹，就该这么长啊！”

醉虾

好多年前，看过一部大概叫作《动物的狂欢》的片子，印象颇深。按当时的分类法，电影大体分成下面几类:故事片、纪录片、科教片。讲动物，当归入科教片无疑，而科教片一定“科学”得很无趣。《动物的狂欢》描述动物的生活，却很是有趣，当时背景下，绝对够得上“寓教于乐”的级别。

几十年过去，当年“颇深”的印象已是一片模糊，唯有一处还记得清:一头大象吃了从树上掉下的果子，果子已然发酵，含有酒精了。大概不知节制，吃了许多，有了几分酒意，大象走起路来东摇西晃,突梯滑稽的配乐更令其显得醉态可掬。我们都是在科教片的严肃不苟里长大的，看到此自然是笑声四起，乐不可支。

大象醉了是什么感觉，不得而知——是不是像好酒的人一样，通体舒泰，更甚者飘飘欲仙？任是怎样地设身处地，换位思考，终究还是一种猜测。大象若有几分酒意，我们也不知它

“意”下如何。倒是人何以发笑，不难解得一二：我想是因为其中有“人”，呼之欲出。训练兽类模仿人类的言动（比如鹦鹉学舌、猴子洗脸、狗熊骑自行车，等等，等等）常能令观者喜笑颜开，大象的醉态不烦人来导演而有类乎人的状态，比驯兽的表演更难得见到，有某种“无目的的合目的性”，自是可喜。持严峻的批判立场，我们当然可以看穿此中暗含的“人类中心主义”，因为笑的后面是人的优越感，潜台词是它们也会这样，“跟人似的”，其居高临下的态度，不言而喻。

但要这样上纲上线起来，坚持万物平等，站到兽类的立场上去衡情度理，人就该羞愧难当，恨不得一头撞死了，因为我们对动物的所作所为，比区区“优越感”穷形尽相不知凡几，不言其他，单在吃这一项上，人类就已经是罪恶滔天了。幸而本人并非彻底的环保主义者，以为这上面还是“顺其自然”为好，将人归于自然的一部分，串到造化的食物链上去，则“弱肉强食”也属自然之理。当然，“顺其自然”还有一义就是不能过分，过分便不“自然”，虽然何为“过分”，也很难说。

一

虐待动物属“过分”的范畴则是一定的。好在除了儿时童蒙无知的残忍（比如卸下蚊子、蚂蚱的翅膀大腿之类），成年之后即再无虐待的举动，也无冲动，至于将欺上身来的蚊子拍得血肉模糊，整个变形，那是圣人也不会怪罪的，属正当防卫，连防卫过当也算不上。人对动物的虐待常与吃有关，这上面我虽不乏冒险精神，然从吃的对象到吃的方式，皆相当主流，偶或吃了什么珍稀动物，也是胁从性质。检点平生食谱，拿不准是否有虐待色彩，算是我主动地动口甚至动手的，只有一样儿，便是醉虾——这是某日心血来潮，忽想起多年前看的电影，脑中浮现步履不稳的大象，没来由地想象大象醉中感受，又由此及彼，移情于醉虾：醉虾之醉，又非醉象可比了，绝对是酒精中毒身亡。

不分东西南北，餐桌上虾都被看作美味，只是吃法不同。醉虾大约是南方人的吃法，又以江浙一带最是普遍。不拘盐水虾、油爆虾、炒虾仁等，都是熟食，醉虾却是生食。以生、熟划界，可以独成一类。（此处所说是百姓家常菜，龙虾刺身之类大个儿的高档货免谈。）何时何人发明了这吃法，不得而知。曾于网上见到名为“古代九大残忍菜”的帖子，醉虾叨陪末座，问谙晓古时菜肴的人，却说不出所以然来，自己孤陋寡闻，更是不知。那帖子断为“古代”，于“古”却是未着一字。

且不管来历，只说以我所闻所见，醉虾真是相当之平民化，材料寻常而做法简单，与“油泼猴头”“炮烙鸭掌”“生浇驴肉”之类挖空心思想出来的大菜相比，端的是老百姓的小菜一碟。只因家里大人无心于吃，老阿姨的菜谱则比食堂的更为单调，以至于虽是早有耳闻，却到十几年后方知“醉虾”为何物。

“耳闻”应是上小学的时候。上世纪七十年代初的南京，还是亦城亦乡的模样，市区里见得着大块小块的菜地，有人家的地方十有八九房前屋后养着鸡，水塘边河沟旁时能见到有人在张网捕鱼。有段时间生病，动辄请假，往医院跑，一去就是半天。不过是头疼脑热，不算大病，请假多多少少有装的成分。到医院应个卯好给父母一个交代，余下的时间想干吗干吗。找个地方看课外书之外，还有个大项就是呆看人家捕鱼。在小营那儿下六路车去军区总院，要路过一条河沟，通梅园新村的那座名为“竺桥”的小桥左近一带，常有几张渔网在那儿支着。网眼很细，上面是两根交叉的长长竹片，渔网四角固定在竹片末端，张开来有一张饭桌那么大，又有一根长竹竿挑着竹片相交处，斜插着固定在岸边。起水拉网时先将弯成弓一样的竹竿往直里扳，跟吊车似的，再往偏里旋，网就从水面移到岸上。

还有一老头几乎每次都老僧入定似的在不远处垂钓。我最喜欢呆看的是用甩钩钓鱼，印象中就是一线轴和一只锚状的尖利的钩，钓鱼人侧身铆足了劲儿将钩“嗖”的一声甩出去，线轴飞旋，甩钩带着线飞落水中央，随即就是飞快地收线，可以感觉到甩钩拖着鱼在水下疾驰——这有一多半是想象，因为收上来的十有八九是空钩。城里虽是有水处总有鱼，却是少而又少了。一次又一次地看着无功而返，似乎很乏味，然而与用渔竿钓相比，甩钩大开大合，过程即不乏戏剧性，故常能引我驻足呆看。只是这在竺桥一带是看不到的，那必得有开阔的水面才施展得开。而竿钓是最没戏可看的，对垂钓的人固然是磨性子，看的人则要十分有耐心。网捕的过程一样地无甚可看，好在起水时网里总有些内容，虽然偌大的网里，只中央那一点儿地方有鳞光在闪烁。

我要看的就是起水的那一下，有几次还真等着了。这时就有很多人上来围观——也见得那时闲人之多。像别种围观一样，七嘴八舌的议论是其组成部分，人群中必有几个义务充当评委的，或与网主打趣，或干脆相互搭起话来，不管原先熟不熟、认识不认识。有一回网上来的东西少得可怜，还捞上些枯枝败叶和污泥，杂在里面尽是些两三寸长的小毛鱼。就有人打趣："这下你家猫有的吃了。"另有人却有肯定性的发现："唷，没得鱼，虾倒不少嘛，够烧一盘菜了。"果见网里有些透明的虾在蹦跳，或是在网眼里挣扎。话题不知怎么就拐到虾的吃法上去了。都给网主出主意，有说盐水煮了吃的，有说搁油炒了吃的，有说和豆腐一起烧的，等等，等等。到最后撇下捞鱼人，开始争论吃法的高下优劣。待高潮过去，才有个一直没出声的老头徐徐说道："虾嘛，刚逮上来的，怎么弄都行啊，要说鲜，还要数醉虾了。"在场的似乎都不知这一招儿，都想知道怎么个做法，老头便一五一十说起来，我只记得说要用好多酒，最好是好酒，酒越好，虾越鲜。有一条无关做法，对我而言却更神奇：说虾吃到嘴里还在跳。

因为说得神乎其神，只此一遭，我便记住了醉虾。某次家里难得买了一回虾，我试探性地问老阿姨，能不能做成醉虾，她看来知道有此一说的，却眼一瞪道：“活的，怎么吃？吃出病来！”后来某次到一老家上海的同学家玩，他外婆拿出两瓶醉泥螺、醉蟹给我们吃，除了死劲儿的咸，我也没吃出什么好来，只是见到瓶贴上的“醉”字，立马想到传说中的醉虾，恐怕相去不远吧？只是想象不出来，腌成这样了，虾到嘴里还能忽然蹦跶起来，岂不是诈尸了？！

二

这问题一直无解，后来知道，老家在江浙一带的中学同学，颇有一些家里都炮制过醉虾，只是那年头儿老在想“国家大事”，吃的冲动虽在压抑中潜滋暗长，却终属“政治不正确”，“所以然”的层面是不遑问及的。是故几十年后方知所谓醉虾在嘴里跳是渲染之词——那老头的话当不得真，除非是尚未醉倒即纳入口中。

不过至少，醉虾往往端上桌来时还在跳。中国菜肴里有不少具有表演性，最后的步骤就在食客面前完成，稀奇古怪的不论，最常见的是三鲜锅巴（抗日战争时重庆人称之为“轰炸东京”）：盘里是油炸的锅巴，一碗刚起锅的三鲜浓汁浇上去，一阵儿“嗞啦”声大作，举座粲然。醉虾的表演没那么大动静，却更为“生动”。通常都是盛在加盖的玻璃器皿里（防止虾们挣命逃逸），酒一加进去就端上来，酒精刺激之下虾不住地上蹿下跳，店家的用意也恰是让你领略这一幕看得见的“生猛”。及至虾们认命，盆里归于死寂了，便来人将作料浇入，接下去便是开吃了。

吃虾也与吃别物一样，要分类首先当是生食熟食。植物的生食不成问题，动物而有大规模的生食，我们应该是学步东洋人、西洋人，于今什么三文鱼刺身、龙虾刺身乃至生食牛肉之类，已是遍地开花，我之未将吃醉虾视为畏途，没准儿还是三文鱼刺身之类垫的底。人类的饮食，从“茹毛饮血”到熟食是一大进步，据说不单于身体，于脑的进化也具有决定性，倒回头去生食肉类，似乎有反“文明”的嫌疑。——不知是否本能地信奉吃上面的“进化论”的缘故，小时对“生”有一种夸张的排拒，不要说动物的肉，植物当中，只要不是定义为水果的，即不肯生食，包括介于水果、蔬菜之间的西红柿，还有从名称上看即有“两栖”意味的“水果萝卜”（红心萝卜，又称“心里美”）。小时一举记住了醉虾，且似颇有向往之诚，恐怕也是叶公好龙，当真送到眼前，敢不敢下筷子，还真难说。

经了刺身的历练，醉虾自不在话下。其实醉虾虽属生食（既然未下锅，不加热），与三文鱼之类，还是有别：三文鱼在案上去骨切片，蘸了作料即入口，醉虾则要有“醉”的一道程序，即在酒里浸泡。“醉”与腌渍当然不是一回事儿，因不用那么长的时间，但四川泡菜里也有新鲜蔬菜丢入泡菜坛，不多时即捞起吃的，唤作“跳水泡菜”，醉虾也就约略近之了，仿其名，当称“跳酒泡虾”。所以去地道的生食，尚有一间。

与刺身相比，醉虾吃起来有些麻烦，你得一个个地剥壳。小虾，剥了壳去头去尾的，只余身上一点儿肉，只能是慢条斯理地吃。而且非得裸手操练，现今大一点儿的餐馆于啃骨头吃小龙虾之类，会发一次性手套一双，令手与食物避免接触，颇合卫生之道，也不知是不是醉虾太小，戴手套操作不便的缘故，吃时就不讲这一套。见过高人搛只虾丢嘴里，在口腔内完成肉、壳分离，虾肉吃下，出来干干净净就是虾壳。无奈多数人不办，还得双手并举，弄到一手的埋汰。但是只吃了一回，这麻烦我就认了，因醉虾实在是美味。

江南人吃鱼虾，似比别地的人更讲究鲜嫩——鲜是味道，嫩是口感。醉虾当然也鲜嫩，然其“鲜”其“嫩”独树一帜。这是从“生”而来，虾的别种吃法，不拘蒸、炒、煎、炸还是水煮，食材本身之外，鲜嫩是由火候的控制来保证，醉虾不劳举火，其鲜嫩更其“浑然天成”。熟食的虾加热后壳红肉白，醉虾端的“天然去雕饰”，依然故我，通体透明，剥出肉来仍是玲珑剔透的一缕。口感亦特别——比熟食的虾更其“肉感”，另有一种源于“生”的弹性，吃起来又有熟虾所没有的特别的黏韧。总之是特别。最妙的是无须烹饪功夫，或者说，行的是“极简主义”，简到我这样不会下厨的人也跃跃欲试，自己炮制。

三

因要自己炮制，头一回到菜场去买虾。十月份正是虾兵蟹将肥壮的时节，各类的虾都在大卖，包括南京人酷嗜的小龙虾。小龙虾看相真是不咋地，顶着或青灰或褐红的壳堆在大盆里无谓地爬动，像甲虫一类，一看就是泥淖里打滚的货色。水箱里养着的那些，不拘河虾、江虾、对虾、罗氏、竹节，一概地须脚舒展，通体透明，游动起来，更是纤毫毕现，相较之下，真是“水做的骨肉”了。

做醉虾只能是小虾，基围、对虾之类个头儿大的，不易醉杀。在外面馆子里吃过多次，记得只有上海一家以海派创新菜肴相号召的餐厅里，用的是基围虾，作料里还有话梅汁，称“话梅醉虾”。馆子里有什么特别的招数也未可知，安全起见，还是不敢效法。我买回的是江白虾，倒不是对所谓“江鲜”情有独钟——只是白虾看着更可喜。青虾的透明里隐隐的绿意，让人想起青苔，白虾则透明得更纯粹，仿佛腑脏也可直视无碍。

拎回家来在水里洗净，作料也弄好了，忽想起有一大关节尚未知晓：该用什么酒让虾醉？当即打电话向精于吃的人请教。问了两人，答案各一。一个说要用白酒，理由是酒度数低了虾不易醉，且从消毒的角度说，也是白酒为宜；另一个说用黄酒，没理由，他都是这么做，菜谱上也都是如此。从哪一个是好？思前想后，还就是取了白酒。

所谓“思前想后”，涉及酒在醉虾中扮演的角色问题：是有酒的浸泡，可令虾鲜香尽出，还是起杀菌作用，以策安全？身在高校，饱学之士自不乏其人，这上面却真是“独学无友”，“尚友古人”也不得其门，故无确解。只好经验主义加推己及虾地含混认定，恐怕是兼而有之。酒能去腥臊而提鲜，这在烹调鱼肉之类时已是应验了的，至于酒能醉虾而杀菌，好像可以从酒精对人的作用推导。那一阵儿盛传醉虾的不卫生，食客食而中毒的事时有所闻，后来醉虾从南京众多餐馆里消失，也不知是不是与此有关。白酒度数高，自可增加安全系数。但我之弃黄酒取白酒，还基于另一想当然的推想，即白酒既如对人一般可令其进入醉态，自然更让虾们更快地酒精中毒身亡，而死亡的过程愈近，味蕾仿佛就更能俘获鲜美。中国人在食材上所要求的“新鲜”到水产上演为对“活”的执着，倒不是当真要活吃：一方面是生前“活”的程度，一方面是“现杀”，醉虾太符合这要求了。

后来也用黄酒做过醉虾，也不知是不是心理的作用，相比之下，就觉白酒过于刺激，黄酒的温和则更能令虾的鲜甜尽出。虾蟹的肉鲜里都有一份甜。市场上到处有卖的一种虾，干脆号为“北极甜虾”，是不是当真来自北极不知道，甜是真的，其他种类的虾也一样。但醉虾与熟食的虾又不同，其鲜甜自成一格，与口感一道，妙不可言。

四

妙不可言，做法又极简约，自然要时加操练。做醉虾时家里最兴奋的是我女儿，醉心于吃是后来的事，起初是因为可以玩，总要求捉一两只出来放到地下，待看到虾没有任何攻击性，又会擎在掌上欣赏，看虾触须姿态横生、通体透明，还会发出赞叹："虾真好看啊！"待你要将虾拿去"醉"，她便阻止，态度之决绝，让人担心等会儿吃虾她会有心理障碍。但是不，她吃得兴兴头头，到后来一听有醉虾吃，虽不至于手舞足蹈，一脸的欣喜却是肯定的。

我对虾们也不曾有过负罪感。只是某次一边喝着酒有点醉意，一边等着虾醉倒，看玻璃盆里虾的死亡之舞由强劲而萎靡，飘飘然地想，虾浸没于酒中，这才真叫作"醉生梦死"。后来不知怎么，又开始悬想虾的醉中感受：虾们也会晕乎乎是一定的，酒精作用于一切动物大约都会如此，它们也会有惬意的感觉吗？说它们只有生理反应而无心理反应是否只是人的一种假定？酒对虾是否像对人一样有诱惑性，若有而可得含酒精食物的话，它们会不会本能地寻食？再一想，这都哪儿跟哪儿啊？再上瘾的酒鬼也不会把自己扔酒缸里，虾的"豪饮"完全是被动式，且很可能到嘴不到肚，美酒对它们而言，整个就是"没顶之灾"，略等于人下毒把它们给毒死了。

诚实地说，我一点儿没对玻璃盖碗里的虾们起怜悯之心，忽发奇想罢了。

多少关涉饮食伦理的，是在不久以后的一次饭局上。座中有一位刚从报上看到一条消息：欧洲有环保主义者抗议法国人吃鹅肝，说那样填塞，人为地给鹅弄出脂肪肝来，属虐待动物无疑，要求禁了这道美食。他当段子讲给众人听，不想有位入了法籍的女士，倡导素食主义的，有几分认真地开始历数中国人吃上面的变态。好像做过调查，掌握了不少材料的，说出许多闻所未闻、稀奇古怪的吃法，无一不变态，像是在给各种动物动大刑，听得人毛骨悚然。说话间我点的醉虾端上来，那位女士正讲得兴起，也顾不得他人的尴尬，就近取譬，指着玻璃盖碗中蹦跳着的虾，说，这就是现成的虐待动物的例子。

桌上原本已有几分严肃了，气氛却并不紧张，因所说的那些事不关己，我们还补充自己所知，跟着声讨，这一说说到了自家头上，就有点不尴不尬。我一面佩服她的顶真——试想这年头儿还有多少人下了台出了会场还顶真呢？——把人给讲得顿生罪恶感，一面却是不能服气：吃醉虾与那些令人发指的对动物的虐待还是不能混为一谈吧？而且即使我们指斥那些施予动物的变态行为，更多也是指向人的阴暗心理，并非真能转移到了动物的立场。虾在油锅里爆、水里煮，就比醉杀更合乎“自然”？牺牲一点儿“鲜”味，待虾自然死亡后再食大概比较合乎道义，但事实上从捕虾开始就已经不自然了。当然那女士是主张食素的，然则安知植物就没有感受，与“虐待”无涉？倘因“人异于禽兽者几希”就对动物多所关注，那还是按照与人距离的远近来安置人的同情心（人是“高等动物”，自然是离动物近，距植物远），这不还是所谓“人类中心主义”……这么随便一想，随即就怀疑自己在给吃醉虾的欲望找理由。也想不出所以然来。

摆在面前的现实问题是，这么定性地说了一通，醉虾还怎么吃？幸而座中有位善于调节气氛、掌控局面的高手，截断众流打哈哈道:“人类是地球的家长，对动物还是要善待呀。话说回来，人真是比较累，动物间互相残杀，再残酷也是自然而然，到人这儿就牵出道义来了，要不怎么说‘做人难’呢？”说着筷子便向醉虾伸过去。

所谓“虐待”问题，自然也就一笑而罢。

龙虾风暴

从“澳龙”说起

说到龙虾，南京人的第一反应极可能是别地人说的小龙虾，我说的当然也是这个。

但印象中最初刮起“风暴”来的,似乎是“澳龙”。“澳龙”乃“澳洲龙虾”之谓，既然“龙虾”之名在南京已有所属，原本当为正牌的只好退避三舍，另立名目。像这样反客为主、附庸而为大国的情形——我的意思是说，龙虾本为大牌，小龙虾想是因与龙虾相似但形体较小而得名——别处似未见，这也就见得小龙虾在南京的地位之尊、声势之大了。

“澳龙”来袭南京，是在上世纪九十年代初。原本酒席上是不大见到大龙虾的，不仅此也，“生猛海鲜”对地处内陆的南京而言，就是一个新概念。当然是拜交通日渐便利之赐——忽然之间，“澳龙”就开始在大的餐馆里抢滩成功，印象里一时之间，上档次的晚宴，似乎已然到了无澳龙不成席的地步。彼时广告手段尚欠丰富，“大张旗鼓”起来，也不过是于酒楼门上悬起横幅，“澳龙风暴”便是横幅上最常见的字样。横幅多为红色的布，排笔刷的各色美术字，依稀有“火红年代”标语口号的余韵——当然大横幅上“澳龙”而“风暴”起来，足证已是“换了人间”。

上海路口刚立起来的随园大厦有家餐馆新开张，以“地利”之便，在大厦一侧垂下巨幅，上面画一只巨大的“澳龙”，“风暴”二字并一夸张的大大惊叹号，颇能耸动视听。餐馆之间的竞争，于“澳龙”也常在价格上，店家便常将价格表而出之，“惊爆”“震撼”之余，有“每斤 × × 元”来实证。一百元钱上下一斤大概是当时的基本价位吧，各餐馆便在九十至一百的区间内争夺价格高地。随园大厦那家的“风暴”刮到了跌破九十，似乎颇有吸引力了，事实上一般人看了却仍自心惊，因其时工薪族的月收入，三四百就算高的了。

“澳龙”已是席上极品的象征。中餐宴席的档次似乎都是以席上价最昂者来标明的，上不上大闸蟹往往是一分水岭。至于鲍翅席之类，予生也晚，在打倒“封资修”的年代，这些听也没听说过。“澳龙”当道之时，好像并没有称“澳龙席”的，不过上不上“澳龙”，有段时间里绝对是酒席上不上档次、上到怎样的档次的试金石。因在本地餐饮中属“新生事物”，较海参鱼翅更显身份，风头竟是一时无二。爱摆谱的人听说你要去吃席，问一声："有澳龙没有？"若回说没有，就要露出怜悯之色——那一席显然是不在话下了。至于味道如何，大约没多少人过问，也无从判断，因没几个人此前有过吃"刺身"的经历。

对绝大多数人而言，"澳龙"和三文鱼一样，差不多是伴随着"刺身"的概念一起进入的。我随人随口叫了好多年，有一次在餐桌上忽琢磨起"刺身"是什么意思，在座的人都不明就里，瞎掰。往"刺青"上想吧，至少是"澳龙"，身上并无什么花纹，把筷子夹食的动作说成"刺"，似也说不通；说指其为生食的性质吧，分明又是"刺身"而非"刺生"。后来当然明白了——是从日语来的，日语里"刺身"就是生鱼片，引申开来，凡生食者，都叫作"刺身"。

我头次吃"刺身"，就是"澳龙"，当然是朋友请的客，做生意的朋友。好多人一道，也没问什么价。反正端上来就是睥睨他菜的架势，服务员忙着给腾地方，转盘的桌子是无中心的，然而由不同一般的器皿盛着、切成薄片的虾肉码在蒙了塑料薄膜的碎冰上，一只硕大的虾壳触须昂然"栩栩如生"立在一边，自然而然的，就是个王者之相。

与"澳龙"相比，南京人通常所说的龙虾，其时应该还在"曳尾泥涂"，境遇有天壤之别。不是说过去不吃这个，而是说龙虾其时尚在"上不得台面"的阶段，上档次的餐馆里，绝对不见踪影，小饭馆里也就是聊备一格的性质，因为卖不出价。谁能想到后来居然在南京餐饮界搅得风生水起,且声名远播京沪,成了偌大的气候?

传言种种

后来南京人对龙虾的疯狂，追溯起来也算是“其来有自”：小龙虾不远万里来落户，据说南京乃是它在中国的第一站。就是说，这家伙并非土著，而是地道的移民。祖籍嘛，据考证是现而今美利坚合众国的路易斯安那。西方文明的东渐，日本很大程度上充当了中转站的角色，未料与文明不沾边儿的龙虾，居然也是以日本为跳板。龙虾如何从美利坚乘船到日本岛，暂且不论，从日本到南京，说法就多了，民间流传着各种版本。

流传最广的一种说法倒是后来的，因有网络之助，一段时间里差不多已经是众所周知。说，“二战”时期驻中国的日军生化部队要处理大量尸体，用焚尸炉火化，能源消耗太大；如采取初级火化再分解排放，则会造成周围水体的毒化，日本人于是想到当时日本国内随处可见的克氏原螯虾。据说这虾专食腐物，越脏越污染的地方越能活，繁殖力还特强，经基因改造，抗毒的能力更变为超强，日本人于是将其大批运往中国，令其担当清洁水体的工作，即是说，这种虾将水中毒素吸附于一身，换来了水的卫生。可想而知，这样饱含毒素的虾们对人体的害处之大。所以，这玩意儿日本人自己是不吃的。此点也构成了发现“黑幕”者质疑龙虾的逻辑起点：为什么日本人自己不吃？！

当然很快就有人出来辟谣，以科学的理据证明此说纯属杜撰。我不知道科普文章是否打消了国人对龙虾有毒的疑虑——其实，在龙虾问题上，也不是以科学常识来正本清源这么简单，既然事涉日本人的险恶居心——后来又有食龙虾中毒的事情发生，有关部门，特别是输出龙虾的地区的专家来为龙虾做担保，也还遇到过质疑：安知专家不是“拿人钱财，替人消灾”，睁着眼振振有词说瞎话？以目下从一些部门到专家学者公信力的削弱，如此疑虑重重，不为无因。反正我在网上看到的日本人阴谋论的帖子远比科普文章引起更大规模的围观，渲染龙虾令人恐怖的毒性的信息，也远比有关部门的澄清传播得更广。但是龙虾风暴短暂受挫之后复又越刮越猛，国人的实用主义在此显露无遗：尽管照有些网站的舆论，吃龙虾与否几乎已上升到“抗日”的高度，大多数人还是照吃不误，在大快朵颐之际将对日本的憎恶搁置一边。另一方面，事实胜于雄辩，最有说服力的是，就算有中毒事件发生，那也是绝对的小概率事件，而且，关键是，也没听说吃死人嘛。

网上的东西，是复制时代的传播方式，帖子转来转去，也算是有“白纸黑字”为凭的，基本上不走样。当年关于龙虾的传说，则没有标准版本，更多即兴的成分。我猜测其流传大概集中在南京一地——龙虾跟着日本人的船来到南京，最初也就在南京城周边的一些地方落户、繁殖，南京曾遭屠城之祸，南京人的恐怖记忆以及对日本人的仇恨，又非别地可比，将龙虾之来归为日本人的阴谋，并不意外。口口相传，众说纷纭，基本内核还是龙虾存于污泥浊水且以腐污之物为食而来的那份毒性：小日本是存心要引来害人的，就像英国人把鸦片卖给中国人的没安好心。

比如有一种说法，姑且名之为“毁坏稻田”说，这是我一个同事在席上说起的。算是截搭出来的吧？——前面的部分听上去比较“科学”，说日本人的龙虾他们自己不吃，是用来清洁水体的，待说到运到中国的别有用意，则变得相当卡通化：龙虾可在稻田生长，日本人就任其在稻田中繁殖，龙虾对稻米感兴趣，用那对大钳子一夹，就将稻秆夹断，于是便可吃到米了，就是说，是来破坏庄稼的——听上去不大靠谱，那同事却不是玩笑的神情，说得有鼻子有眼。其时我们正在吃龙虾，有人便道：看不出来，这龙虾倒还挺聪明。

至于人吃了龙虾会怎样，自有各种的想象。没有权威来证实种种的说法，也没有人来证伪，但是不少人都不那么认真地信着，在老人的口中，则像一段可怕却无须证明的传说。

我肯定从老阿姨的口中听到过，并且以她特有的演绎方式，应该还有一些匪夷所思的细节，只是都模糊了。只记得讲述的缘起，是我从哪儿弄了只龙虾来玩，被勒令扔掉，说日本人如何如何坏，龙虾如何如何脏。比较清晰一点儿的是隔壁一玩伴告诉我的说法，却是不知从何说起的，清楚记得的是他形容龙虾拿大钳子夹人时眼睛瞪好大倒抽凉气的夸张表情，“夹住就不放，疼得能让人昏过去。”他说。我似乎于想象中感到了被夹的疼，巨疼。他像透露一个重大秘密似的悄声说，知道吧？龙虾是日本人弄来的——“就是弄来夹人的”。

这个版本太搞笑了，但我当时肯定是信了，龙虾猥琐的形象、日本人，还有他讲述时的神情，都让我信之不疑。当然，还因为其时我大概六七岁。此说的源头已无从追溯，几十年后我向他询问来历，他说应是从父母处听来，回去求证，老人都不认账，遂成无头案。我推断没准儿是他听过日本阴谋说的故事，只得梗概，附之以自己的孩童想象，夹人说显然要比食物中毒的描述来得鲜明生动得多。也许大人是说过，只不过是为了让小儿远离那脏东西，就“旧说”做有针对性的引申，自然是说过就忘——也可视为龙虾阴谋说的少儿版。

将信将疑之中流传的，不可不信，不可全信，没有谁去寻根究底，仿佛也不必弄到水落石出，传说之为传说，大抵也就是这样。

身为下贱

尽管日本人阴谋说对人们远离龙虾大概有推波助澜之效，我还是相信，相当长的时间里，南京人对龙虾不仅不视为美味，且有厌憎之意，主要还是因为它的贱。以南京人今日对龙虾的疯狂，以龙虾节节攀高的价格，似乎很难想象，当年在南京，这玩意儿根本就无人问津，连充当正经菜肴的资格都没有。我小时候，龙虾的确没人吃。按说食物匮乏的年代，最有扩大食谱的动力，荤食如此稀缺，龙虾被罗掘出来，才是顺理成章之事，而它竟能逍遥于食谱之外，真是让人费解。我印象中家境较好的人家固然不食，即使穷到一天两顿干饭都不能维持的，也还是不吃，餐馆里做龙虾更是闻所未闻。于此我们只能感叹观念的力量：若不是对龙虾的傲慢与偏见根深蒂固（人皆认其为脏与贱的化身，还有传说中的毒性），美味当前，如何能把持得住？

凭什么说龙虾贱呢？有一端大约应由它自己负责。人的社会里有“势利眼”，“势利眼”往往以貌取人，人之“貌”又常常关及衣帽，龙虾不着寸缕，问题一定就出在那身甲胄上。我以为龙虾是虾类当中生得最丑陋的，得名“小龙虾”，当是与海里的正牌龙虾一样有一身硬壳，然在后者那里或见出威武，它披在身上却并不生色。

衣冠之外，居住环境也很重要，龙虾“看相”不好，与它出没于污泥浊水之中大有关系，相比起来其他的虾类不论在池塘在江湖，都像是居于“高尚社区”。不仅此也，龙虾在我们眼中的“出镜”对它也大大地不利。中国人对水产品“鲜”的偏嗜都是往“活”里去追求，不似西方人于鱼虾的保鲜似乎冰冻即足矣。海鲜无法可想，淡水鱼虾则都是在水箱里养着的，其他的虾类在水箱里活络身子，悠然游动，很有几分优雅，唯独龙虾，因是水陆两栖，无须水养，故在市场上都是放在大盆子里卖，就见黑压压一片，你踩着我，我压着你，蠢笨缓慢地爬动着，一副很弱智的样子。在网上看到“猥琐男”的字样，我会不期然地想到龙虾，至于将它们在大盆中的挤作一团互相践踏说成“蝇营狗苟”，更属“欲加之罪”的性质。

当然这些都是后来的悬想与“追认”，事实上，几十年前菜市场里不大见到有龙虾卖——既然众皆不食，它也就不成其为国营菜场的经营项目。有之，则是在“自由市场”。

市场而以“自由”命名，听上去很政治（有“自由市场”的存在，却没听说过“自由广场”），其实不过是农贸市场在那时的别称，游动小贩的聚集地而已。一九四九年以后，“自由”一词有所变化，有毛主席的名文《反对自由主义》为证。所以至少在正经场合，“自由”毋宁是个贬义的词。“自由市场”因此也是个可疑的场所，我记得原先延安电影院那一带有过一个“摊贩市场”，许多卖二手电子元器件的人聚在那儿，有固定的摊位，或许是政府法外施恩给一点儿买卖的自由也未可知，“自由市场”的存在却肯定是非法的性质。多半是在城乡接合部，一个大概的位置，花遮柳隐地，买卖之余，要留神注意有无戴袖标的人出现——不是因为有碍观瞻，是以“破除资产阶级法权”“割资本主义尾巴”的名义抓人。如此这般，当然不可能“规模经营”。卖龙虾的都是一只篮子里装着，遇险情提起来即可上演大逃亡。

龙虾的“原生态”

龙虾何时进的城，已不可考——此处所说，不是说城里有卖，是说龙虾到城里居住下来——反正我小时在水塘小沟里是可以见到的。彼时城里、城外比现在有更明确的划分，“城”就是“市”，虽然“大跃进”的年代，城墙的某些部分被拆除，且在接下来的时间里，因依傍城墙的违章搭建愈演愈烈，“城”的轮廓日渐模糊，南京人的意识里，“城”的概念却依然存在，牢不可破：城墙以外，就是“乡下”。但南京城和彼时中国的许多其他大城市一样，亦城亦乡，若是往浪漫里渲染，你可以说城里也是一派田园风光。

稍稍离开市中心，即可见到一块一块的菜地，我的同学中就有家里是菜农的，大片的菜地即是他们所种。房前屋后、道路两旁，小块小块的，则是各家各户擅自开出的自留地。上学去的路上，青菜、苋菜、大蒜、蚕豆，还有竹篱矮墙上攀着的丝瓜，络绎眼中，或长势喜人，或形容枯槁，空气里还时而飘过一阵儿粪肥的味道。当然是往地里施的肥，不过这异味还有其他来源，比如按时出现的粪车，不少人家还用着马桶，粪车的摇铃一响，那一带便有人纷纷出来倒马桶。粪车行于道上，似乎很难做到涓滴不漏，于是马路上便时可见到黄澄澄的车辙印儿。沿着这轨迹，发现马粪驴粪的可能性也不小，或保持着坠地时的完整形状，甚至还冒着热气，或已着车轮碾压，成为一摊——粪车与另一种保证城市卫生的垃圾车多半还是驴马拖拉，粪蛋蛋当然是它们所遗。

你得承认，所谓田园味道若不是指情调，坐实在味道上，人畜粪便应被视为“田园”的一部分。在我的印象中，这其中还有一样儿，于粪便的气味中独成一格，便是鸡屎。有意思的是，关于农村的自留地经常有争议，城里种菜养鸡之类的小农经济却是法所不禁。很多人家都养鸡，有院的在院里某个角落搭个窝，没院的到晚上就捉回家里。白天鸡们就在外面溜达，胆子大的可以横穿马路走到街对面去。马路上车辆少，故鸡们遭遇交通事故的事情甚少发生，它们甚至可以在大马路中间从容大小便。鸡主们隔了大街“咯咯咯”高声地唤，或赶过来驱回，不是因为怕车碾着，是担心跑没了，或是被居心不良的人捉走。那态度有几分像对不听话的小孩，少不得要斥骂几句，气狠了说不定还会撵在后面打，嘴里道：“叫你乱跑！我让你乱跑！”

要到什么卫生检查之时，居委会才会来挨家挨户地下通知，让把鸡看好，不许外出。风声最紧的时候，会传达上级的指令，说鸡要限时全部杀掉，自己不动手，会有人强制性地替你杀。届时不免鸡飞狗跳，杀鸡令执法者与个别养鸡“钉子户”的冲突时有发生，争吵中间或还伴以诸如“你是党员，应该比群众觉悟高……不要拖群众的后腿”式的说服教育。但这限于非常时期，整个七十年代，大体上讲，南京城里的养鸡业还是欣欣向荣的。

我不认为说上面这些属跑题性质——龙虾在这样的环境、氛围里生存才是顺理成章的，试想今日高楼林立、玻璃幕墙闪烁的背景下，冒出原生态的龙虾来，岂不突兀？只是田园风光都还属大环境的范畴，龙虾要成为南京城里的居民，还得有适宜的小环境，也就是泥淖、臭水沟之类的地方。“幸运”的是，七十年代的南京，这些并不稀罕。我就记得一条几乎穿城而过的臭水沟，不知源自何处，反正是自东向西，迤逦而来，不同地段有不同的命名，珠江路以东，时而地上时而地下，过了珠江路也即出了中心地带，就一概是敞开式，起初还在背人的小巷干河沿里淌着，过上海路口，便一直傍着广州路流，沿着大马路直到乌龙潭。一米来宽的泥沟，污泥浊水，掺和了些乱扔的杂物在里面，发黑的污泥还会呈絮状，在浅浅的流水里摇曳。气味自然不好闻，过段时间，会有搞环卫的来清淤，着高筒胶靴站进去一锹一锹挖出淤泥，沿着沟沿一路垛过去，恶臭顿时加倍，直到被太阳晒成干硬的泥块。

我看到家居生活中的龙虾(上了市场的已经过初步的清洗，应算是“出客”的状态）就是在沟里。后来听大学同学描述农村生活的趣事，苏北的同学似乎都有钓龙虾的经历。说钓龙虾最是省事，无须特别的钓具，随便弄根棍系根绳，上面拴点儿吃的到田里沟里垂着，龙虾自会上来，大钳子夹上来，怎么着都不放松——被钓而如此肯于配合者，恐怕无过于龙虾了。在沟边倒没见人钓过，只见过小孩伸手去捉，有次还见挖淤泥的人弄出龙虾来，泥里来泥里去，而且是那样散发着恶臭的污泥糊弄一身，真是脏。

以那样的看相，要将其视为餐桌上的美味，确乎要有一定的想象力。那次我和其他几个围观的小孩各讨了一只龙虾回家，并不是要吃它，是当玩具。虽然我因此受到老阿姨的呵斥，对龙虾表示宽容的大人还是有的，他们会花几分钱买一只龙虾，而在我们的心目中，这也就相当于今日孩子的宠物。

未免有情

我第一次吃龙虾已是九十年代初的事，这上面肯定属于后知后觉，为此也曾让少数先行者讥笑过——或因有些地方食谱上早就有，或因荤食严重短缺而冒险开发新资源，私人行为的吃龙虾一直是存在的。不过从统计学的观点看，我也不能算是落后分子，因其时龙虾的风暴尚未刮起，甚至连“风乍起”也谈不上。

这时菜市场里的水产档口，龙虾已是作为一个品种出现了，不过餐馆里还是少见。有个好吃的朋友，父母是四川人，原先家里虽也颇重食事，因无传统，在南京数十年，从未问津龙虾。（四川无龙虾，川人也不吃。）不知怎么得了风气之先，惦记上龙虾了。彼时学校的青年教师都住筒子楼，真正的蜗居，一间房间，卧室、客厅、餐厅、书房全部要兼到，空间逼仄到行动不便。就这样也挡不住她吃的热情，时不时地大操大办，招上一帮人同吃。筒子楼风光，特点之一是其“公开性”，厨房是四家共用，水房则一层楼里只有两处，你吃点儿什么，邻人都会看在眼里，倘整得动静大，那便整个楼道“众所周知”。那朋友好热闹，干什么都动静来得大，吃龙虾亦如此。话说回来，侍弄龙虾，与整别的菜相比，也确实容易弄成“大操大办”的局面。

首先清洗就要大动干戈。因为六人同食，又号称“龙虾专场”，她买回来一大堆，两只篮子盛着，由一帮手相助，先在水房里将水龙头拧到最大，铆足了劲儿长时间地冲。而后一只一只用牙刷使劲刷。我们坐在走廊尽头的房间里聊天，门敞着，就听那边水哗哗地响，不时到水房淘米洗菜的人询问龙虾能吃吗，怎么洗、怎么烧之类的问题——足见吃龙虾还挺稀罕。这后面还有剪头、去腮、抽筋、开背一大堆事，等到烧煮的浓重香味传来，众人已是饥肠辘辘，急不可待。

不知我的一举建立起对龙虾的好感，是不是与充分的情绪酝酿有关。吃而能得趣，的确要有合适的氛围，虽然不一定是“空乏其身”的漫长等待。吃龙虾与吃基围虾、河虾、对虾都不同，或者与龙虾的“草根”性有因果关系，最宜随意而热闹。倘吃虾中也有“大碗喝酒，大块吃肉”的境界，那就是吃龙虾的时候。量足是一个条件，若每人只摊上一只两只，则不能过瘾；若有许多别的菜，龙虾只是聊备一格的点缀，那也很难尽兴。那天是“专场”，啤酒之外，其他都是配角，吃到最后每人面前高高一堆虾壳，在桌上连成一片，稍不留神，筷子就要到壳下寻找。其满足自不待言。

食当其时也甚要紧。那次是大夏天，正是龙虾脑满肠肥的时节——其实肠肥与不肥不相干，都要抽去，脑满与不满却是干系重大。后来我发现，龙虾之非别种虾可以替代，很大程度上即在那一脑壳子黄儿。从今人人体审美倾向于小头长身的角度看，龙虾最是比例失调，大大的脑壳尽显蠢相，每让我想起南京人笑话人说的“大头呆子”，只有从美食的角度，大大的头部才有其合理性。那天主人不知怎么拾掇的，头部剪一下，摘去了不能吃的“垃圾袋”，腮亦剪去，唯余虾黄，烧煮过后，黄儿却一点儿不曾流失，抓起一只，先不去剥壳，对着头部开口处猛吸一口，即是饱饱的一嘴。固然难比蟹黄的鲜美，但也有它的香，且来得便当，虾头是最入味之处，诸味与虾黄调和，吸入口中，与蟹黄蘸着姜醋的温文相比，别是一调。此前不是没有吃过龙虾，然过去对吃起来颇费周折的鱼虾均乏热情，且都是浅尝辄止的性质，故难得其妙。此次大吃特吃，印象深刻，视为我吃龙虾的启蒙一课，也算不得夸张。

但是此后很长一段时间，于龙虾却并未大开吃戒，原因是家里无人会弄，想起洗弄时繁复的手续，又视为畏途；另一方面，馆子里虽间或已能见到，以当时的工资以及吃喝之风的尚未大盛，吃在外面的时候也不多。如此这般，龙虾大体上已成美好记忆，直到后来终于轮到分得一套单元房。

单元房与吃龙虾并无关系，有关系的是我们请了一位钟点工。我母亲来过这新家几趟，对这位阿姨颇为不满，因她干事马虎不卖力，打扫过后的房间边边角角仍有灰，关键是，她还画眉毛，有次还带了只宠物狗来——“这哪是干活的样子？”我母亲就此得出结论：“钟点工还要请农村的，城里当工人的不行。”那位阿姨是工艺雕刻厂的下岗工人，跟我说过，她过去在厂里的活儿都是描花瓶那样的。

不能说我母亲说的没道理，不过我的要求不高，尤其想到重新找人的麻烦，就更能将就。又一条，是某次有乡下亲戚送来一大筐龙虾，我意外地发现，她烧这个竟是一把好手。请她来原本是为打扫卫生，只是特殊情况下才会让她下厨。我发现她的厨艺极不均衡，炒素菜、烧鱼，她能烧得一塌糊涂没个形，难吃无比，但是真的，烧龙虾她能烧得喷喷香，而且与做别事相比，手脚会变得异乎寻常地麻利。

用人当用其所长吧？也不是有意为之，自然而然地，隔三岔五就会买上一堆龙虾让她烧。她好像也乐得如此，虽然侍弄龙虾在我看来是较扫地抹桌更繁难的事，但显然干这个更能让她有成就感。隔的时间稍长，她还会主动暗示：“有日子没买龙虾了嘛。”后来我们干脆将买虾的重任委之于她，关于该怎样挑虾、软壳虾如何肉多等，她有好些理论。结果是她常常没时间打扫卫生，要延长时间则她下面还要做另一家，大吃龙虾之余，我们经常得面对脏乱的房间。就这样也好景不长：夏天尚未过去，她们厂子里突然接到一单活儿，临时将熟练工都招回去，我的美妙的坐在家中赤着膊大啖龙虾喝冰啤酒的日子，遂告一段落。

“盱眙”登场

其实我大吃龙虾之时，“风暴”已在酝酿。不知从何时起，餐馆里的龙虾开始打出“盱眙”的旗号。外地人大约没几个知道苏北有这么个地方，南京人知道也没多少人对得上号，因为多不晓口中的“盱眙”，写出字来是这样。古汉语里“盱眙”是张目远望的意思，怎么会挑了这么个动词做地名？也是怪事一桩。我知道这地方则是因为“文革”之前就有一拨名牌中学的学生放弃高考到那里当农民，被省里树为典型，号为“七十二贤”，后来有个知青农场也很有名。中学的某个暑假，我们一帮学生干部联系了到那儿取经。在那儿住了一星期，不要说没人请吃龙虾，听也没听说过，虽说算起来正是当令。我只记得农场里种薄荷，使老大的锅煮，整天鼻子上像是都粘着那味道。谁会想到几十年后那地方会与龙虾捆绑到一起，以至龙虾成为人们提起“盱眙”的第一反应？

我小时看到的自由市场上的龙虾，肯定不是从盱眙来的——以当时的交通条件，那样长途贩运，等于明目张胆地“搞资本主义”——周边的农民小打小闹而已。然时推势移，吃龙虾之风要能在几百万人的南京城刮起来，本地的那点儿资源，肯定不够。于是号称产自洪泽湖的“盱眙龙虾”大举“入侵”。只是依我之见，“盱眙”之于南京吃龙虾之风大兴的贡献，吃法的输出也是一端。过去南京人吃龙虾，也许并无一定之规（有餐馆经营，才有吃法的标准化，各凭己意在家里鼓捣，自难一律），有一条却似不成文法：下锅之前，一定抽去泥肠剪去腮，摘去头上的脑（南京人习惯称作“垃圾袋”）。“盱眙龙虾”则采取一种相当偷懒的吃法，入锅之前近乎“不作为”：不去腮、不抽肠，不掀开头盖摘脑子。总之，就像吃盐水河虾一般，洗了之后就下锅。

过去侍弄龙虾手续较他种虾的手续复杂得多，我想一个重要的原因是忌惮它的脏。故而“盱眙龙虾”袭来之初，南京人是颇觉可疑的，尤其是发现连泥肠也不抽去——这不要吃出病来吗？很有一些人畏葸不前，或是吃得犹犹豫豫。然而吃了并没死人（南京人劝人放胆吃或不净或有其他风险的食物，常以“吃不死人”相劝，听上去像是可吃不可吃要以“死”为度），尽管有人跑肚拉稀怀疑到“盱眙龙虾”头上，谨慎之念还是敌不过好吃之心，因为“盱眙龙虾”确有过人之处，且它的好处又与“不作为”相关。

后来我无师自通地发现，泥肠的去与不去，对龙虾的口感大有影响，去则烧后肉老而松散，收缩得厉害；不去则肉紧而饱满，剥出来肉滚滚的一坨。吃时去了壳拿去泥肠，也并不费事。此前我对龙虾的兴趣，不能说是唯在一黄儿，此时对它一身肉则更是刮目相看了。人同此心，情同此理，我相信“盱眙龙虾”的大行其道，必与虾肉口感的变身大有关系。

这只是从食客的味蕾一面去考察，另一方面，我的一个更为宏观的推断想亦不难成立：盱眙人在龙虾清理上打开的方便之门，让店家的规模化经营成为可能。试想照南京人侍弄的传统法子，剪须、去腮、摘脑之外，还要剪开脊背（不单是为抽去泥肠，还为了让味道更易透入），如此一只只地弄，大批量地处理起来，须得多少时间、人工？即使熟练如我们家先前的钟点工，一日少则几十多则数百斤的量，有人专事此事也得忙翻。

此点未向业内人士求证，想来大差不差。反正盱眙吃法传入之后，吃龙虾在南京就呈遍地开花之势。这大概是在上世纪九十年代中期。先是一些小馆子以龙虾相号召，其后眼见得火起来，像样点的餐馆开始跟进。相当长的一段时间里，价格相当之亲民。中央商场的顶层改做餐饮了，“亚细亚烧鸭广场”的名目不知何所取义，当时颇像样的，那里龙虾就是一亮点，记得一份只需十元钱。汉府街的“宋记香辣蟹”当时算是南京餐饮业的新军，由蟹及虾，似乎顺理成章，事实上完成的则是由高档到草根的跨越，他家堂吃之外，还做外卖，论斤称，十元钱一斤，远近闻名，门口排着队，里面不乏远道而来者。

至此，龙虾在南京的“存在”已格外分明，“十三香”“麻辣”的字样在大街小巷里招摇，更其活色生香的是小餐馆门口，一张桌，上面或盆或桶，红艳艳一堆龙虾。总之或堂吃或外卖，热闹非常，吃龙虾由家中各凭己意的炮制为主到餐馆九九归一的专业化经营，由吃在家里到吃在外面的“范式转移”，即在此时完成。“南京龙虾”的美名亦从这时开始，不胫而走。

盱眙毕竟码头太小，龙虾风暴的大旗，还得像南京这样的大去处来扛。其情形一如鸭血粉丝汤，镇江人所制其实更佳，到后来其名声却为南京所夺。龙虾风暴后来刮到别处，两大都市北京、上海也在其中，北京人且以吃龙虾上面酷嗜麻辣的缘故，赐以专名，谓之“麻小”（麻辣小龙虾之谓），追溯起来，都是追到南京这儿即止，再不会到盱眙去“认祖归宗”。

南京也真不负龙虾之都的名声。其一是吃风之盛，非别处可比。别地龙虾的影响，多限于一隅，比如北京，虽然“麻小”之名甚嚣尘上，事实上却是出了簋街，也许便难觅踪迹了。吃的人群也有限，吃货之外，怕是多为好尝个新鲜寻求刺激的年轻人，不像南京，不分男女老少皆裹挟其中，吃龙虾之念，堪称深入人心。其二是长盛不衰。吃事也是盛衰有时的，别处的龙虾风暴都是刮一阵儿就过去，北京、上海皆如此，短暂的热闹过后即归于平淡，唯独南京，多少年过去，热度依然，甚且愈演愈烈，高潮迭起。

一地的食物到别处生根并非易事，往往一阵风过，并不沉淀到当地人饮食的“基本面”中去，必待那一地的人不是吃个新鲜，有家常便饭的意味了，才算是落地生根。倘龙虾须归宗到盱眙，那它在南京已当真是落户了——不仅是每年夏秋龙虾上市的一阵儿热闹常规化，而且南京人整个视同己出，对龙虾的南京属性居之不疑。吃龙虾遂成南京一道风景，外地人来南京，倘正是当令，请客吃饭之际点一份龙虾，似乎成了题中应有之义。南京风味，正牌当然还是盐水鸭，然撇开小吃不论，单说席上“大吃”的，称龙虾为副牌，不算夸张吧?

火到这地步，哪家餐馆如果再无龙虾，那就说不过去了。事实上已然没有哪家餐馆面对风靡全城的龙虾还能崖岸自高，四星五星的酒楼也都请进来，待为上宾。——那意思是说，龙虾绝非聊备一格，纵使不能如当年澳龙众星捧月般独占鳌头，却也独当一面，唱的是大轴。当然，一入侯门，就是另一番气象了。

升俗为雅

原本上不登席面的家常菜升俗为雅，所在多有，红烧肉即借“东坡肉”之名（或其他名目）登堂入室，俨然大家小姐模样，龙虾之为上等菜品，命名上倒一直本分，在哪里也直白得很：十三香龙虾、香辣龙虾、清水龙虾、冰镇龙虾、木桶龙虾……命名不外“龙虾”加上做法。

但鲤鱼既跳了龙门，从做法、摆盘到吃法，便要往雅的一路去，变得精致细巧起来。

先说做法。小馆子里的主流是“十三香”，顾名思义，是以十三味药材、辛香料烹制。先下锅里炒，而后加水煮上片刻。香辣味的程序也差不多。特点是味重，为保持虾肉的鲜嫩，时间不能长，又因没有开背、去腮等步骤，要求其入味，放辛香料上面，就必得下重手。故自家炮制者不论，餐馆里经营的龙虾，最初都是往重口味上去。当然这也跟龙虾的个头儿、肉质有关——龙虾属虾家族里的粗坯子，淡水里的虾不用说，即使个头儿更大的海里的龙虾，肉质也要细嫩得多，倘别种的虾也像龙虾般大肆烧煮起来，就难免有暴殄天物之讥。反过来，刺身、醉虾那一路“天然去雕饰”的吃法施之于龙虾，也绝对不相宜。

以我的揣想，重口味，也是要压住龙虾的土腥气。后来清水龙虾、冰镇龙虾的出现，似乎有失龙虾的粗豪的“本分”，当然不是龙虾自己不甘寂寞，有出位之思，是龙虾风靡南京之后，店家要升俗为雅，拿它做足文章。任是怎样精心处理，龙虾在鲜美细嫩上面，还是不能与河虾相比，不过有那一大坨肉撑着，精选的龙虾素面朝天起来，也还别有风味——我说的是盐水、清蒸、冰镇的吃法。

这里面我以为最有意思的是冰镇。不知是哪家餐馆的创意：刺身上桌，通常是冰镇，为的是保持其鲜美度，熟食于烹调过后再加冰镇，龙虾之外，还真不多见。冰镇的底子是水煮，应属烹饪中的极简主义，龙虾须生猛，又须处理得特别干净，盐水与不多的几味调料，恰到好处的火候是其关键。火候恰好的清水龙虾冰上一阵儿，即为冰镇龙虾。冷热相激，虾肉有一点儿收缩，吃在嘴里，不失清水龙虾的嫩和饱满，而另有一份紧绷的精致。

头一回吃冰镇龙虾是在湖南路美食一条街上的狮王府，他家的选材极好，大个头儿的龙虾一般大小，一只只“栩栩如生”，鲜红的壳上因冰镇沁出一层细密的水珠，整整齐齐码在长条的水晶盘里，明艳照人，清爽、清淡，看上去居然冰清玉洁起来，有一丝凉意，大夏天里尤引人食指大动。

这已是及于龙虾的看相了。与其卑微的出身、粗豪的吃法相应，龙虾原先在餐馆里也是很不讲究看相的。路边店外卖的姑且不论，小馆子里大盆大碗地端上来（有的店家干脆以小脸盆装，号称为“脸盆龙虾”），也有一种食堂风味。因要龙虾浸在汤汁里入味，常是“拖泥带水”地上来——那汤汁不似一般红烧酱汁的红亮，发黑发暗，确有泥水的污浊感。再加各种调味料混在里面，龙虾身上多有所粘，自然乌乌淘淘。大餐馆据说吃的是档次、品位，原本不上台盘的龙虾到此自然也得袍笏登场，不可造次。随便哪种做法，一概不再有拖泥带水的“原生态”。只是清水、冰镇一路，因不为“十三香”或多少香改易其色，尤显得干净，红也红得越发本色了。

与摆盘一道，吃法上也渐入斯文一脉。此处吃法不是指吃龙虾的一般步骤——那是到哪里都一样的。盱眙有流行的歌诀云:“轻轻牵起你的红酥手（拎住龙虾的双螯），慢慢跟我走，掀开红盖头（剥开龙虾的头盖），深情吮一口，褪下红兜肚（剥去尾壳），抽出金腰带（拉出虾肠），让你一次尝个够，常来常享受……”我听过不止一回了，印象深的两次，内容之外，连说者的表情也挥之不去。两次都是在盱眙，介绍者都是当地官员。酒过三巡，龙虾上来，照例有一番介绍，多半是有几分酒意了，通红的油脸与盘中虾色相映照，乜斜着眼带几分卖弄说起来，有意拉长的声调意在突显歌诀的深层含义，唯恐来客忽略了其中的暧昧香艳，末了没准儿还挤眉弄眼说一句，“——你懂哎”。这一番做作想来是上演了无数回了，还当是外人不晓的秘密，却是常演常新，关键是，状颇陶醉。

其情其状，与“斯文”相去甚远。写到此方觉得，我所谓吃法，也许说成吃相更准确。过去吃龙虾，要维持住斯文的吃相，殊为不易。面前的一堆虾壳已然弄得桌上狼藉一片，又是剥壳去肠，又是吸吮的，倒也罢了，关键是龙虾拖泥带水地上来，吃不几只，手上已是沾汤带水，到后来一个不留神，汁水甚或顺着胳膊淋漓而下，弄得狼狈不堪。故有人逢吃龙虾便将袖子卷起。我有回笑说，吃龙虾真是阵仗大呀，揎拳捋袖的，整个是大干一场的架势。此种粗豪的吃法自不见于大酒楼的宴席，首先就不见了满桌虾壳的壮观景象——服务生在一旁不停地换盘子呢。其次龙虾既是“净身”登场，汁水淋漓的狼狈也可避免。店家甚至都会预备下一次性的手套，戴手套操练，完事后了无挂碍。这倒也不仅是吃龙虾，有须手持啃食的肉骨头之类，也是如此办理——也是用餐文明化的举措吧。我以为吃饭戴手套，终隔了一层，通常是弃而不用。

在南京，“高大上”

龙虾在南京登堂入室且日趋高档化之时，龙虾风暴已刮到了别的地方，以北京、上海为最。不见得其他地方就不吃或未成气候，实在是因为这两地是比南京更大的码头，有点风吹草动，就能整出很大的动静。上海距南京不远，饮食有相通处（比如喜食要费点儿事的鱼虾、螺蛳之类），加上上海人“实惠”，爱上龙虾，意料中事。然事实上北京的龙虾风暴刮得更为猛烈，至少动静更大，“麻小”之名不胫而走，端赖北京人的播扬，上海就没有类似自立新名的创举。“麻小”风靡之际，我去北京，总有人问起南京的龙虾，且要领我去见识京城的盛况。我因惦着要尝北地的小吃，一一婉谢，却也就见得吃上面的新潮了。比起上海人的实惠，北京人的吃龙虾更有“潮”的意味，据说“小资”“文青”均以食“麻小”为尚，呼朋引类到簋街喝啤酒吃“麻小”，嗨得不行。

但类似南京那样将盱眙龙虾接过来高张艳帜、“鸠占鹊巢”的事儿并没有发生，龙虾之名仍然与南京牢牢绑定。龙虾的“本土化”在南京来得特别彻底，固然有人专门开车跑到盱眙去大快朵颐，盱眙人开的龙虾店也大大有名，然南京人端的已将龙虾视同己出，鼎盛之时，食龙虾已成夏秋时候例行之事，菜场相遇，每以“不买点龙虾？”相问，而以龙虾闻名的“朱大”“杨四”等总是人满为患，街头巷尾，则龙虾外卖极是招人。记不得彼时南京城每日龙虾的需求量了，反正是个惊人的数字，与别地相比，遥遥领先。

然而好景不长，现如今南京龙虾的盛名，不是靠走入寻常百姓家的普及率，而大体是靠餐馆，尤其是高档酒楼在顶着。一旦本地人、外地人就南京与龙虾的关系达成共识，本地人当仁不让以龙虾大本营自许，外地人慕名而来为南京人的炫耀所诱，餐馆的菜单里没有龙虾就说不过去了——以新潮的方式表示，就 OUT（落伍）了。高档酒楼的加入，让龙虾的价格一路攀升，令老百姓望而却步。所以你也可以说，升俗为雅的一个结果是，龙虾与普通人的日常生活渐行渐远。

个儿大肉丰者差不多已被高档餐馆垄断，小馆子只能尾随其后等而下之，外卖则因价格太高无利可图，早已不成气候。菜市场里龙虾摊位前亦不复往日的热闹——过去你总可见装龙虾的大盆前围着许多人，蹲在地上一个一个地挑。年轻人多不会或不耐自己侍弄，年纪大的人脑子里烙着当年几元钱买一堆的黄金时代，看着盆里形同老弱病残的虾们，两相比照，一声叹息。当然，直抒胸臆道出心中愤懑的人也是有的，有次我在菜场买鱼，摊主兼营龙虾，见一六十来岁体力劳动者模样的大汉问了价后在嚷嚷：“喝矢嘀，——是吃龙虾啊，还是吃螃蟹？！”摊主就叹苦经，说进价如何如何，那大汉也不理会，事实上他的抱怨并无针对性，毋宁是说给众人听，骂骂咧咧之间，眼睛扫过周围一圈，因我张了他一眼，一度就停留在我这里，像是让评理，那一刻大概是以代言人自居了吧？

龙虾最大的养殖地在洪泽湖，洪泽湖的龙虾，凡一等货色，据说都到了南京。上海人实惠，不跟南京人争这一口，龙虾卖到天价，那就由它去吧，小点儿的不也一样吃？南京人则不能由它去，盛名之下，极品的龙虾，上海、北京可以没有，南京？——必须有。餐馆里的龙虾论大份儿、小份儿，中档馆里大份儿已在一百元上下，高档饭店就不用说了。本地人于不长的时间内见证了吃龙虾的“范式转移”：场所由家中、街边大排档、小饭馆为主转向中高档餐馆的包间，形式由二三人、三五人的小聚变成整桌的宴席——其中龙虾是一道大菜，酒酣耳热之际才隆重登场。

总之是由“小吃”摇身变为“大吃”，等闲吃不起了。前面说龙虾是“副牌”，乃是就知名度而言，毕竟盐水鸭历史悠久，累积的名声无可撼动，但从另一方面说，龙虾这“新贵”可谓后来居上，因为的确是“贵”，相形之下，作为冷盘出现的盐水鸭如同西餐里的前菜，已是烘云托月的身份。

至此，龙虾的草根属性荡然无存。

美国人的吃法

龙虾作为平民化的食物还存在吗？在那些对龙虾不像南京那样郑重其事（仿佛另有象征意味）的地方，还是存在的吧？只是我没想到，一个大的去处倒在大洋彼岸的美国。

尽管龙虾的老家在美国，我一直以为那儿的人是不吃龙虾的——日本有龙虾先于中国，日本人不就无动于衷，且有厌憎之意吗？有次一美国教授来访，院里请吃饭，席上有龙虾，我便问美国人吃不吃这个。答案是现成的：你想他们连淡水鱼都不吃，哪会吃这个？此外我以为吃龙虾对西餐礼仪绝对构成了挑战，以洋人在饮食上的笨拙，他们怕是也对付不了。果然，他说不吃。边说边盯着面前盘里的一只龙虾，挓挲着两只手，一筹莫展的样子。这是将我的揣想坐实了。

然而事情总有出乎意料者。某次在网上与一留美多年的老同学聊天。他对国内种种多有不满，唯在饮食上，是个地道的中华优越论者，每聊天必痛诋洋人食材的单调、手段的简陋。那天我凑趣，说起老外不知龙虾为何物，吃起来那真叫出“洋相”——虽然我对西餐其实颇有好感。未料那边道：“你说的是小龙虾？谁说美国人不吃？——吃啊，吃得欢着呢。”而后就发来几张图片，以证言下无虚。原来美国幅员辽阔，各地饮食颇有差异，吃龙虾限于路易斯安那、得克萨斯等少数几个州的某些地方，上面说到的那位教授在东海岸，又显然不是个吃货，不知西海岸有吃龙虾之风，亦不为怪。

我曾到美国访学，西海岸的老同学请吃海里的龙虾，倒未提及这个，可见同在海边，加州那一带也是不吃的。无论如何，未能亲尝，是一遗憾。作为补偿，我要求老同学充分满足我的好奇心：美国人怎么吃龙虾？在哪儿吃？徒手操练还是像吃螃蟹一样，借助工具？是跟中国人学的招儿，还是他们无师自通？等等，等等。结果是，他不仅巨细无遗一一解答，还发了段视频过来。经一番答疑（有的是经我问了之后他去查考了，也才弄清），我虽未曾亲炙，对美国人的吃龙虾也算知之甚详了。

大本营在路易斯安那，龙虾的“祖籍”就在这里，当地人喜食，顺理成章。每年四月到季风到来之前，是吃龙虾的季节。届时许多餐馆都做龙虾生意，常年供应的也有，有一种叫作 crawfish etouffee，译作“小龙虾汤”或“炖小龙虾”，就是当地特色菜，用剥出的虾肉做，冰冻的亦可。当然主流还是囫囵个儿自己动手剥食的龙虾。居然也有外卖，超市里论磅称。不要以为是中国超市——不是的，地道的洋超市，一如做龙虾生意的大都是洋人开的餐馆，中餐馆反倒鲜见。这就见得吃龙虾他们自有他们的传统。

做法嘛，都是烧煮，不同处在于用何种现成的汤料。汤料的构成，不烦细述，但有两样儿，不在汤料以内，必须一提，一是黄油，一是蒜末。蒜蓉我们一点儿不陌生，清蒸的开片虾味道上就是蒜味主打，各种口味的龙虾中也少不了蒜头的帮衬，与黄油做一处，则是洋派的做法。就因多用黄油，他们的龙虾黄澄澄，蒜蓉也为其所染，粘在龙虾身上，有几分脏相，与我们印象中西餐菜肴的光鲜迥然有别。

当然，人家也没把龙虾当什么正经菜肴。餐馆都是中午到晚餐之间做这生意，到正式的晚餐开始之前，已然撤了。试想就龙虾那模样，那不施刀叉、徒手操练的吃法，任你怎样斯文也“正式”不起来吧？龙虾若大张旗鼓吃起来，委实是跟什么都不搭，事实上来杯啤酒就齐了，老美就是这么干的。买个三磅以上，则还会配上土豆、玉米、火腿肠，就这些。

我很好奇他们怎么个吃法，这上面老同学的答疑怎么也比不了那段视频——是教人怎么吃的，所示范者，当是老美的标准吃法了。从中我看出了两条：其一，头上的黄儿他们是不吃的，抓起虾的头部就拧麻花似的那么一拧，将那坨肉从壳里拖出来，壳肉分离，舍头吃肉；（这让我想起很早以前看过的一部动画片，那上面唐老鸭一堂兄吃龙虾的情形就是如此，我还以为是漫画式的夸张，看来却还是源于生活，吃小龙虾大约是吃海龙虾法子的沿用。）其二，上面的动作已是他们的动作的全部，就是说，并未抽出泥肠，那条藏污纳垢的肠子随着那坨肉一起吃肚里去了。我原先要看的就是老美怎么干抽泥肠这细活儿的，倒好，人家一派粗豪作风，一口吞下，浑若无事。

说到这些，未免琐细，美国人囫囵吞枣式的吃法，我也不以为然，只是他们葆有龙虾“草根性”的更其“原生态”的做法令我激赏。这是正餐之外的另一系统，以我想来，就像他们的 BBQ（即 barbecue，烧烤）之类一样，不那么正式，吃的同时带有游乐的趣味。跨国比较起来，也就像重庆的街头火锅、成都人的啃兔头、南方大排档里吃螺蛳一类的街边小吃吧？其实我们过去吃龙虾，何尝不是如此？

我的龙虾乌托邦因此是回溯性的——回到南京龙虾风暴初起，到处外卖，街边大排档红红火火，三五人坐在昏暗的灯下大吃特吃、痛饮啤酒的日子。再“私密”一点儿，则是我在珠江路的蜗居里的情形。八十年代的两室一厅，那厅只能搁下饭桌，没有窗户，通风极差，夏天吃饭常吃到汗流浃背。每吃龙虾，干脆就赤膊上阵，大汗淋漓中暴食暴饮，爽啊！

在我看来，那应该是吃龙虾的“盛世”。

观鱼

观鱼的人有几种：养鱼的人，钓鱼的人，还有闲人。养鱼的人，随便是简单弄个玻璃鱼缸注入清水养金鱼，还是复杂起来，大家伙整套的换水设备伺候热带鱼，最终都是为了看。钓鱼的人虽意在一钓，所见既多，也能鉴貌辨色。至于毛泽东所云“莫道昆明池水浅，观鱼胜过富春江”那样的“观”法，已然去鱼远矣——不仅肯定是宏观，而且其实是目中无鱼的，属形而上的“观”，可以不论。

养鱼的人观的是观赏鱼，钓鱼人观的是食用鱼。闲人大约都看，但都是看热闹的性质，如我之辈，鱼的存在主要为了满足口腹之乐，若有观鱼的闲情逸致，那也是在食鱼之余了。

所观者，自然是本非供观赏的寻常的鱼们。这有生前与死后之分，死后又有烹饪之前之后之别。烹饪之后，即使像清蒸那样保持本味的，也已破相，说观鱼，不如说是观菜品，实在无甚可说。而不论生前死后，只要还未上案板，鳞未去，肚未破，则大有可观。现今卖鱼较过去条件好得多，水箱里静养的固然生龙活虎，冰碴上躺着的冰鲜鱼（不是冷冻的）尽管一动不动，却犹存色相，“栩栩如生”。我“观”鱼，也就是菜场、超市里对处于该阶段的鱼们的一瞥。

不论南北东西，吃鱼的人心目中，鱼一族里自有高下之分，标准取决于鱼肉的质感、味道，吃的时候，大体上是眼中有“肉”、目中无鱼。实则鱼长得各是各的样儿，妍媸，不可一概而论。依我之见，海鱼之中，最没看头的是带鱼，扁阔如一长布带，了无生气，看上去简直不像一条鱼。比起来，鲳鳊鱼要悦目得多，不论大小，都是玲珑的身段、扇形的展开，让人想到展翅的燕子。黄鱼或者就因其“黄”而得名，遍体明黄，要算是常见海鱼中唯一有彩色的，然如同人群里“一白遮百丑”的人，除了那点黄，长相实在平平。较大的海鱼都是分割出售的，所见往往只是局部，到现在我也不大想得起全须全尾的三文鱼、鸦片鱼长什么样儿。印象深的倒是鸦片鱼头，瞠目张嘴，有几分凶相。秋刀鱼不能说是凶相：笔挺的身姿，尖锐的头部，利落的尾，些许的黑中一身银亮，亮到逼人，像一把寒光闪闪的匕首，可以想象水中其倏忽来去的迅捷，一股子凌厉之气。

当然，像南京这样的内陆城市，最常见的还是淡水鱼。鲢鱼有白鲢花鲢之分，胖头鱼是花鲢，以头大著称，真是胖头胖脑的，“脑满肠肥”只能取其半，因头再大也不给人腆着肚子的感觉，但确有几分“蠢相”。青鱼通常长得长大，也是一副老实相，身上的鳞片排列有一种千篇一律的呆板，最是无趣，因身量大又常分段出售，做熏鱼做鱼片多拿它开刀，菜场里去了骨弄成“肉”的半成品的也是它，看上去好像比别种的鱼更在为“人为刀俎，我为鱼肉”现身说法。乌鱼（又称黑鱼）在我看来要比青鱼好些，虽然也还是貌不出众。这鱼上餐桌的机会要少些，似乎到了家中有人动了手术之类，才变得大有用武之地——据说黑鱼汤对伤口的愈合有好处。中学时不知为何动了一回刀，家里事先就买了条黑鱼在澡盆里养着，它在水里不大动弹，拨弄之下动上一动，才知还活着，而要弄死它也真是不易，使劲朝地下掼，开膛破肚半晌，以为已是死透透了，偶或又挣扎一下，力道还来得大，溅你一身的水。大概就是因此之故，总觉得黑鱼犟头犟脑的，又一声不吭，像南京人说的“闷头机子”。

与黑鱼比起来，鲫鱼、鳊鱼是更常见的，在南方人眼里算是中档鱼，看上去也就是“中人之姿”。这么说并不意味着餐桌上的上色鱼长相上也就过他种鱼一等。比如鳜鱼，从价格上便知不是凡品了，各部分长得也有异于众，但那五短身材似并不敢让人恭维。还有长江里的鮰鱼、鳗鱼，肥嫩可口，身背花纹，但那扁阔的头，两撇无精打采的胡须，加上周身似有黏液裹着，令其总显一副邋邋遢遢死皮赖脸的样子。支鱼有鳞，又不似鮰鱼鳗鱼的乌漆墨黑圆滚滚的仿佛腰身全无，看上去要清爽得多，却仍是伤于太过结棍。

我并非在观鱼之际也向现今流行的“骨感”标准靠拢（真要“骨感”起来，也就没吃头了），跟鱼去说什么“腰身”当然也是戏言，不过从“观”的角度说，一味地身形粗壮，的确是不大养眼。相比起来，身材扁而薄的鱼就要算是“苗条”。最苗条娇小的，要数刀鱼——与秋刀鱼一字之差，却完全是两样的，有似小家碧玉。说白鱼当得起“大家闺秀”四字可能理由不大充分，然而白鱼看上去实有几分温顺与矜持，单看细细的鳞片也可推想一身的细皮嫩肉。最近对白鱼特有好感，这应该是从吃上面来的，以吃与“观”的统一而论，至少暂时的，它是首选。

那些年，我们桌上的鱼

小时不喜吃鱼，嫌剔鱼刺费事，没那个耐心。即使免去剔刺儿之劳，我对鱼也不会有对肉的那种热情。过去说吃的丰盛，常以“鸡鸭鱼肉”来形容。以我的感觉，这样的并举是不成立的：鸡和鸭都可以视为“肉”，鱼就清淡得多了，以至于你把它归入“荤”时都有点犹豫。比如说，吃肉圆，就算里面掺了些面粉，我还是分明感到是在吃肉，鱼丸纵使货真价实，我也会等闲视之，似乎跟吃豆腐差不多。

但我关于吃鱼的记忆倒不少——关乎视觉，而不是味觉。不知这是不是与鱼常以囫囵、整体的形式出现有关。最常见的是在街上，上过菜场的人将鱼拎在手里往家走。拎块儿肉、倒提着鸡都见过，却不那么常见。大概鱼这么处置是最方便的——菜场里卖鱼会用一根稻草从腮那里穿进，从嘴穿出，打个扣儿交给顾客。其他菜都放菜篮子里，肉弄张纸垫着似也无碍，唯独鱼要完全隔离开来，还是因为怕别物沾了腥。我最赞成鱼这样拎回，与彼时刚知道的一个量词有关。《水浒》里说到鱼，都是以“尾”论。李逵要下酒,便嚷嚷:“先把两尾鱼来与我！”我觉得说“尾”不说“条”特有味道。不过,得是拎着那样的，躺在篮子里就忒不像了。

事实上鱼也唯有拎着时才“站”着，其他时间即或在水里游动，取的也是“躺”姿。甭管拎着还是用什么别的方式拿回，鱼们的最终去向是我们的餐桌。有些鱼现在大体上是见不到了，比如鲥鱼、刀鱼，但就端上自家餐桌的而言，现在的种类肯定要多得多。鱼们的尊卑秩序倒是有所谓“上色鱼”“下色鱼”之分，即上等、下等，鲢鱼一直是“贱民”，鳜鱼、白鱼则从来是“贵族”的身份,鲫鱼、鳊鱼属中上,青鱼则属中下。

我对青鱼印象较深，因青鱼是最常拿来做咸鱼的。冬天，特别是快过年时，就能见到人家檐下窗前垂挂的咸鱼咸肉。鱼要让它干透，用一小棍撑开肚腹，有种开膛破肚的惨烈，但时日稍久便一点儿不觉，因鱼已是形容枯槁干瘪，肚腹翻开的部分已有几分透明，一排鱼骨亦清晰可见，像是一件标本了。只是我对咸鱼极度地排斥，最反对的是拿它与肉同烧，这时候它倒又有味了，说不出是一种什么味，反正等于拖肉下水。

鱼里面我比较能接受的是海里的。喜欢带鱼要归“功”于它的刺儿长得好，对称又有序。马鲛鱼因肉滚滚的，刺儿又少，最合我意，肉是粗了点，但依我看来，是最有肉的感觉。

犹记有年过春节到菜场去买带鱼，虽是规定了每户若干斤，也还是要起大早去排队。天寒地冻，排队的人都瑟缩成一团，等候多时，一卡车带鱼到来，待卸下了还不开卖，因卸下的是一个个大冰块，四四方方，菜场的人拿了大锤等家伙砸上去，如开山碎石一般；又见一壮汉，不耐烦零敲碎打，抱起来举过头顶，朝地面狠狠地掼下去。也不知过了几时，带鱼才从冰块里脱身出来，犹自硬邦邦如铁铸一般——那应该算是我在菜场里见过的最轰轰烈烈的场面了。

镇江肴肉

很多年前，我对镇江肴肉即存了向往之心。这向往起于一个神话——是一特能神侃的邻家大哥对我说的，说镇江人有时不吃饭，光吃肉！

须知我听这话时，正是肉不够吃、吃不够的年纪，说数日不闻肉味当然有点夸张，但上中学时有位关系较近的老师曾私下问我家里是否顿顿能见到肉，我回说不要说每顿，每天也不能保证，就可见彼时肉食与一般城市居民餐桌之间的关系。在我的意识中，吃肉是吃饭的高潮，正因是高潮，就只能是点缀一下。倘将吃饭比作金字塔的结构，那饭是基础，菜属上层，菜中之肉是王者，绝对是塔尖，其他种种，都是众星拱月的性质。按现代消费的观念，则绝对属于奢侈品——不吃饭，光吃肉，那是什么概念？！

因此乍听关于肴肉的神话，我一念全在“肉”上，“肴”不“肴”的倒不大理会，却不知此肉与我通常所食红烧肉全是两回事儿。这很正常：分此肉彼肉已属辨味的范畴，在肉类稀缺如此的背景下，只要是肉，于愿已足。当然后来知道了，“肴肉不当菜”与“香醋摆不坏”“面锅里面煮锅盖”一样，同为“镇江三怪”之一，“不当菜”是真，却不是当饭，乃是当作茶食。据说要上一壶茶，来上一碟肴肉，佐以香醋、姜丝，吃起来惬意得很。

上世纪八十年代初游镇江，“吃”于我尚未成为“游”的一部分，身为穷学生，也不大吃得起，于肴肉算是“擦肩而过”，再往后土特产的概念渐次取消，地不分南北，镇江肴肉已是随处可见，且亦早已尝过其味。却也无甚心得，作为“肉”之一种，与捆蹄之类，也就是大同小异吧？但空口吃肉仍是我的一个情结，茶与肉这样的搭配似乎很妙。其实肴肉既是随处可见，买回来自去将茶，有何不可？只是不到其地，似乎就想不起，此外不是亲见当地人行来，仿佛行来也多少有瞎比画的意味，不晓对也不对。此次既又到镇江，这肴肉总要以标准方式吃上一回。

超市、卤菜店所见肴肉，都是一方一方的，五寸见方，两寸厚薄，状如羊羔冻，我初以为也就是羊羔冻的做法，以碎肉整合，实为肉冻。实则肴肉是整块蹄髈剔骨腌制焖烧后压平整的。更确切的说法当是“肴蹄”，即是以此。顶真地说，则“肴”还应还原为“硝”，因此物特别处乃是在腌制过程中加入了少量的芒硝，据说恰是硝的作用令肉色鲜艳、肉质软嫩、味道鲜美。镇江人有很多讲究，前蹄如何、后蹄如何，又说上桌时可按肴蹄不同部位，切成各种肴蹄块，猪前蹄爪上的部分老爪肉（肌腱）切成片形，状如眼镜，叫眼镜肴，食之筋纤柔软，味美鲜香；前蹄爪旁边的肉，切下来弯曲如玉带，叫玉带钩肴，其肉极嫩；前蹄爪上的走爪肉（肌腱），叫三角棱肴，肥瘦兼有，清香柔嫩；后蹄上部一块连同一根细骨的净瘦肉，名为添灯棒肴，香酥软嫩，为喜食瘦肉者所欢迎。这些个讲究，非外人所晓，我向来于肴肉也只是宏观地吃，但觉其清腴适口罢了。好在“醉翁之意不在酒”，曲里拐弯处，实不暇细辨，最感兴趣的，还是当作茶食的吃法。

大年初二的早上，起了床就奔挨着西津古渡街的“老宴春”。“宴春”之于镇江，颇类“富春茶社”之于扬州，吃早茶的所在，若说“富春”的包子已成扬州的象征，那“宴春”的肴肉也可视为镇江的代表，市面上所见的肴肉，必打上“宴春”字样，方为正宗。“宴春”的肴肉皆是切成二寸一分厚的条儿论块儿卖，六元钱一块儿，在盘里架空地码起来，只要一块儿，也照卖。大约因是大年初二的早上，食客不多，且多是吃熬面吃包点，竟没什么人点肴肉，坐着东看西看，虽是老店的格局，里面以栏相隔，也就有几分扫兴，问店员端的，倒笑着说，现在喝茶吃肴肉已是少见，即在镇江，肴肉多半也成下酒物了。这一说就觉自家的有备而来，不无做作，于是喝口茶，夹肴肉蘸醋姜草草吃了，便去逛老街。

因想肴肉也像扬州的干丝一样，早已是桌上菜肴的身份，将以佐茶，可说是陈迹了。其实过去不必说扬州镇江，南京那吃法也可见的。周作人记当年在南京读书情形，就说到常往“阅江楼”吃茶，食客常要干丝一份，慢条斯理地吃，过一阵儿便唤伙计再浇些麻油，必待麻油三浇，这才吃罢抹嘴走人。他没说到肴肉，想来吃的理路是一样的。味道与搭配本身固有其理由，比如肴肉原本清淡，有皮有肥而一点儿不腻，试想酱肘子之类配茶就不搭调，茶之清与肴肉之清腴，亦确有相映成趣之妙，然这样的食法更诱人者，实在还是其中透出的一份闲情。一种生活节奏既已消失，也就怎么着都觉不对了。肴肉由茶食演变为下酒物，也算微露消息。

猪耳朵，层层脆

层层脆，我打小就在卤菜店里见过，却不知那就是猪耳朵，更不知其出处在山西——猪耳朵如此这般地吃，是山西人的发明，但既已早早被各地的人接受，它的地方性便渐渐为人所忘却，好比我们穿的衬衫实是从西人那里来，却少有人意识到它乃是“西装”了。

层层脆的做法有点像镇江肴肉——我说的是接近尾声的那道工序：卤好之后要经压制，猪耳朵要一层层码起来，在方形容器里压密实了，扣出来是四方的形状，若用刀切一下，新的切面处，白一道红一道，层层叠叠尤见分明。那白的一层便是耳朵里的软骨，咬在嘴里咯吱有声，“层层脆”里的“脆”当是落实在这里，所谓“层层”则是指耳朵的叠加了。

猪耳朵是猪头的一部分，猪头固然也有像在“扬州三头”里那样整烧的时候，通常所见，却是卤菜店里的猪头肉。猪头肉强调的是肉，猪头上的有些部分不在其内，其最著者是舌头，从来都是切下来以“口条”的名义另卖的（“口条”似乎是猪舌的专用名，他如牛舌之巨，鸭舌之微，均不以“口条”称）。猪鼻在有些地方独成一类，某次去杭州，在湖州一带的一处高速公路休息区就看见卤菜柜里赫然有一托盘排列整齐的卤猪鼻，一个个两孔向天，煞是有趣。在银川则在超市里见到过真空包装的猪鼻，一份一只，虽是从脸上分离出来，也还是有一种憨态。但至少在南京，卤菜店里的猪鼻子经常是作为猪头肉的一部分出现的，这才会有好这一口的食客指定了就要这一部分，熟客则会让店家给自己留下。唯有猪耳朵，似乎在哪里都是自成一味。

动物的内脏器官，称“下水”，又叫“杂碎”，耳朵也是一器官，然暴露在外，能否入得“下水”“杂碎”之谱系，就不知道了。但说猪耳朵独成一味，却不是味道的味，一者猪耳朵并无特别的味道，二者卤制的方法与猪身上其他的零碎玩意儿一般无二，有家卤菜店的人就告诉我，他们家是耳朵、尾巴、舌头一锅卤的。

凡动物没有不长耳朵的，凡耳朵构造、质感、味道或许也差不多吧？但人似乎对猪耳朵情有独钟，没听说其他什么耳朵当菜的。西北有一种面食叫“猫耳朵”，有一种膨化食品也是此名（包括虾片），但其得名并非猫耳朵作为一道菜而大名鼎鼎——我就没听说过单吃猫耳朵的，事实上吃猫肉就已经很另类。（虽有“狗肉不上桌子”之说，但颇有些地方以狗肉驰名，如江苏徐州的沛县狗肉、贵州的花江狗肉。）我吃过一回猫肉，还是小时候邻家的皮大王不知从哪儿弄来的猫偷偷烧着吃，得分一杯羹，属“地下”性质。当真有作为菜肴的猫耳朵，要多少只猫的耳朵才能攒出一盘来？从这上面看，猪耳朵成为我们的盘中餐太具有必然性了，论体量，牛也比它不过，遑论其他？那对小扇子也似的招风耳，配合着生前傻愣、死后刮干净了笑眯眯的一张脸，更其憨态可掬，而招摇如此，让人不想打它的主意也难。何况猪是我们最主要的肉食，从头到尾到脚，从里到外，差不多我们都分门别类地烹食，独将其舍去，未免暴殄天物。

不仅此也，它的独成一味，也有过硬的理由。我说的是它不同于猪的任何器官任何部位的独特口感。不是说它无味，猪皮也有味道嘛，虽然不及肥肉的香、瘦肉的鲜美，及至卤后也不及口条的入味的香，但以我之见，其妙处端在口感，若说味美，也与其口感不可分，或可说竟是附着在口感上。猪耳朵可说是地道的“皮包骨”——就是两层皮夹着一层脆骨，皮下既无肥也不见瘦（猪头肉则虽不似猪身上其他部分的层次分明，却还是有肥有瘦的），耳朵端的是无一点儿“赘肉”的所在。虽是“皮包骨”，它与别处的皮与骨又自不同：那层皮特别柔韧，那层软骨头则较别处的软骨更软脆，概而言之，软者不那么软，硬者不那么硬，吃起来软硬兼施，软与硬却是合力朝着一个方向去，即是有咬嚼。皮与骨一口网罗，也是于猪的别处再不会有的经验。

多半就是为此，且又多为冷食，有人视猪耳朵为下酒的不二之选，事实上好这一口的，也以酒徒为多。不管是怎么做法，有咬嚼是定规的，好像基本的做法都是卤，或许欲其熟透且入味，快炒的法子不相宜，油炸、煨汤皆非良方，也未可知。在南京多见的是单纯地卤，我是说卤好之后不再做其他处理，囫囵个儿地切成丝就吃。有次我在卤菜店隔着玻璃没看分明，见圆胖的样子卧在那儿，错以为是卤肚子，手指点着就要了，待师傅切将起来露出白得分明的软骨，才知非也。

层层脆是卤好了之后再去“塑形”，并非味道的改变，当然还是卤菜一路。即使是“红油耳丝”，也还是先卤再加作料拌食。一听“红油”便知，这是从川人那里来的吃法，虽然也要卤，时间却要短些，卤是现起，不是老卤，捞起后切丝加红油等作料一拌，别有一份卤猪耳所无的凉拌菜的爽脆。那咬嚼也就不同：卤猪耳是黏韧的咬嚼，红油耳丝是爽脆的咬嚼。

二者我都喜欢，不过远未到一个朋友每喝酒几乎无耳不欢的地步。他常引为憾事的是到外面去吃席，冷盘一大堆，其中猪耳朵却难得一见。在他看来，就下酒而论，席上冷荤里最常出现的盐水鸭之类，去猪耳朵远矣。他为猪耳朵鼓与呼，我已听得耳朵要起茧了，近来“老生常谈”中有了点新意，是他不知从哪儿看来的，说猪耳朵特有营养价值，什么蛋白质、维生素、钙、磷地报了一串，就差没说大补了。我倒不是断定他瞎掰，只是相信他以后继续钟情这一口，断断不会是冲着养生去。

卤菜店里猪耳朵贵起来，肯定也不会是人们发现了猪耳朵的营养。记得猪耳朵过去卖得是比较贱的，现在则差不多与口条一个价了。

“下水”之猪肝儿

猪的内脏为什么被称为“下水”，我一直没闹明白。有一种说法是，猪体内有三个腔体：颅腔里的叫猪脑；胸腔里的叫上水，主要有心、肺等;腹腔里的叫下水，主要有肝、肚（胃）、肠、腰子（肾）等——通指猪的内脏，包括心、肝、肺、胃、肾、大肠、小肠等。但这说法肯定行之不远，绝大多数人大概如我一样，只知“下水”，不知“上水”。归为“上水”的心、肺，都被归为了“下水”。有词典把牲畜的内脏都定义为“下水”，不过习惯上似乎还是指猪为多，牛、羊则称“杂碎”。“杂碎”的概念较“下水”宽泛，不是内脏的，比如羊蹄之类也算进去。“猪下水”据说现在也从宽了——只要不是肉，就归进去。但这都是范围的问题，即使澄清了，也解决不了我的问题，我想知道的是，“下水”一说是怎么来的。暂时无解。

当然，这并不妨碍我吃“猪下水”。

因为不知来历，也就不知当初这叫法里是否含着轻贱。

以“杂碎”例“下水”，我总觉牲畜的肉是正规军，“下水”有散兵游勇的意思，或者说，猪下水属“残山剩水”，不说废物利用，至少是退而求其次。这种对“下水”的不屑可以在洋人那里得到验证，他们干脆就不吃，全给扔了。似只有西班牙人，多少有中国人的“惜物”精神，据说他们在这上面的“广谱”，与我们有一拼；再就是在吃上面好瞎琢磨的法国人了，据说除捣鼓鹅肝之外，其他有些猪下水，他们也加以利用。

不是“据说”而确凿无疑的，是中国人对“下水”的态度：假如早先有“傲慢”的话，后来也不存“偏见”了。我小时候，有些“下水”甚至是比肉更难得的，比如猪肚、猪腰之类，往往要逢年过节才见得着，价格嘛，反在猪肉之上。

“下水”是统称，真到了吃时，就不可一概而论。其间有高下之别。何者为高，何者为下，因人而异。要说“客观”标准，则只好看价格了，在江南，从上往下，似乎是肚、腰、心、肝，肺、大肠小肠之类，就卖得贱了。

有一说，说是和性别有关系，比如男性偏爱吃肝，因照中医的说法，这个器官对男人特别重要，既然吃什么补什么，对肝情有独钟，也就自然而然。依此类推，女人最喜的，应该是腰子——“男怕伤肝，女怕伤肾”嘛。只是口腹之乐与“补”是两个概念，为补肝补肾而吃，则吃的人多半是对应部位已然出状况了。

话说回来，据我的观察，喜食猪肝儿的，确以男性为多。

猪肝儿入馔而见于名目者，大约首推北京的炒肝儿，名气大而食者众，好这一口的，就以男食客为多。有一回我进得京中一家做炒肝儿颇有名气的小店，满眼稀里呼噜吃炒肝儿的，都是大老爷们儿，没见一女客。我说“稀里呼噜”，盖因炒肝儿虽着一“炒”字，其实与炒无干，是和大肠一起勾了芡烧出来的，猛一看像一碗酸辣糊汤。这也就见出它的小吃性质了，通常是就包子，也可单吃，当早点。扮演的角色，有点像南京名小吃鸭血粉丝汤。后者倒是女食客众多，里面也有肝儿，不过是鸭肝儿，在我看来，又当别论了。

猪肝儿有它特有的一种鲜，这鲜味要做得嫩才出得来。要吃它的鲜，以炒或氽汤为好。炒肝儿就肝儿而言，吃的也是鲜嫩。猪大肠诚然是前面早已焖烂备好了，就是蒜泥、八角等物，也是先期熬好，在一处炒，万事俱备，切好的生猪肝片才下去，而后勾芡、撒蒜泥就上桌，与其说是炒，猪肝儿不如说是氽熟的，如此这般，大肠肥滑软烂，猪肝儿却保持了鲜嫩。

这种小吃的吃法，南方未见。所见者，或是当一道菜，或是作为面条的浇头。北方有酱猪肝儿，南方也有卤的，若卤得好，是下酒妙物，不过最常见的，还是炒。炒猪肝儿配什么的都有，我在苏北小镇上还见过配上莴笋的，很是不搭。还是以清蒜之类为好。炒肉丝、炒肉片，店家于肉不免吝惜，辅料常有反客为主之虞，肉变成点缀的性质，如是炒猪肝儿，则要大方得多，这也是猪肝儿便宜的缘故。虽价廉，炒得好却不输于肉。关键在一“嫩”字。要旺火重油，先用调料抓好腌过了，下锅片刻即装盘，稍一迟疑便老了。其他内脏或肉丝肉片，至少是江南人，也在意嫩与不嫩，但别物老一点儿尚可，猪肝儿最经不得老，一老就像是得了肝硬化，整个没法吃。

不夸张地说，老与不老，那肝儿出来竟像是两样东西。硬与不硬，是口感上的，事实上味道也截然不同：刚断生的猪肝儿带着一丝甜，老了就发苦，而且涩。要表面仍光滑，又熟到不带一丝血才算恰到好处，生熟老嫩，就在一线之间。必备的条件，猪肝儿本身新鲜之外，就是油多火猛。以这要求，我简直不知当年一般人在家里怎么炒出一盘鲜嫩的猪肝儿来。

我说的是前液化气的时代，都是用煤炉，烧蜂窝煤。烧菜、蒸菜也就罢了，舍得工夫舍得煤就行，炒菜则哪来猛火？炒猪肝儿绝对是要爆炒的，如何是好？也就因这缘故，我们家里的炒猪肝儿大都是往肝硬化去的节奏，虽平日荤菜欠奉，有猪肝儿上桌我也兴致不高。令我刮目相看的是有一回去上海，那时我已喝上酒了，表哥特别表示，要做俩下酒菜，其一即是猪肝儿，刚从菜场拎回来，说是哪家肉联厂的，特新鲜。还是煤炉，他倒了足有一小碗油进去，每月每人供应半斤油的年月，看得人心惊肉跳，而后就等着，看油表面聚集起一堆泡沫，散去后又冒烟，等好久我觉得像要烧起来了，他才放猪肝儿下去，油差不多将其淹没了，哪是炒？要变成炸了嘛。就见又有泡沫堆集起来，也没怎么翻炒，只扒拉了几下，就出锅了。立马就开吃，那真叫鲜嫩啊。过后才想起，紧张之中，切好的蒜都忘了放，却也无碍。猪肝儿在我心目中立马升格。到现在我都还记得，那猪肝儿泛着黄色，因是菜籽油炒的，菜籽油特有的香在记忆中也和猪肝儿打成了一片。以后我就认定，炒猪肝儿要用菜籽油，虽然据说用猪油才最正宗。

但是我最喜欢的，是菠菜猪肝汤，以我之见，猪肝儿氽汤时鲜味最是突出，较爆炒更甚，那是最本色的。吃过猪肝儿与各种蔬菜搭配做成的汤，菜秧、莴苣叶，甚至豌豆苗，不能说不搭，但我敢断言，猪肝儿与菠菜才是绝配，无敌的。最奇的是，最好吃的一碗猪肝汤，居然出自我们家老阿姨之手。老阿姨厨艺之糟，几乎可以称最。做的菜基本没有“嫩”一说，她对“熟”有一种特别的执着，旁人视为嫩者，她总是倾向于定性为“没熟”。而生与熟如同做饭做菜的生死线,属原则问题。可想而知，她的猪肝汤会老到什么程度。那猪肝儿在里面通常烧得都掉渣了,菜则老到发黄,一锅汤乌乌淘淘。那一回却不同，首先那是头一回猪肝儿在我家难得地遇上了菠菜，与其他的搭配相比，就好比此前看到的都是将就过日子“烧糊（煳）了卷子混”的夫妻，它们倒像金童配了玉女，真是天造地设。再就是老阿姨做汤都是煮、炖，这回像氽了。

对她而言，这可能是一次失手，只是她为何在以她的标准绝对还算“生”时就肯“善罢甘休”，于我一直是个谜。

论肥肉之存在方式

朱赢椿策划了一本名为“肥肉”的书。里面有诗有画，有散文小说，有书法篆刻，甚至还有歌曲。有纪实写真者，也有迁想妙得、借题发挥者。总之体例驳杂，五花八门。然凡“扣题”说肥肉的（不拘以文字还是图像的方式“说”），却也不乏“同一性”：其一，说的都是猪肉；其二，大多都将肥肉与红烧肉关联起来——整个把红烧肉与肥肉当一回事儿了。

这当然有以偏概全之嫌，因肥肉并非猪们独有，英语里肥肉为 fat，只要是动物，身上谁无 fat？以人常食用的动物而言，肥得可观的，猪之外，就还有家禽里的鸭。鸭子走起路来摇摇摆摆，尽显富态，就是臀部的肥肉在坠着。南京人吃鸭有“前脯”“后脯”之分，取前脯者，有一端，就是对后脯的肥心存忌惮。但将肥肉单单落实到猪身上，也不为无因。鸭子固然肥，正因其肥，才取其油脂衍生出大名鼎鼎的鸭油烧饼，但我们意中的油脂与肥肉却并非一事——肥肉是油脂，油脂却不尽可称为肥肉。

没人下过定义，冥冥中却似有共识：唯皮下形成了分明的白白一层，独立存在可与红色部分相分离的，我们才称为“肥肉”，大理石纹路一般隐现于瘦肉之间者，当然是肥的，却当不起“肥肉”二字。以此划界，鸭子体量太小，分离不出成形的肥肉来，牛、羊则现今虽然红白相间的肉片以“肥牛”“肥羊”相号召，却是喻其肥嫩，无人会以为自家是在吃肥肉。以猪肉的标准，带皮羊肉皮下即是瘦肉，哪像猪，皮下必是白花花的一层，所以将肥肉视为猪的专属，实在是理有固然。

将肥肉与红烧肉绑定，则还须分解。事实上肥肉的存在方式——这里只说烹治之后的，生肉不算——多种多样，形色不一。以丝、丁、片的方式存在，至少在大城市的餐馆里已是难得一见了（干锅花菜里点缀性的肉片通常用不太好的连皮五花肉，算是例外），小时候却不鲜见，以肥肉丁最是纯粹，盖肉丝、肉片常与瘦肉连作一气，肉丁则常见纯肥。犹记当年到珠江路口去买“一家春”的鲥鱼，是清蒸，鱼段上撒些肥肉丁，蒸出来油润透亮，粒粒分明。肥肉丁亦寄身于正宗的扬州狮子头。寻常肉圆系绞肉为之，不能算数，因虽是肥瘦相间，其中的肥或是隐而不彰，或是与瘦肉浑然一体，唯扬州狮子头是切出的肉丁抟成，又是用正经肥膘肉，故能于煮炖之后，肥肉也还典型犹存。

如此归类时，我是把四川人的蒜泥白肉排除在外的，虽说入口之时，白肉倒是呈薄片状。（回锅肉是白肉的衍生物。暂置不论。）蒜泥白肉，乃是以腿肉白煮后切薄片蘸调好的蒜泥食之，带皮与否可有通融，连着肥却是一定的。通常都取后腿肉，前腿肉里筋筋囊囊的成分多，不易连肥带瘦切出大薄片来。纯以瘦肉为之亦未为不可，然从口感到味道，就差得远了。

但好像很少有人把白肉归入吃肥肉里，或许其清淡影响了那种吃肥肉的肥满过瘾之喜也未可知。清淡的感觉来自白煮，也来自其薄——薄到一定程度，即不觉其肥了。照说梅菜扣肉一类的，挺能满足吃肥肉的冲动，厚度在一公分上下，块儿又来得大，各地不约而同，都是带皮五花肉切作四五寸长的块儿。我说“一类”，说“各地”，盖因此处梅菜扣肉是泛指，各地与走了油的肉同蒸的辅料不同，名目也有差异，比如以“芽菜”闻名的宜宾便用芽菜，而西南一带，也有将此味称作“烧白”的。然肉取大块则一。倘肉丝、肉片一类的炒菜主次难分，甚或只在素之中意意思思夹杂些许荤的消息，蒜泥白肉以其清淡不能尽意，那梅菜扣肉就真正是吃肉了，而且肥肉的存在格外分明。

烹饪中肉的切割有一定之规，梅菜扣肉那样的长薄大块，不仅是跨地区，而且是跨类型的，比如食堂里、盒饭摊上常见的大块肉，就也是那样的块状。我读书时，在食堂均呼为“大肉”，卖盒饭时也一样。这是大块肉的简称，与某些地方的人将猪肉称为“大肉”以区别于牛羊肉，一从体量着眼，一为类别定性，完全是两回事儿。又有“大肉面”者，做浇头的，也是这样的肉块，苏州的“焖肉面”不以“大肉面”称，其实里面的肉也一样“大”。

不拘“扣肉”“大肉”，从字面上看，均与肥瘦无涉，循名责实，大块瘦肉也可谓为“大肉”，事实上则一概是五花肉为之。国人没有吃大块瘦肉的习惯，约定俗成，大块之肉一定肥瘦相间，且相当之肥。这一点举国共喻，要大块肉给你端来偌大一块瘦的，才叫人莫名惊诧。有之，则一定是连着骨头的大排了。吃大块的肉，最忌讳者，莫过于肉“死”、肉“柴”，大排连骨取肉，是因“连着骨头的肉好吃”，以连骨部分的“活”来稍稍抵消大面积瘦肉的死硬，事实上若可选择，谁都宁取分解为小块的小排、仔排之类。洋人吃牛排喜带血、喜煎到几成几成熟即收手，营养的考虑之外，也是因为恐其死硬成“顽固派”之故。但是哪里及得上取肥瘦相间之肉的从根上解决呢？肥肉是任你怎么烧也再无“死”“柴”“老”之虞的——煎、烧、蒸、煮无所不可，往“死”里去也“死”不了，无所谓“过”与“不过”，“过”了也能落一个“入口即化”。

梅菜扣肉之外，还有一样，也是上笼蒸，又非肥肉不办的，即是粉蒸肉。粉蒸肉又称米粉肉，系以带皮五花肉裹上加好了调料的米粉蒸制而成。米粉与肉做一处，不知怎么想出来的，米粉油润，肉则酥而香，很搭很搭。有一爱乐的朋友，遇所喜之人之物之事，辄以音乐的字样作比，某次吃了粉蒸肉道：“这个调子好啊！”也不知他联想的是什么调。可以肯定的是，倘以纯瘦肉为之，他必是找不着调。的确有人试着用瘦肉做过，怎么说呢？只能说是妙处全失。瘦肉不出油，蒸出来自家不精神不说，还令米粉形容枯槁。是故粉蒸肉的块儿可大可小，片儿可厚可薄，其为五花肉则一。我见过忌惮肥肉又贪那油香的，舍肉块不取，专挑米粉吃——肉若不肥，哪来米粉的香？也见过以筷子拨去米粉仿佛拨云见日直取肉块的，而最得法的吃法，当然是粉与肉并举，两相映衬，才能不失此味之本义。

上述种种，肥肉的存在均得以彰显，然无论哪一款，都不及红烧肉的深入人心，几至成为肥肉的代名词。个中缘由，或者要向能见度上去寻求，我的意思是，地不分南北东西，食猪肉处，便有红烧肉。粉蒸肉之有地方性，名称里已有提示——米粉既为要素，当然是稻米产区才有。他如梅菜扣肉之类，也还是偏于一隅。又一条：凡有一定体量的肥肉，哪样也不及红烧肉的能上能下，可比为理想主妇的“上得厅堂，下得厨房”，自“高大上”的餐馆到平民百姓的餐桌，无所不在。粉蒸肉、大块肉多见于食堂、快餐小饭铺，梅菜扣肉则出现在南京菜场里，常和糯米藕、八宝辣酱一处卖，可视为卤菜店的补充，高档酒楼里极少见，自家厨房炮制的，也属少数人家。但是谁家没做过红烧肉？你可能没吃过粉蒸肉、梅菜扣肉，但你一定领教过红烧肉。

印象中红烧肉之挺进“高大上”，是后来的事。上世纪八十年代，餐馆里还不多见，至少是甚少以红烧肉相号召。其时我所在学校的“工会小吃部”绝对抵得上南京的中档餐馆，就不见此味。此或与红烧肉的家常性质不无关系——下馆子嘛，当然要吃点家里不做的。家常菜升俗为雅，好比草根的逆袭，是有条件的。首先就不能还叫那么个不起眼的名，冠以伟人姓氏是一法，比如随处可见的“毛家红烧肉”，要不干脆以“招牌”“金牌”来以正视听，示其不同凡响。叫作“东坡肉”，当然就更是浑成。实则“东坡肉”、“坛子肉”（在坛子里焖）、“稻香肉”（肉块以稻草扎起）……名目五花八门，底子里就是红烧肉，而已。

这就要追问红烧肉的规定性。首先，大小虽无一定之规，容有变通，但必是肉块，或长或方，以馆子里的为参照，则截面长宽不小于两公分；（食堂又或快餐馆里的不重看相，又要显得量多，往往块儿小，但仍要满足“块儿”的起码要求，断不会降而为片儿或丁儿）这肉块又必是肥瘦相间，且肥的层次分明。正宗的当取五花肉，代以腿肉则瘦肉部分与上面的肥肉必相连。虽为肉块而无上层建筑的那层肥，就是做法一般无二，也属旁门左道了。当然，还须是浓油赤酱地烧，放酱油，上色。这几条是红烧肉可通约的共同底线，其他种种，皆可视为锦上添花之事，比如煨炖时间长一些，作料多一些，又或多用酒甚至不放水只放酒焖烧。我以为，甚至其他一些肉块做出的菜肴，也可视为红烧肉的衍生物，比如腐乳肉。

低端与高端，差别是有的。我小时候，凡做红烧肉，家家锅里都会烩入别物进去，萝卜、土豆、面筋、百叶结、芋艿……不一而足，大多是吸味之物。蔬菜、豆制品与肉相依相偎，得到荤的滋润熏陶，其味固然得到提升，但如此分润肉香，多半倒是因为彼时生活的拮据、供应的匮乏——想想看，每人每月只有一斤到一斤半肉，一顿裸烧的肉吃下来，往后岂不是要多日不闻肉味？即使敞开供应，以当时普遍的低收入，也没多少人家吃得起。

萝卜烧肉、千张结烧肉之类，亦自有其佳妙处，然肉的味道终是受损。加入别物的同时，肯定要加水，当然也没了最后的大火收汁一说。出锅之际，首先就闻不到那股纯正的肉的浓香，复合的味道中有水汽，观色辨味，所谓“浓油赤酱”，稀释于无形。餐馆里（“农家菜”、小馆子不在其列）的红烧肉，不拘标以何种名目，都是绝对坚守肉的纯粹性，倘垫以围以菜心、西兰花菜之类，也是各行其道，绝不同烧，到装盘时才合到一处，全出于观瞻之需——红花须与绿叶相映，蔬菜的清淡朴素恰可衬出肉肥满的华丽来。

当然，不可能仅仗这一点即谓为“高端”，从选料到配方到火功到摆盘，餐馆里的红烧肉较自家炮制的因陋就简要讲究得多，是专业与业余之别。用鲜肉和用冷冻肉据说差别甚大，用腿肉还是用上等五花肉，高下立判。当然，专业之为专业，还在于常有独得之秘，许多店家均声称自家有独特配方，乃是“秘制”。我曾在席上遇到过一位名厨，他曾是一家顶级酒店的厨师长，其人好吃好琢磨，且虽身居“高端”，对下里巴人的菜肴也能领略其妙。有次他在莲花桥一带发现一家小馆子，居然有人端着自带的家伙在排队买红烧肉。梅菜扣肉有做外卖的，红烧肉通常却都是堂吃，除了吃不了打包带回。这家不是少见，是绝无仅有。何以如此？他后来明白了——是不用一点儿水，全用酒，难怪更其香气四溢。

我吃过一家，红烧肉较别家另有一份鲜香，据我推测，应该是超常规地用了香醋，一说醋容易联想到酸，实则醋是可以转化为一份鲜与香的。

所谓“戏法人人会变，手段各有不同”。只是万变不离其宗，左不过是各样调料的加加减减，故而大同小异，看上去只是块头大小、色泽的深浅浓淡不同而已。唯有我所在学校的一家餐厅的红烧肉，其与众不同，一望而知。现在学校里的餐厅，对内部人士、手里有经费的人而言，一大优势是可以签单，招待客人，最是方便，哪怕吃得起腻了，还是往那儿去。这样的餐厅，如此这般，不思进取自甘堕落几乎是必然。倘有多家餐厅，情况又要好些。我所在学校，规模大的有两家，一号“西苑”，一号“南苑”，呈分庭抗礼之势。红烧肉是兵家必争之地，这两家就有一较高下的意思，也均标为招牌菜。也不知是不是我熟识的同事都是肥肉崇拜者，凡去这两处，无须看菜单而必点的，必有这个；另一方面，来客若对菜单而彷徨，服务员也必大力推荐。

“西苑”是南京老字号酒楼“状元楼”承包的，可说是它的分店，以“内部”及所处位置的缘故，从装潢到菜品到价格，与“总舵”完全两回事儿。它的红烧肉却不遑多让，与“张生记”“同庆楼”这些地方也有一拼。不过我所谓与众不同一望而知者，却出在它的对头“南苑”。“南苑”红烧肉最特别处，说来也简单，便是用去了皮的五花肉。

用带皮五花肉，似乎是红烧肉的不成文法，去了皮便如冰糖蹄髈的不带皮烧，有旁门左道的意思。我头一次领教大感疑惑，以为是店家打马虎眼，因菜场里带皮不带皮是两个价。去多了才发现是有意为之，其“违规”倒是兵行诡道的奇招儿。五花之为五花，强调的是其层次的丰富，有皮则多一层口感，不管是酥烂还是黏韧，皮的存在皆理由充足，甚至对有些女士而言，据说有美容之效的肉皮的存在，还是她们偶或肯于对肥肉稍做让步的唯一原因，何况有皮无皮还关及菜肴色相，舍而去之，不是形同自毁吗？到现在我也以为带皮是红烧肉的正道，不过我发现“南苑”绝对非主流的做法也有其妙处：它以牺牲层次换来了对肥满的单刀直入，一口咬到肥肉，不乏开门见山的喜悦。

说到五花肉，忽想起国人之外，肥肉在国外的存在方式问题。首先想到的就是韩国人的烤五花肉。虽曰“五花”，其存在方式却是对我们既成概念的一次小小颠覆：韩国人以“片”的方式完成了“解构”，我们面对的是肥瘦相间的大而圆的薄片，皮已去除，肉卷成圆筒状再下刀切。不能说不是美味，却失去了食肥的肥厚感——齿舌在肥肉中行进的过程感是要由一定的厚度来维持的。

同样取“片”状的是洋人的培根。西方人食 fat（脂肪）并不算少（想想看，那些黄油、奶油、奶酪，他们吃得多么夸张），唯不是以肥肉这样依稀“原生态”的形式。因少食猪肉，他们也就基本上自绝于肥肉；有之，则就是培根与火腿了。长方形薄片的培根随西餐东渐，到如今算得上是国人吃起来最不见外的西人食物之一，证据是大超市的货架上都能见着。培根亦有尽取瘦肉者，但更受国人“拥戴”的，显然是以肋条肉（即五花肉）为之，红白相间的那种。朱赢椿将书设计得直似一块肉，因封面图片拍的是五花肉的截面，看上去倒似培根。没有皮是显然的，有个在美国生活多年的好吃的朋友告诉我，猪皮西人也吃的，只是与肉分而治之——油炸如我们的皮肚然，薯片似的小块，充零食了。

前面定的规矩，说肥肉，腌腊熏味之类不在论例的，只因牵丝攀藤说到国际上去，西方人舍此又与肥肉绝缘，故从权破例一下。牵出西人培根一个好处是，我们可在比较的视野下论证，西人的“大块吃肉”仅限于瘦肉，若肥肉，则似乎唯在中国，“块”然独存。

我见过的最大块的肥肉当数贵为苏州名菜的“红方”“酱方”。半尺见方的五花肉，整烧。具体的做法不必说了，反正是红烧肉一脉，出类拔萃者即在其大。偌大一块端上来，现如今任是再嗜肉的人也对付不了，各人伸筷子去戳捣搛夹必难免于糜烂，不成体统，故都是由厨师持刀登场，现场画棋盘似的划拉一下，一派红亮之上，顿时一格一格有了经纬。我不说“切割”，盖长时间的焖早已令肉酥烂酥烂，刀轻轻划拉即直透其底。

红烧肉有人做去皮烹制的实验，红方、酱方则我猜断不会有厨师做类似的尝试，盖此菜一大亮点就是卖相，倒不是没了皮就不能保持其整一性，问题是偌大一块肉没了那层皮，让食客直面底下那层肥，“色”上面不免大打折扣。

因最后还是要分解成红烧肉大小的块儿，有疑义人士认为整块儿地烧是多此一举：何不先就化整为零？——行为艺术啊？！我不敢苟同，除了味道上会有差异之外，从视觉上说我也是绝对要捍卫的，论存在方式，则将“肥肉”概念彰显得最为充分的，便是它了。

锅贴、煎饺之辨

相当长的时间里，关于锅贴与煎饺，我一直有自以为是的定义。就是说，我独持异调，不从流俗。锅贴与煎饺不是一回事儿吗？——谁都这么说，每次与人分辩，我却颇说得出些道道来，能把原本明白的人说糊涂了，至少是有些疑惑起来。那道道倒也不是从“考镜源流”而来，只是自以为从经验上有以辨之而已。

我对锅贴的景仰向在饺子之上，因小时我一直以为饺子是“自力更生”，在家里就可做得的，锅贴则非专业化的店家不办。而煎饺不过是饺子的衍生物而已，这是说，若煎饺“花忆前身”起来，那“前身”即是水饺，锅贴则是一次性的，没有煮过再煎的“回锅”意味。南方人吃饺子不像北方人那么家常便饭，但隔段时间包顿饺子的事还是经常发生的，只不过往往不是自擀饺皮。包好的饺子大多是一次下掉，顶多放到下一顿，此时包好的饺子多半会用块湿布搭在上面，防其干裂。下好的饺子未必正好一次吃完，吃剩下的是个麻烦事。最怕的是粘在一起，下在锅里怕破，下好了的还是要防着，过去见北方人端着刚盛出的一盘饺子来回晃，不知何故，后来才明白是防其粘连。但吃剩的饺子再热了吃要想不破，着实不易。重新下到水里，必是皮开肉绽，一塌糊涂，现在有微波炉，转一下就完事，过去则只有蒸和煎两途。似乎还是油煎为多。

小时家里晚上那顿经常是稀饭，吃稀饭照例会配上干粮，馒头、花卷、包子之类，倘那日吃饺子，煎饺自然而然就充了晚饭桌上的干粮。现在我觉着那是不错的搭配，白粥酱菜的清淡正可解煎饺的油腻，若在锅贴店里，常是配上一碗牛羊肉汤——荤对荤，反不清爽。但小时过的是没油水的日子，当然觉得煎饺较包子——更不用说馒头、花卷——更惬我意。若说意下未足的话，那也是嫌煎时油放得太少，似乎不是为了好吃，意思意思，只是为了不让饺子巴在锅底。那怎样才算称心呢？我以为榜样是现成的——向锅贴看齐嘛。

我认定锅贴与煎饺不是一回事儿，其中若有非理性的成分，那底子应该就是那时打下的。先得说明，馆子里是没有煎饺的，我说的是煮过以后再煎的那种，盖饺子都是随包随下，卖完为止，不会有剩。好多年后我在菜场里见到有小贩卖油煎的菜肉大馄饨，似乎是煮熟晾干再煎，又见福建人的云吞面里有油炸的小馄饨，油煎的水饺却没见到过。既然彼时尚在“隔锅饭香”的时期，更有一种馆子崇拜，对一切店里出来的食物

（不拘糖果店、正经餐馆，还是烧饼油条店）均怀有敬意，倒也顺理成章。

锅贴算不得稀见的吃食，似乎比小笼包子更常见，离家不远的宁海路有家饮食店就做这个。每到下午店门口就有人在排队，门前有些桌凳，固然有人坐着在吃，多数人却是带了家伙买回家去。不独锅贴，那时的人好像不习惯于堂吃，烧饼油条、馒头包子，都拎回家里。现在想来，除了小吃店店堂座位少之外，还有一条是家家都穷，买外面吃食比自炊总要贵点儿，只能当作好东西，与家里做的稀饭、泡饭搭着吃。都是自带家伙，盛装锅贴则最常见的似乎是铝制的饭盒，装好之后盖上盖，放在包里也无妨，上下班的人路过带回家，尤其来得便当。

排队是必需的，都等着现出锅的。长长的一队人，眼睁睁盯着师傅在那儿忙乎。我对锅贴、煎饺有别的定见，就是排队时看了几遍锅贴从入锅到出锅看出来的。事实上这之前就有别，比如锅贴通常是牛肉馅儿，盖南京的锅贴多为回民经营，故锅贴在我们的印象里略等于牛肉锅贴，倘若留意一下，会发现烟熏火燎的门楣上，不起眼的店名里会有“清真”字样；饺皮是手擀，较面条店、粮站买回的机制标准化饺皮要大，包出来个头儿也就大，店里卖的水饺，一两是七到八只，锅贴则一两是五个；虽并无定规，相沿成习，形制上就是不一样，锅贴包出来都是细长的月牙形，较饺子的短胖另有一分苗条。

做锅贴用的是大大的没耳朵的平底铁锅，寸来宽的锅沿将将扣在炉壁上。包好的锅贴到里面排排坐，挤挤挨挨，最后无一隙之地，底下固然“贴”着锅，前后左右与同类也是“贴”的关系，故我曾怀疑“贴”字是否部分地着落在这里。往锅里摆放应该不算是什么技术活儿，不过是挨着排就是了，事实上生手熟手还是有别。宁海路锅贴店的一个老师傅特麻利，五根手指张开，指缝里各夹一只，双手并用，起落之间特别笃定，一会儿工夫就能摆放得满满当当。有个女师傅则慢了好几拍，拿起放下均带着小心，且疏密不均，到最后想多放些进去，还要东挪西挪，比起前者的“落指无悔”差得远了。不过我见过最有看头的一位是山西路一家店里一老师傅，人家都是顺着锅沿往中间摆，他则是中心开花，搭帮和他一起摆的人居然也能随着他，一排排顺着，到最后仿佛锅贴是朝着一个方向旋转的，拼花似的，有一种图案美。

与煎饺的熟煎不同，锅贴是生着入锅，绝对为“生煎”。锅底原本抹了油，待锅去了火上，还要用油壶从上淋油，却不是遍浇，油自会从缝隙间渗到锅底。要令油在锅底处处走到，过一会儿师傅便用湿抹布垫着提起锅沿的一端，让锅向一侧倾斜，于是油流向低处，那头便“嗞啦”声大作，俄而换一侧，油便聚到另一端，又是一阵儿噼啪作响，如此转上一圈，务使每一处都能着着实实“煎”起来。加油之外，还喷水，油水相激，锅上立时热气弥蒙。加油喷水之后，是要盖上盖儿焖的，我想那锅贴底下的部分固然是煎熟了，整个的则还要加上焖方能熟透。焖煎上片刻，又得揭开盖儿喷水加油，油过三巡，便好了。最后一次的揭盖儿后，有的店家会撒上葱花，顿时香味扑鼻。现做的吃食，各有各的香味，出锅的那一刻，最是诱人，端到桌上的即使冒着热气，也自不同了。蒸有蒸的香，炸有炸的香，锅贴出锅时的味道难以形容，照说应该是与生煎包的香味相似的——既然都是生煎。也不知是不是一死面、一发面，锅贴又是牛肉馅儿的缘故，我总觉闻上一鼻子，就可辨认出来。

因在锅里挤着挨着，出来时仿佛成了连体儿，师傅都是连片地铲起，点了数就朝盘里或是自带的家伙里一扣，底朝上。贴锅底的一面当然一片焦黄，且结成一层薄壳，上面部分的皮则很柔韧，却还是软的，故一张皮是软硬兼施的口感。怕挤挨得紧，发生粘连，像在家中包饺子会撒些干粉一样，做锅贴也会撒点粉儿，待出得锅来，上面粉意犹存，饶是如此，吃时还得小心，稍不留神，一一分开时，便会这只粘揭下那只一层皮来，流油满碟。

锅贴的馅儿不比小笼包，有那么多的汤汁（开封的灌汤煎饺又当别论）——小笼包的馅儿是往绞肉里加入皮冻，加热后化为汤汁，锅贴的馅儿则是纯肉，和馅儿时还要加入香油或花生油之类，所以咬一口更其油。油煎自然是油，里外一起油起来，吃起来容易腻，倒一碟醋蘸着吃，因此必不可少。

后来我发现，锅贴什么馅儿的都有（在南京牛肉馅儿之外，发现有猪肉馅儿的），北方比起南方更是饺子的天下，饺子花样多，与饺子沾亲带故的锅贴也来得名目繁多，而花样都出在馅儿的不同上。像东北的锅贴，荤的、素的，包括菌类，均可入馅儿，从全国范围来看，纯肉馅儿的说不定倒是非主流。锅贴的“本质规定性”还是在那油、水相激的“煎”法上。我喜吃锅贴，有一端即在由此而来的焦脆与柔韧的混合：下面是焦脆，上面的部分则筋道。一口下去，由上面死面的熟香到馅儿的鲜香到底部焦脆的香，层次分明。

只可惜现在除非自己在家炮制，在锅贴店里再吃不到这样的锅贴了。现在南京做锅贴的，不论大名鼎鼎的“金春”“七家湾”，还是无名的小店，都往多快好省上去——最关键的是求一个“快”字：更高的油温，更多的油。最近去七家湾的“清真李记”，见师傅摆放好后端上炉去，好家伙，一下倒入半壶油，几将锅贴淹没，后面虽会将油倾出大半，再喷点水，但锅贴已是周身浸在油里煎了一会儿了。盖上盖儿，须臾便可出锅，焖的工序，几近于无，锅贴与其说是被焖熟的，不如说全然是被煎熟的——已经近乎油炸了。可想而知，这样的锅贴不仅底子焦脆，帮子也硬了。

就为想着往日“软硬兼施”的锅贴，在超市里看见有速冻的，我大喜过望，急忙买回，也顾不得“名不正，言不顺”了——那包装盒上分明写的是“煎饺”。提示的食用方法，却与锅贴一般无二。我认定是厂家不明就里，混淆二者，亦不以为意。直到后来在街头撞见东北的“冰花煎饺”，我的锅贴、煎饺之辨才遭遇到实质性的颠覆。其实之前我的锅贴概念已经受到过挑战：是有次翻汉英词典，发现“锅贴”径译为“煎饺”——lightly fried dumpling（另一词典译为 potsticker，反而不知所云）。我一点儿没想较真——要让老外明白其中差别哪儿那么容易？大概其知道就不错了。

“冰花煎饺”则是实实在在的挑战。我认定的生煎、熟煎之别在这儿消失了：它和我所谓“锅贴”的做法一样，也是生着入锅，也是有油有水地“煎”，煎之外还有焖……稍有不同的是，在锅里放得疏些，一个一个留着很大的空隙。此外加的是淀粉水，与油相煎直冒泡，最后在锅底结成网状的膜，连片地铲起反扣在盘里，煎饺之间疏疏朗朗，显出花的图案的模样，这也就是“冰花”之名的由来了。

这不就是锅贴吗？我还想，会不会是南方北方，名称不一，但马上就想到，开封人对同样的东西，像我们一样称为锅贴的。当然“北方”是个很大的概念，北方各地说法不一，也没什么奇怪。不管怎么说，这对我锅贴、煎饺之辨的打击是毁灭性的：想不混为一谈也是不行的了。

辑二

荷包蛋

取其广义，荷包蛋就是煎鸡蛋。

鸡蛋吃法多样，煎、炒、蒸、煮，无所不可。其中似以煎蛋畅行中外，最具普世意味：荷包蛋在我们这儿固然是源远流长，西餐的食谱里煎蛋也早有一席之地了。

“荷包蛋”之名从何而来，却无从考索，而且它也并不像我想象的那样，早已行遍大江南北。有个四川宜宾的朋友，说他祖辈有一远亲，年轻时到上海跟徐悲鸿学画，大户人家，少爷脾气，画未学成就回来了，还是当他的少爷。却带回一样吃食，即是荷包蛋：起初让仆人给他做，仆人闻所未闻，不会，他便指导、示范，荷包蛋遂得在当地扎下根来。族中人传为笑谈——被看作游手好闲且沾染洋气的一端，那物儿因是从上海来，亦得名“上海荷包蛋”。足见彼时荷包蛋在当地尚属新生事物。

出于好奇，我追问所谓“上海荷包蛋”是何模样，比如，是摊着煎还是对折了煎，他却说不出所以然来。

有此一问，盖因“荷包蛋”之说由何而起，向有争议，事涉哪一种煎法，为“荷包蛋”之正宗。有一种说法相当“高大上”——说是宫里传出来的：御厨要讨皇上欢心，便照了水中荷花来煎蛋，蛋黄居中有似莲蓬，蛋清经油煎边缘微微翻翘似荷花瓣，总之外形酷似荷花，故称荷包蛋。故正宗荷包蛋乃是摊开来煎。

另一种说法则坚称是对折了煎的，摊开了煎，煎出来为圆形，对折了煎则为半圆，形似荷包，“荷包蛋”就是从这儿来的。过去钱包又称荷包，的确多为半圆形。如摊开煎成一小饼似的，“荷包”从何说起？

两说可比为“荷花”党与“荷包”党的对峙，我是从“荷包”一党的。将煎蛋比作荷花，更需想象力，倘若当真有过那么一位御厨，那他也真是会哄人，愣是能让皇上看出煎蛋与荷花之间的相似性。也不知他煎蛋时怎样精雕细琢，据我想来，鸡蛋摊开来煎，天然就是蛋黄居中的圆形，哪需参照水中荷花？

当然接受此说的好处也是有的——你可以想象，只要愿意，可以天天吃御膳房里的东西。从豌豆黄到萨其马，标榜“宫中”的玩意儿委实不少，甚至菜市场里卖粗点心的，也堂而皇之以“宫廷桃酥”相号召，卖的、买的都当它是修辞，如同吉祥话，你若想一下，就特喜感。荷包蛋实在是太家常了，不然没准儿也弄出个“宫廷荷包蛋”来。

我从“荷包”一说，更因原先所见，都是对折了煎的做法——谁都倾向于认定自己熟知者为正宗，煎鸡蛋我从小所见都是大个儿饺子似的“荷包”式，似乎直到大学食堂里，方知煎蛋还有别的门派，“荷包”式并不那么“天经地义”。

小时候每吃荷包蛋即兴奋不已，部分是因为没好东西吃。我还记得有一年过春节去给一对老人拜年，老太太是团级干部，老头级别更高，早靠边了，生活却照旧，住一栋小洋楼里。老太太话多，扬着声说，什么都是假的，身体最重要。叮嘱我母亲，自己、小孩，都要多弄好的吃。现身说法，说她每天早上一碗牛奶一个煎鸡蛋。我父母对二老虽恭敬有加，背地里却常对老太太的话不以为然，一是她口无遮拦，常骂省革委会的大官、当年老头的战友或部下，二是说话“没下巴颏子”，不免夸大。这便是一例，当时简直像是在“炫富”。天天牛奶、煎鸡蛋？听上去奢侈得不行。——也就见得荷包蛋的“高级”。

彼时，鸡蛋原本就不是凡品了，较之煮鸡蛋、水铺（潽）蛋之类皆囫囵个儿的做法而言，荷包蛋还更上层楼：前者都是用水，后者乃是用油，油和水的距离是明摆着的嘛。

我对荷包蛋的钟情，还因为对蛋的一些特殊要求无形中受到外婆的鼓励。据说很小的时候，每逢煎蛋之际，我就言明要吃“油鸡蛋”。“油鸡蛋”也不知是哪儿来的说法，反正意思是，里面要嫩，得是溏心。此外外面又要焦脆。外婆每每在人前不无夸耀地说：“这点点大，吃鸡蛋就吃鸡蛋吧，——还要‘油鸡蛋’！”有时还要当着人问我，这就近乎表演了。我大概本能地知道其中的抑扬之意，相当之配合。嘴刁的证据于是有了，当然，等于是说聪明，老人夸赞自家孩子的惯用策略。

现在看来，我的要求已直逼荷包蛋的核心问题，盖煎鸡蛋的差别，大略言之，即是老与嫩、溏心与否。——好像都写作“溏心”，按以实际，似乎叫作“淌心”才更恰切：所谓嫩，就是里面，尤其是蛋黄，方生未熟，颤巍巍一触即破，即淌，与“溏”何干？

“荷花”式的煎与“荷包”式的煎，都可有老与嫩的选择。喜欢老点儿的极致是令其熟透，蛋黄干脆成为固体，若尚存粥样即嫌其腥味，不免踌躇。在钟情“溏心”者看来，老与嫩，天壤之别，所谓“腥”者，正其妙处。有个大学同学夸张道，干巴实噎的，快赶上胆结石了，还吃个什么劲儿？！这番酷评，对象是食堂里的荷包蛋。食堂，还有后来的盒饭摊儿、面铺上，常有荷包蛋的踪影，这里面再见不到嫩的，都往老里煎，往熟透了煎，也许如此才能保证每只蛋的完整性，试想此类地方，都是密集型的供给，内里蛋黄若还在恍兮惚兮吹弹可破的状态，予取之间，岂不是要破壁而出，利益均沾却又主权不明？

是故过去要吃溏心蛋，多半是在家里自力更生——西餐厅当另说。在过去，一般的餐馆，首先器具就不相宜——家中与铁锅配套的是锅铲，餐馆里炒菜用的是炒勺，煎蛋时或对折或翻面，还是用能兜底的锅铲好办。

小心是必需的。比如“荷包式”对折了煎，鸡蛋磕进锅里，与油相激，周边的蛋白鼓起泡来，底部迅即焦脆，面上由透明转作白色，蛋黄则似依然故我，要铲起一面对折过去，早了，未成形，没准儿一动蛋黄就四处流溢；迟了，木已成舟，撮起的这面朝后赖，强行折过上面过去底下流淌，取怀柔策略则折不到位,如同盖被只盖了半身。一枚“完形”的荷包当如饺子，馅子外漏或裹身未周，都只能以失败论处。故煎荷包蛋虽在烹饪中连末技恐怕也算不上，却也有火候拿捏的问题。

摊开来两面煎应该难度更大。难就难在最后仍是“溏心”。在我看来，这是近乎不能完成的任务了，有个朋友声称，他们家从来就是如此。对折了煎是借势将蛋黄往一面赶,有依托的，两面煎要兜底掉个面的，如何能令仍是“溏心”的蛋黄维持不坠？我见食堂师傅两面煎，抛饼似的，想要溏心，哪能如此？翻动之际须小心之外，恐怕功夫还是在“相机而动”这一点上吧？想来“定型”的时间要更长，必待附在蛋黄上的那层蛋清结了薄壳，有足够的表面张力了，才能下手。

比较起来摊着单面煎委实容易多了。因为最初吃单面煎的溏心蛋是在西餐厅里，我认定这是洋人的招法。他们用平底锅，没什么诀窍，磕了蛋让它挺胸凸肚待那儿就成，老与嫩，相当直观，只看时间的长短，毫无技术含量。一大好处是可以数蛋并举，我们过去的铁锅是倒锥形，对折了煎得一个个来，若要一次煎几个，先下锅的还没到火候，就得推到一边斜倚在锅壁上，你煎着、对折着当前那个，还要防着锅壁上那几个滑下来，颇以为烦。

吃西餐让我知道，对荷包蛋老与嫩的讲究，中外皆然。比起来他们因惯于量化，在嫩度的要求上还更复杂些。几年前访美，有次在里诺的赌场里吃早餐，套餐内有煎蛋，服务生就这只蛋问了好几句，弄得我一头雾水。后来问在美的老同学，才整明白，大概问的是要单面煎、双面煎，还有要几成熟——整个吃牛排似的。也不知他们怎么在区区一蛋上定位三成熟还是四成熟。反正，总相当于我们的“溏心蛋”的概念就是了。

出于好奇，我打探老外有没有将蛋对折了煎的，得到的答复是，他们那么笨，哪里会？！——国人在烹饪上的优越感尽显无遗。

丝瓜

小时候，城里长在地下的瓜果蔬菜并不鲜见，这里面最具观赏意味的，丝瓜是其一。多半是因它长在墙上，立起来了，可当一幅画。我家院子后面是一道篱，不是画上常见的疏疏朗朗呈网状的那种，是编得密密实实的“墙”，风吹日晒雨淋之后，一派斑驳灰暗，不过秋天的丝瓜衬在上面，碧意盎然的叶，明黄照眼的花，也有它的好看，尤其是在傍晚的斜阳下。

与丝瓜一起在墙上蔓延勾连的还有南瓜，辨不出叶子，花应该是好辨的，我却也不辨，摘下去喂蝈蝈，从竹编小笼子的网眼里递进去。据说蝈蝈只认南瓜的花，究竟如何，我也不知。到了挂果之时，为南瓜、为丝瓜，再不用辨了。对我而言，丝瓜的观赏价值，差不多也就止于此时。倒不仅因为“黄花褪束绿身长”，花在长出的丝瓜头上枯萎谢去，实因丝瓜的形、色我都不喜。有人将丝瓜喻美女，说其细长之状犹如少女婀娜的身姿，所说可能是上下一般粗细、特别长的那种，我家院子里的一头粗一头细，粗而短，长成了挂在那里像个绿棒槌，细长的那种我也在瓜架上见过的，一条条悬在那里，加上特有的那种绿的皮色，我老觉得像大青虫。

我原先不吃丝瓜也许与它的形色有几分关系——说的却是烧好在盘子里的：软唧唧地卧在那儿，也像是蠕虫，青虫的意象与之谁因谁果，说不清。不过主要还是因它的味道。丝瓜有一种特别的清幽，甘甜里夹着一丝苦，不是大张旗鼓的怪，是一种很含蓄的怪异。起初我不知为什么说它有一股汽油味（后来拿去形容芒果了），任大人怎么劝诱也不下筷子。

说来有意思，我之对丝瓜刮目相看，居然是好多年后在千里之外的新疆。时当暑假，我在新疆暴走，在喀什结识的一个朋友请我吃饭，就在宿舍里自己做的。他是单身，也鼓捣不出什么，但他做的丝瓜豆腐汤却让我眼睛一亮。那段时间几乎顿顿拉条子，辣椒洋葱西红柿羊肉炒浇头，拌而食之，吃得不亦乐乎，清淡滋味已是久违了。我也几乎自认是重口味的了，不意此味证明清淡对我其实也有一种诱惑。豆腐雪白，丝瓜在汤里仿佛绿得透明，看着就觉有一丝清爽的凉意。

照中医的说法，丝瓜性“甘、凉”，食而生凉意似乎是题中应有，我早以为丝瓜名中的“丝”字也多少有心理暗示的作用：丝质的衣物、用品也让人生凉意，虽然凉并不来自“丝”自身。比如丝瓜通常都是热食，不拘炒、蒸、烧，还是做汤，凉拌则我从未见过。丝瓜豆腐汤我只吃过那一回，虽是一食难忘，却从未在馆子里见过那搭配，自己也从没试过。

但从此好食丝瓜。江苏人喜欢将丝瓜与油炸之物同烧，丝瓜老油条是常见的一道菜，丝瓜与茶馓做一处，则成了淮扬菜里的一道名菜。丝瓜或炒或烧，都很快就出水，其汁黏稠，丝瓜特有的味道尽入其中，茶馓浸在里面，饱吸汁液又不会泡到有软烂之意，的确是味道、口感俱佳。

色泽素淡，食之清爽，似乎也是其他丝瓜菜所共有的，江苏、上海的菜都是“浓油赤酱”一路的，似乎从未见施之于丝瓜。家常菜里丝瓜炒鸡蛋最是常见，虽极简单，火候掌握不好，却是常常弄到丝瓜由绿变黑，“近墨者黑”，鸡蛋也为其所染，结果碗盘之中，乌乌淘淘。馆子里保持其翠绿，往往是仗着油多火猛，我有一朋友清炒丝瓜是一绝，却不用许多油，还放一点儿水，丝瓜不切块切薄片，一下就出锅，到盘里碧绿喜人，丝瓜刚刚断生，原是一烧就软的，他却让其典型犹存，吃到嘴里还有点脆感。

但说到吃，已是后话了，既然隔了十几年才再碰丝瓜。算起来我与丝瓜的亲密接触，还应追溯到抽丝瓜藤，那是香烟的代用品，想学抽烟又偷不到大人的或怕大人发现，就躲起来抽这个，那时，男孩多半都有过这勾当。

到藤已枯了的时候，藤上的丝瓜自然也已形容枯槁，水分尽失，由绿变为黑褐色，脆硬的表皮之下唯余丝丝缕缕的纤维，总之瓜已非瓜，成了瓜瓤——有称丝瓜络、丝瓜瓤的，南京人习惯称之为丝瓜筋。我睡觉的房间窗户就对着那道篱笆墙，灯枯油尽的老丝瓜足有充气棒那么大，我通常是视而不见的，倒是有时夜深人静一觉醒来，听到微风里老丝瓜碰着篱笆墙，磕托磕托地响，我知道那是它已中空了，变得很轻，若当青藤绿叶之时，即或风吹得动，碰在壁上的声音也是闷闷的。

已成空壳还留着不摘下，是要它派吃以外的用场，即待其干透之后，去了皮与籽，用来做洗涤工具。有人拿来洗澡，说搓垢特别给力，我在澡堂里就时见人拿丝瓜筋蘸了皂沫遍身涂抹，像是用海绵。以丝瓜筋擦洗身体却是古已有之的，似乎女性还用来洗脸，不然诗人说什么“虚瘦得来成一捻，刚偎人面染脂香”？此中的香艳却大约是过去时了，丝瓜筋的硬挺有人洗澡都嫌其粗糙，用以洗面，更是不宜。

大多数人家都是用它来洗碗，它比竹丝或鬃毛的刷子来得软，比抹布要硬，用起来恰可软硬兼施，锅碗瓢盆的哪个角落都去得，却不藏污纳垢，且干湿之间转换极快，故常是洗碗的第一选择。有乡下亲戚进城，常会捎上几个来，这就够几年之用了。我家院里就有丝瓜，原是不烦捎来的，偏偏我们家老阿姨对丝瓜筋有很高的标准，说院里的有种种毛病，常让她儿女探亲时给她带。带来的想必是精品，个儿都特别大，且全须全尾，壳子没一点儿破损。我每每持了去打人，用很大的力，盖因它空空洞洞充气棒似的，打在身上不疼。

不同处是会响，因脱落的瓜子都还封在里面。我妹妹两三岁时大人会让她拿在手里摇，她摇一摇便停下，瞪大了眼，一脸的不解。

豌豆

菜用的豆类里面，我最喜欢的是豌豆。

江南人习惯吃的新鲜豆子，似乎限于蚕豆、豌豆和毛豆。毛豆更多，吃的时间更长，蚕豆、豌豆于我好像更有时令菜的意味。不知是否就是因为这个缘故，它们在人们意识中是可以并论的，毛豆就自成一类了。

也许是因长相、大小，也许是因味道，我总觉蚕豆阳刚，豌豆则有一份女性的温婉。蚕豆的荚很是肥厚，绿也绿得浓稠，豌豆荚则薄，绿得鲜而有透明感，以形状论，蚕豆显得粗蠢，豌豆即在泡涨之时也还显出一份苗条。剥出豆粒来，蚕豆倔头倔脑的，豌豆则显得玲珑可人。只有在干家务活剥豆时，我才会感到蚕豆的讨喜，因剥豌豆总是剥半天还是一点点儿，相形之下，剥蚕豆要想有成就感就容易得多。

小时上学，马路边常能见到菜地，种蚕豆的不少，豌豆则很少见。因为傍着马路，车来人往扬起灰尘，印象中蚕豆总是灰头土脸没颜落色的，即使开出蝴蝶状的花来，也还是一副没精打采的样子，到成熟时豆荚上还会有一缕黑，显得脏。菜场里谋面的豌豆、豆苗则一概碧绿喜人，豆苗上的卷须尤其让人觉出它的鲜嫩。

从上市到下市，豌豆变化颇大。刚上市时，荚里的豆“形容尚小”，水分多到可用一掐冒水来比方，像是小儿的尚未发育，豆荚看上去也不甚饱满，这时的豆吃起来却最是可口。有个朋友是苏州人，每逢这时节就惦着要赶趟儿买回来清水煮着吃。就是清水，连壳下去，什么也不加，要的就是那份可口的清淡，不是当菜——据他说，是闲来剥着吃，当点心。带壳的豌豆当点心，是头次听说，不过此中豌豆的鲜美我还是颇能体会。豌豆在我大体还是剥出来烧，偏爱的是与肉末同烧：肉末先下锅里炒好了，便加水，待水沸了就将豆下去，盖上锅盖，只需一会儿就关火——因为嫩，几乎一汆就能熟，时间稍长即不复有那份鲜嫩。说起来还应算是煮，因水要放至将豆淹没；却又不是汤，盖水太多味就寡了。

清水煮豌豆当然更有清水出芙蓉之致，不过添些肉末，也还不失其本味。嫩豌豆的味道，真是清新可人。豆类成分中淀粉不少，但那是老豆，嫩豆则入口能分明地感到那层皮的存在，内中一无淀粉的沉滞，反倒好似贮藏着汁液，有一种水灵灵的清甜。在碗中那绿也绿得水灵，用白瓷调羹舀起连豆带汁俱入口中，清香满嘴。

待到了接近下市时，豌豆已如中年的发福，一粒粒在豆荚中挤挤挨挨，为争那点空间挤到圆中带出方来，撑得天地皆满，饱胀到几欲破荚而出。其味不复嫩豆的婉妙清扬，而因淀粉味渐重，带出一份沉着安稳，是另一种好吃。嫩茶不经泡，嫩豆不经煮，中老年的豌豆则要烧得久才可口且味道尽出。比如烧汤，就要烧到烂才好。我喜欢泡菜、老豌豆加肉丝煮的汤，二者都是经煮的，都让汤变得厚，与蛋花豌豆汤的清淡别异其趣。上海人有个家常的汤，干蚕豆瓣与雪里蕻加水煮，有点异曲同工，因泡菜、雪里蕻都微有酸味，豌豆、蚕豆时间长些都煮出淀粉质来，然豌豆温婉的味道还是令汤更含蓄醇厚，再加肉丝氽下，别有一种鲜美。故我每年都要用中老年的豌豆炮制上几回。

钟情于豌豆，豆还只是一端，豌豆苗对我的诱惑一点儿不下于豆。毛豆、蚕豆和其他豆类的茎叶没听说过菜用的，上餐桌或许豌豆苗是独一份的了。但早先豌豆苗很多地方是不吃的，我老家在苏北，种豌豆就像种蚕豆一样普遍，我母亲说，当地人只吃豆，从未见人摘豆苗来当蔬菜。苏南的人则早就吃了，还特别讲究一个“嫩”字。豌豆苗有的地方称作“豌豆尖”，还有称为“龙须菜”的，南京人则常呼为“豌豆头”。不拘为“苗”、为“尖”，抑或为“头”，名字就暗示了对嫩的要求。事实上菜场里也已经是掐尖的，但买回家来当然还要再择，嫩与不嫩，首先取决于是否新鲜，再往下就要看你决心择去多少了，讲究的人，尖中掐尖，真是只吃一点儿“头”，余者尽皆丢弃。

说到嫩，其实豌豆头扮相上就给人那印象。小而圆的叶子，极细的茎，加上细的卷须，与粗枝大叶子的菜相比，端的一副嫩相。又一条，是看上去温良恭俭让。菊花叶、马兰头、荠菜等等，叶都很小，却从“色”到“相”都透出野来，豌豆苗则一点儿不野，可比为小家碧玉或小媳妇。绿也不是嚣张的绿，经水之前绿得有些淡，洗过之后也是嫩绿。

江南人吃的蔬菜种类特多，包括各种时令野菜，故我以为在吃豌豆苗上面，也可以称最。后来才发现，四川人对豌豆苗的喜好，或者更在其上。一九八七年我第一次去四川，印象很深的一条，是豌豆苗的“能见度”极高，小饭馆小饭摊的案头上，几乎必见其翠生生的存在。彼时我还在做学生，没钱下馆子，就食常是吃面，而面条店面条摊正是豌豆苗大出风头的所在：四川人常以豌豆苗做面条的浇头，往往是等面条下好之后，抓一把放上面，吃时将面条翻到上面，豌豆苗在碗底一会儿就烫熟了，再翻上来，面条顿生绿意，清香扑鼻。据说炒之一法四川人是不大肯施之于豌豆苗的——那是好东西，不可轻用，要多少才能炒得一盘？故当作面条的点缀之外，就是烧汤了，盖用来烧汤，“惠而不费”也。

江南人于豌豆苗的主流吃法，就是清炒。餐馆里常见的一道菜，叫作“酒香豆苗”，与“上汤”相比，是更家常的。其实就是清炒，只是在起锅之前加上几滴白酒而已。我那位以水煮豌豆当点心的朋友在坚持本味上是个“原教旨主义者”，坚称那几滴酒是多此一举，我倒以为那几滴酒实有帮衬之功，可令豌豆苗更其清香洋溢。相比起来，有些店家在清炒豆苗时喜加点儿糖，说是可解豆苗的微苦，我觉得有些多余。

豌豆苗的清香，在舌尖，也在鼻端。——我是说烹饪时散发出来的气味，这是苗与豆可以合论的。不拘豆还是苗，不拘炒还是煮，都有扑鼻的清香，那味道不带一点儿侵略性，不像芹菜之类，有一种刺激性，弥漫之际，却很有辨识度，烧毛豆、蚕豆，固然从气味上也有以辨之，但不像豌豆，一闻即知。有次在一朋友家吃饭，他夫人在下厨，将豌豆苗下水焯一下准备凉拌，就那一下，香气飘到客厅里来，我说，在烧豌豆？朋友骗我，说不是。但我知道再不会错的，那种温婉的清香太特别了。

就在那味道里，我们开始讨论一个关于豌豆的问题：关汉卿自谓“我是个蒸不烂、煮不熟、捶不扁、炒不爆、响当当一粒铜豌豆”，我忽然想到，关当然是反讽，但铜豌豆原是指老嫖客的，意谓门槛精，风月场中无往不利之人。怎么会想到以豌豆作比呢？此外，会不会有一种炒豌豆之类的，就叫作“铜豌豆”？

当然，闲话而已，也没去查考。

慈姑

苏州有“水中八仙”之说，“八仙”者：红菱、芡实、莲藕、慈姑、水芹、茭白、莼菜、荸荠是也。这都是水生植物，里面莼菜、芡实别处较少见，虽然所谓“西湖莼菜”也叫得很响，芡实则不过苏州人吃得更多而已。其他种种，不仅是江南，凡水多处，皆很常见，比如慈姑。

慈姑有很多种写法：“茨菇”“茨菰”“慈菇”，去了草头，容易联想到“妙姑”“尼姑”之类。看来叫法是一样的，至于说又称“剪刀草”“燕尾草”“蔬卵”，对一般人而言，就不知所云了。前两项命名，想来是从它叶的形状而来，“蔬卵”之“卵”当然又是以它蛋黄大小的球茎说事儿（虽然球茎上还长着肥大的顶芽）——听起来文绉绉的。

虽然称作“菇”，它与菌菇当然全不相干，除非你拿它的顶苗拟作蘑菇小伞的柄。慈姑一球一芽，像个不大标准的立体的逗号，即使再“五谷不分”，这也是不会混淆的。我小时会弄混的是慈姑和芋苗，这两样儿从长相到口味，差得很远，前者总透着湿意，后者是从土里刨出，不免灰头土脸。“同一性”是在去皮时不用刀削，通常都是拿碎瓷片去刮，操作时身边常搁一碗水，碎皮堆在瓷片的碴口上，过一阵儿就要到水里涮一下。在我看来，这是家务活中比剥豆剥花生更烦人的事，幸而不常当此大任。若在这时，再无混淆之虞的，我是因为吃时两皆不喜，又因家里这两样儿总是与红烧肉同烧，愤然之中，就混为一谈了。

我的愤然与吃够了有关，因为老家亲戚背土产过来，常有这个，一带就是一大堆，吃得暗无天日。我最不能容忍的就是与肉同烧。肉吃不够的年纪，偏偏肉不够吃，难得有纯粹红烧肉的时候，总是有蔬菜烩进去，我一概视为对肉的遮蔽。萝卜、土豆、霉干菜、四季豆、干豇豆……最常见的就是芋苗、慈姑，因为老是吃，因为是老家来的，我觉得连那肉都变得“土”了。这是“愤青”那种不分青红皂白的愤然，慈姑究竟是何味道倒模糊了。

我不知道对慈姑的不喜当中，它的苦味是不是一个因素。慈姑比芋苗硬，芋苗烧的时间长就一塌糊涂，慈姑则时间短可以有几分脆，时间长了也还典型犹存。不过这里说“硬”主要是指味道上的，慈姑兼有苦与甜，都来得比较直接。论甜，不像芋苗、土豆来得含蓄，苦则是土豆、芋苗所没有的，这苦与甜混合，在我感觉里就转化为硬，好比一个人，芋苗是没脾气的，慈姑就有脾气，是南方人的那种倔，倒不像苏州人，我没来由想到的是浙东人。

没想到好多年后，慈姑的那一分苦倒成了我走近它的诱因。此前吃慈姑，似乎就限于切了块儿烧肉，那一回在一家餐馆里遇到的却是炖汤。南京人以至江南人，炖汤会加入各种素菜（多为茎块类），但少有放入慈姑的。此所以那次排骨汤喝得可口，我根本没想到汤里载浮载沉的白色圆薄片乃是慈姑。江南人饮食上属于所谓“咸鲜口”，于一“鲜”字最是钟情，那汤自然有肉汤的鲜，却不是飘浮的鲜，而是鲜得沉着而腴厚，依稀有一丝苦味，是我后来给慈姑杜撰的，它特有的“甜苦”。苦味虽也算是五味之一，却最不受待见，鲜有独当一面的时候（“人为”地往食物中添加味道，酸、甜、咸、辣皆有份儿，苦则终是缺席），只能隐身于其他诸味之后，唯到吃苦瓜时，才算是浮出水面的。“苦”之羼入菜肴之中，更像是不得已。但“苦”之为味，亦自有其妙处，只是处理起来须小心翼翼，“苦”得恰到好处。苦瓜排骨汤即是一例，用盐抓一下或开水焯一下杀其彰明较著的苦味是一端，放入的量的多寡又是一端，终是要让其存在变得微妙——妙就妙在苦味的似有若无，能够感觉得到，却绝对是陪衬的身份。比起来慈姑的苦是更浑成的——原本就不是苦瓜那样一味地苦，无须杀苦的处理，且又自有其甜，到汤里苦、甜并作，合力给鲜汤托底，令汤更“厚”而有层次。故我真以为慈姑是炖汤的妙品了。

后来就看到汪曾祺说慈姑。有意思的是，他说小时吃慈姑吃倒了胃，后来对慈姑的再发现，乃是并非江南人的沈从文给启的蒙。沈从文赞慈姑“格”比土豆高，此处“格”当然是“格调”的“格”、“自成高格”的“格”，只是他老人家是一言道破式，高在哪里，并无具体的论证。不说别物，单是将土豆拿来与慈姑做比较，倒并不费解。因二者都多淀粉，又都是爆炒煮炖皆宜的。汪曾祺在沈家吃到的，便是慈姑炒肉。但他念兹在兹的，乃是他老家江苏高邮的咸菜慈姑汤。

这两样儿，都好吃。

都是最寻常的家常菜，尤其是咸菜慈姑汤，大约是各种菜谱不载的。汪曾祺关于咸菜说了不少，汤则语焉不详，只说久违了，到下雪天，很是想念。大约更多的是乡思的蛊惑吧。我却有点馋，虽未亲尝，想象中喝过了，觉得咸菜与慈姑很“搭”。其实咸菜慈姑汤与咸菜豆瓣汤，又或酸菜老豌豆汤之类，搭配的道理是一样的。咸菜不以“酸”名，腌渍过后，都有酸味，慈姑、豆类多淀粉，烧汤则甜味泛出，中和了咸菜的酸与咸，变得柔和又不失其酸咸，别有一种鲜，且特别开胃。慈姑的一丝苦味在这里也有增“厚”味道的功能，发挥的应该是“正能量”。印象中南京人不大烧汤，慈姑炒雪里蕻倒常见。春节的“十样菜”里，切成丝的慈姑也是一样儿。

比起来慈姑炒肉要“入流”一些，因在一些小饭馆里可以见到。都是切了片与肉片同炒。不同在于有的撒葱花，有的加青蒜，我觉得加青蒜好。在自己家里做，我的一点儿改良是多放青蒜，差不多让它与慈姑、肉片鼎足而三。葱与慈姑，不能说不搭，但慈姑与蒜，似乎更相得。据我想来，不用鲜肉，用咸肉腊肉，连肥带瘦的，像炒回锅肉那样先入锅爆炒出油来，再投入青蒜慈姑大火爆炒，让腌腊味的肥油吃进去，或者更佳。

说到油与慈姑的关系，想起苏州街上见到过一种油炸的慈姑片，那是当作零食吃的，可称中式薯片。原以为这是苏州独有，后来发现云南人吃慈姑片也颇成风气。他们标榜的却是拿来下酒，也是油炸，淀粉一类油炸总是好吃的，何况慈姑原有它的苦与甜。

下酒，必是不差。

豆花与豆腐脑

我一直以为豆花与豆腐脑是一回事儿，其实不是。

我说的是四川豆花。广东人也称豆花，却与江浙人概念中的豆腐脑相近，差别不在口感在味道——只是加糖水食甜而已。新加坡人把豆花店开到南京，称为“南洋甜豆花”，突出的即是一“甜”字，暂且不论。

倘若“求大同，存小异”，你也可以说，豆花与豆腐脑是一回事儿，因都是前豆腐阶段的豆制品，可称从豆浆到豆腐的“历史中间物”。豆腐脑是豆浆煮沸，经石膏或盐卤点化后待其自凝；豆花点过后时间稍长，要等有絮状物出现，再以竹筛、笼屉一类的轻物压榨，于是分出层次，上面是黄色的液体，下面是一整块白色凝结物。自然地，豆腐脑嫩（以“脑”为名，我总觉是由猪脑子来的联想，因猪脑吃起来极嫩），豆花老。压榨过后，豆花有许多洞孔，比起豆腐来，还是嫩，根本不能分为小块，但以豆腐脑的标准，如此洞孔密布，还絮状，就没法吃了，只能视为不合格的未达嫩度标准的豆腐脑。

然豆花与豆腐脑吃法不一，原本就是两个标准。豆腐脑在江南地方，从来都是作为早点的一部分存在，与豆浆烧饼油条为伍，一个烧饼或两根油条，要吃甜，来碗豆浆，要吃咸，来碗豆腐脑，早餐就齐了。早点摊儿上，九点钟以前，一大桶豆腐脑必已卖完，这一天当中，再不会出现，要等第二天早晨才露面。豆花于川人却是一道菜，极少见人不吃饭而单吃豆花，因是菜，在四川、重庆，它的存在几乎是全天候的。说“几乎”，盖因与豆腐脑相反，大清早的，它露面的机会反而要少得多。

前些时候到重庆开会，飞机晚点，待到了那边找到地方坐下吃饭，已是晚上九点多，要了一条“江湖菜”系里的“来凤鱼”之外，见菜单上有豆花，便问有没有，回说，怎么会没有？此前吃过豆花鱼，没见识过豆花唱独角戏，我感兴趣的是，单是豆花，与吃豆腐脑有何不同。

一小碗端上来，上面是自制的酱料覆着，麻、辣，极重的蒜味，还有很多的油，与豆腐脑的淋几滴油别是一调。这也不过是调味的不同罢了，最奇的却是用筷子搛夹了吃。豆腐脑以其嫩滑，只能用调羹，也只有连汤带水舀起来送入口中才觉有味，否则即使夹得起来，亦淡而无味。豆花絮状，使筷子虽不能如吃豆腐一般夹起大块，却仍能夹起，又因多孔，极易入味，若用调羹连酱料兜起，重口味就要重到吃不消。

那一小碗令我对豆花的认识大大深化，其关键点，即在豆花的“下饭”性质。这在后来特地空出肚子来吃豆花饭时，更得到充分的验证。豆花对于四川人、重庆人的意义远过于豆腐脑对于我们，不独是近乎全天候，而且餐桌上能上能下，几乎无所不在。“上”则大酒店的豆花鱼、豆花火锅……足可形成一个豆花系列，下则街头一碗最简单的豆花饭。吃火锅，上豆花鱼，已是吃菜为主了，豆花饭是最“基要主义”的，豆花绝对唱主角，其“下饭”性质更其淋漓尽致——就一碗干饭，一碗豆花，别无他物。这是一种很奇妙的搭配，盖其扮演的角色虽近于咸菜、酱菜，后者却不宜于干饭，豆花不同，以其逆来顺受又饱含汁水的性质，一筷子饭一筷子它地吃之外，还可拌食，即令不是拌食，也不至觉得这顿饭吃得太干。

重庆大街小巷里的小饭馆，几乎必有豆花饭，且必是最便宜的，四元甚至三元一份，真是“低到尘埃里”。而豆花的存在，又经常是格外分明。从菜园坝长途车站乘车去阆中，车站左近一溜小饭铺，家家门口放一大锅豆花。看着有趣，就用手机拍下发微信到朋友圈，结果有猜蒸鸡蛋的，有猜什么汤的，无人知是豆花。多半是被上面那层黄色迷惑了，再一条，是它出现的场合、形式，与豆腐脑相去太远。

豆腐乳

倘若要在食物中排出四大发明，我想豆腐肯定应有一席之地。中餐中豆腐扮演的角色，怎么估计也不过分。豆制品极家常，即使在家中的餐桌上，都轮不到豆制品来出风头，但你让豆腐消失试试？那时候你就会意识到，中国人的饮食中，少了豆制品是不可想象的。不仅豆制品的菜肴花样百出，蔚为大观，它还有许多衍生物，比如说，豆腐乳。

豆腐乳是腐乳坯发酵而成，腐乳坯就是豆腐，有大有小，小时南京所见大多是大的，也就一寸见方，半寸厚。所谓发酵，说白了就是霉变，故也有把豆腐乳叫作“霉豆腐”的。以颜色划分，可分为红、黑（青）、白三种，取决于拿什么来“霉”它，用盐卤则为黑色或青灰色，用红曲素则为红色，以色以形，分别叫作红方、黑（青）方、白方。红方最常见，又称“南乳”，此名我最是不解，因好像并未听说存在一种与之相对的“北乳”。红方成为主流是应该的，就像妻妾成群年代的大房，中正平和、不见锋芒才行，黑（青）方臭，白方多带辣，即有剑走偏锋的味道了。但也不能一概以“色”而论，因也有红腐乳而带辣者。

因味道的普适性，红腐乳最是用途广泛。华南人似乎最善用南乳来调味，用以烧菜是一端，比如广东人的腐乳瘫菜（江南人通称空心菜）。南乳莲藕烧肉，我在广西南宁吃过，藕块、肉块之外，还加入了花生米，极家常，却甚可口。又有用来做点心的，鸡仔饼里面就有。但是对南京人，至少是过去，豆腐乳的角色很纯粹，就是当作下饭的小菜。

“小菜”在别的地方会意指较简单的菜肴，“小菜一碟”，或上海人口中的“小菜”有时就有此意。南京话里“小菜”则可等同于咸菜、酱菜，总之是经腌渍之物，故有时也笼而统之，称为“酱小菜”。豆腐乳之为“酱小菜”，从卖它的地方就可以知道——街边小店、大型副食品商店固然也有卖，能确保其必有者，乃是酱品店。像专门卖杂货的日杂商店一样，酱品店如今已消失了。酱品店显然是与厨房关系最密切的店，生鲜一类有菜场负责，其他从酱油、料酒、盐、味精各种调料，到腌腊、腌渍之物，这里都有。

酱品店特别有传统店铺的味道，都是曲尺形的木头柜台，与玻璃柜台的百货店、副食品商店相比，总觉店堂有些阴暗。大部分东西不在货架上，有的店根本就不设货架，因除了瓶装的酱油之外，甚少货品是有包装的，都是零卖。于是柜台上、柜台后，甚至于柜台外面，尽是些大大小小、形状各异的陶瓷的坛子或是缸，上面贴着红色的签条——顾客看不到坛子里面，甚至签条也看不分明，这是提示售货员用的。

豆腐乳在酱品店即是寄身于一个不大的直上直下的坛子里，一层一层码着，想是就在坛里发酵的。酱菜中如什锦菜、大头菜、乳黄瓜、萝卜干之类，都是上秤称，称好了店家拿张纸或荷叶包起来拿走。唯豆腐乳，论块儿卖，得自带了瓶瓶罐罐，或者一只碗也行，装在里面端回家，因它的根基是豆腐，不能挤压，触碰只能轻拿轻放，稍不留神就弄得一塌糊涂。售货员从坛子里夹出来也得小心，轻重要拿捏得恰好，轻了夹不起，重了走形。通常都是用一种竹制的夹子，是一竹片条用火烘烤了对弯过来，八字式张着，有点弹性。夹起来放入你带去的容器——比如一只原来装罐头的玻璃瓶——倘买得多，五六块、七八块，他也会一层一层放妥帖了，而后照例再浇上一些卤汁。常去买的人会要求多给点，买得多则理由更充分："买那么多，还不多给点？"这是要保持豆腐乳的润泽，这东西干了口感就大不一样，同时豆腐乳汁本身就是好东西，用馒头蘸了吃，或是拌饭，莫不相宜，可以视为额外的福利。

红豆腐乳两分钱一块，臭豆腐更便宜，三分钱两块。价虽贱，下稀饭，吃泡饭，却是无上妙品。南京人的搭配，吃稀饭、泡饭，通常没有热菜，只就着酱小菜，讲究些再来个咸鸭蛋。这里面当然有当年生活条件差的因素，却也因为这么吃特别清淡可口。豆腐乳算得上酱小菜中的入口即化型，以筷子去那红色小方块上夹下一点点儿放入口中，不待咬嚼，只抿上一抿，已是鲜咸满口，上好的，有膏脂般的细腻。也可夹上半块到碗中与饭拌食。不能多，因是大咸之物，些少一点儿，稍加点染，足可吃下一大碗。“点染”用在这里很合适：盖的确只需一点点儿，腐乳鲜红入白稀饭中，先漾出一丝丝的红，搅拌后则如同染色。以色而论，也更能叫人食欲大开。

我更喜欢的是用腐乳涂馒头，这时其他酱小菜就被比下去了。你可以咬一口馒头，吃一口酱瓜，但哪里比得上腐乳与馒头来得“水乳交融”？而且其他酱小菜虽也鲜美，不能说是直不笼统的鲜，腐乳经了发酵，鲜得有一份特别的醇厚。将馒头一剖为二，筷子夹腐乳于其上，只需稍加碾压，再抹匀，即可在馒头上敷上薄薄一层，合而食之，大妙。

现今生活方式大变，饮食习惯也在变，眼见得吃稀饭、泡饭都较过去少得多了，早餐往往不是煎饼馃子、豆浆油条，就是洋派的牛奶面包，晚饭则以稀饭馒头打发，比早餐更少，腐乳似也少了用武之地。对很多人而言，腐乳之用，大体似已转入做菜调味的一途。其实即在今日，腐乳也还可以有独当一面的时候，比如，用它涂面包。中式吃食与西式吃食混搭起来，往往两败俱伤，你就很难想象用酱瓜、萝卜干来就面包。我是有次早餐吃面包，发现家中黄油、果酱什么都没了，只搜出一瓶豆腐乳，心血来潮，便往烤好了的面包片上抹上一试——一点儿不“违和”嘛。与涂馒头相比，又是一种味道。因想这腐乳倒是可以跨越中西之界的。

凉粉

现如今是一个争资源的时代，什么都是资源，包括小吃这样的“文化遗产”，但是凉粉一项，倒还没见什么地方“据为己有”，那是因为太常见了，东南西北，哪里都有。不管在哪里，“凉粉”都兼指淀粉的制品和吃法这两项。论前者，实在是太“广谱”了，不论原料为何，大米、豆类（豌豆、绿豆等）、薯类、面粉（小麦、荞麦），做出来都可以“凉粉”相称，虽然在西北，更普遍的说法叫“酿皮”。制法则不外两种，一种是上笼蒸，将浆状湿淀粉倒入笼屉里，薄薄一层，类似广东人做肠粉，一张一张，唯不是即食，蒸好了以后当作成品，待用；一种是将淀粉浆烧煮到一定程度，放入蓬灰或其他可充凝固剂者，俟其冷却即可，放什么容器里即成那样的大小形状，如一个硕大的果冻。

前面一种，或者因其一张一张薄而大的形状，在不同的地方又叫作“粉皮”“凉皮”，不以“粉”名——肠粉是即食，且作例外。粉皮、凉皮之属，都是有各种吃法的，我苏北老家一带，会将粉皮入菜；西北人的酿皮，常见如炒面一样地炒；云南人的炒饵块，当然也是炒，放入的辅料作料不同而已。甚至果冻状的凉粉也可热食，我就在贵阳街头见过一种叫“煎粉”的小吃，凉粉切作麻将牌大小在平底锅上煎，煎作金黄，撒上葱花之类，吃口颇好。

然而“名不正则言不顺”，依我之见，须得凉拌食之，方可称为“凉粉”，否则“凉”便没了落脚处。酿皮在西北又常称“凉皮”，也是因为比起来凉拌更“主流”的缘故。我原以为“酿皮”乃是豆类、薯类（哪怕是土豆）所为，因口感爽滑，且仿佛亦微现透明。不道酿皮其实是地道的面制品：那淀粉实为洗出了面筋之后的产物，故而不见西北面食特有的筋道，而有类于“粉”的口感。洗出的面筋在酿皮里正好派上用场：凉拌的酿皮可加入黄瓜丝、绿豆芽等物凉拌，如其正宗，则必有面筋切出的丝拌在一起。同自面粉而来，面筋与酿皮一有咬劲儿一爽滑，吸味儿也各不相同，吃起来有参差对照之妙。西北人吃面食的花样百出，酿皮也要算一条——面筋丝应合而观之。

酿皮子现在已是在别地也风靡的小吃，但似乎只有在西北，还可作为下酒的冷盘。说到冷盘，近年来餐馆里常见到的酸辣葛根粉似乎风头更劲，那是葛根磨成粉机制而成，似米线而色黑，吃的还是一个口感，味蕾之享则全仗调料。

宽泛地说，有许多吃食都可归入“凉粉”项下。五花八门，何为正宗？这就取决于你是哪个地方的人了。作为地道的南京人，我的“凉粉”概念是好多年前在南京街头建立起来的。南京的凉粉没什么名气，也未见有什么特别处，却是小时关于南京夏天记忆的一部分。现在凉粉也许是“全天候”的吧？过去则唯有在夏天才见得着。在家里炮制的不算，因“能见度”太低，必是街头巷尾的小摊儿上卖起来，才见出夏日的风情。菜场里所卖须拿回去自做调理的凉粉都是在豆制品的摊档，通常有两种，一种是绿豆粉的，一种是豌豆粉的。绿豆粉的似粉皮，色暗而泛绿，一张一张卷起来称重，买回家自去用刀切成丝状。豌豆粉的即是前面所说冷凝而成如同大果冻的那种，偌大的身坯，在案上块然独存，颤巍巍泛白光，却都是刨好了丝给你。

街头小贩所售，多是后一种做成。粉皮样的那种因是蒸熟，较密实而筋道，刨丝的则特别“嫩”。我吃面食唯筋道是尚，吃凉粉则最喜它的爽滑，对我而言，街头刨丝的凉粉才是地道的凉粉。其实冷凝而成者菜场里也有切成豆腐块大小的，整块地买回切成小块拌食，也是一法，但终不如刨好的细丝来得入味可口。刨好丝买回自为也不是不可，我想我馋外面的，多少也与其“重口味”不无关系——放调料，似乎总是比家里来得全乎，而且给力。

我所谓“街头”，也不限于小贩的摊子，“文革”时破除“封资修”，餐馆一概变得大众化，像“大三元”“老广东”“四川酒家”

这样颇有些名头的餐馆，到夏天也卖凉粉，次一等的馆子则“自郐以下，更无论矣”。甚至卖到外面来，沿街摆桌，盛好了的，分大份小份，碗碗盘盘铺陈开来，像北京旧时卖大碗茶的阵势。别无椅凳，食客就在旁边端了碗站着吃。即使在店堂内卖，因没有空调、电风扇，热得不行，很多人也宁可站到外面来吃，店家当然也乐得如此，吃这么点儿便宜东西，食者又来得多，把座都给占了，太划不来。有些餐馆干脆就言明，吃凉粉的没座。有次我在“一家春”，就碰上一顾客与服务员为此大起争执，服务员狠声恶气地让他起来，他偏不，指着旁边坐着的人质问凭什么他们就可坐。服务员说，他们吃的是凉面，你若是买凉面就让坐。那人脸红脖子粗地嚷嚷道：“你以为我买不起？！老子就再吃一份凉面！”但并不起身，仍以吵架为主。我已吃完，还了碗筷便走了，也不知如何了局。印象中凉面很便宜，并不比凉粉贵多少，弄不懂何以之间就分出高下来，或者是服务员看那人不顺眼，自作主张也未可知。

我说的还碗筷则是端到外面站门口吃的人的例行之事，因那时尚无一次性碗筷，不能且食且行，也无打包一说，吃罢家伙得完璧归赵，故即使到一边去吃，也不能走远，须守在那儿，不弃不离。倘吃小贩的，那就是守着他的小摊儿——事实上多半也无“摊”可言，就一小推车，别无桌凳之设。小推车似乎是卖凉粉者的基本装备，通常上有玻璃罩，隔着玻璃就见偌大一块凉粉蹲在里面，上面搭一块湿纱布，看着就比别种小吃摊儿要干净，虽然照例有几只苍蝇在边上嗡嗡着，摊主不断地在驱赶。

众人人手一碗，站而食之。所以说到凉粉，我总把它和站姿联在一起，仿佛那倒是吃凉粉标准的姿势。

餐馆里是大批量，通常已将刨好的凉粉丝盛在碗里，售出时加上作料即可。小贩则都是待食客来了现刨丝,手脚麻利，更有一种繁忙景象。我怀疑我更喜小贩的凉粉摊儿而不喜餐馆，有一端就是前者演绎全过程，刨丝犹可作为“行为艺术”看。其实也简单,不加培训就可操作。器具是一极简陋的特制刨子，状如小小肥皂盒，底部密布小孔，就使那面贴着凉粉垛子刮，便有莹白的细丝从孔里冒出来,刨两下就积得满满,倾倒碗中。如是两三下子,就得一小碗。那凉粉垛子上遂留下一道道刮痕，也在刮擦中一点点儿向后退去，形状变换，若钉着一面刨，则有时看去就像盆景版的冰崖。

加作料则也并不复杂，其“标配”是蒜水、醋、麻油、盐或酱油,外加切碎的什锦酱菜或榨菜,是否再来上一点儿辣，就看各人的口味了。榨菜、什锦酱菜都能令凉粉更其可口，不过至少以“视觉系”的眼光来看，还是以什锦菜为妙。什锦酱菜系由各种腌制的根茎类蔬菜混合而成，通常售卖时已切成丝状，内中有胡萝卜，红得好看，一小撮点缀在凉粉上，更衬出其洁白，银装素裹，分外妖娆。辣，我总是舍去，因觉江南人偏嗜的鲜咸口味，不加辣才更“清爽”——“清爽”二字在江南人口中是一种特别正面的评价。虽然加辣吃下去出点汗，也不减凉粉之“凉”。

这凉固然是从味觉上来，醋、蒜俱能生出凉意，蒜也辣，与辣椒的辣却别是一路，辣椒辣得燥，蒜的辣却带出凉爽，当然凉粉丝的滑溜在口腔中毫无黏滞的口感也透着爽。夏天大热，食欲全无，鲜咸口味却是大大地开胃。另一方面，这“凉”很大程度也是由视觉而心理的：凉粉不比冷饮，只是相比热食才见出凉来，感觉上却更有凉意，这或者要归于它的冰雪之色的诱人吧。

虽然七十年代并不鲜见，南京街头凉粉的“盛世”却在开放搞活以后。在大城市，率先起来“搞活”的，大约要数做小生意的个体户。卖鸭子、熟食、早点之外，夏天卖凉粉的也要算一彪人马。比起来，做这买卖门槛特别低，无须多少本钱，也无须什么技术，有把子力气，愿意吃苦，都能干。中学的一个同学，家里就做这个。到夏天，每每用三轮车拖了几口不大的缸到老虎灶上，缸里是稀释了的豌豆粉，到灶上按一定比例加入开水，而后拿根棍不停地搅和，待其冷凝结成块，将缸倒过来一扣，几个凉粉垛子便出来了，再上车，直接拖到点上去卖。把老虎灶那儿当了临时作坊，实因做凉粉需要的开水量大，前液化气的时代，煤炉一时间哪烧得了许多？再者以七十年代末八十年代初的居住条件，家中也腾挪不开。

据说做凉粉利润不低，比做早点省事而更赚钱，于是盛夏之时，凉粉摊儿遍布大街小巷，我印象尤深的是其时兴起了灯光夜市，夜市上到处是吃凉粉的人。它的盛极而衰，我一直也没弄懂是什么缘故。

炒粿条

有个说法，称槟城是第二大街边小吃的胜地。我不知道排在第一位的，是不是台北，也不知这说法有什么权威性，但槟城小吃的确是花样繁多，初来乍到，去任一处“小贩中心”，都有“乱花渐欲迷人眼”之感。大概从第二次到槟城起，我已有意做一些饮食上的冒险，即寻觅那些味道怪异的食物，叻沙、罗也、咖喱面、乌达乌达之类，因与习惯的口味相去甚远，与人闲谈时常挂在嘴边，事实上槟城小吃中我一开始就无保留接受的，乃是炒粿条。

所谓“粿条”者，实乃广东人的河粉，一种米制品，米浆蒸熟后切成条状，闽南、潮汕一带的人这么叫，读如“鬼条”。二〇〇二年南京还不见炒河粉，粿条就更不用说。我因初见是在槟城，就把账记在新、马头上了，实则大马、新加坡的华人食物，出处大半都在中土，又因移民基本上非福建即广东人，故华人的小吃，依稀有闽粤风味。炒粿条即是潮汕一带的小吃，近乎炒河粉，配料有肉丝、胡萝卜、包菜丝，与干炒牛河就差不多。但说成槟城小吃也不算僭越，因炒粿条在这里发扬光大，自成一格，就像“星洲炒米粉”一样，已非“原籍”所能笼罩了。

事实上即使在大马、新加坡，遍地开花的炒粿条在各地也是各行其是，大同不妨小异，比如吉隆坡与槟城，所用粿条就有宽细之别。以名气论，则以槟城为最。我看过一本介绍槟城小吃历史的小书，做小吃生意的小贩，在华人中是个投入人数相当多的行业，这里面又以经营炒粿条者最是普遍。炒粿条极辛苦，天不亮就要备料，鲜虾、血蚶都是一只一只地剥出，到食客纷至之际，则是站在锅边，手不停挥，一份一份地炒。有的老人，炒了一辈子，闻名槟榔屿的档口有好多家，有位老人甚至炒粿条炒到了国际美食大赛上，还得了奖。

与潮汕的炒粿条相比，槟城炒粿条堪称内容丰富。吃的次数多了，发现辅料有虾、血蚶、蛋、腊肠、豆芽、韭菜，差不多各家都会用。每样都只一点儿，鲜虾两粒，血蚶数枚，腊肠丁也只少许，样数却多。锅中放油，鲜虾、血蚶、豆芽、韭菜依次投下去煸炒，而后是粿条，放黑酱油，继续炒，而后再加入蛋，不是往里现磕，是搅匀了的蛋液，与粿条等物一起炒，故看不到成形的蛋，都附着在别物上了。蛋分鸡蛋、鸭蛋两种，由食客自选，鸭蛋要贵些。我们这边鸭蛋似乎只拿来腌，据说是与鸡蛋比起来，较粗且腥味较重。槟城人却有共识，以为比鸡蛋更有味，至少在炒粿条里是如此。

炒粿条，除辅料的新鲜、粿条的质好之外，关键还在一炒。炒的关键又在火候，火候不到，不入味亦不够香，过了则会焦煳。一份炒得恰到好处的粿条，粿条黏韧不煳，豆芽爽脆，蛋香洋溢，而虾仁、血蚶鲜味尽出。但火候的标准是很难说的，端的是因人而异。我因贪炒的香，宁其偏于焦煳。多炒几下或令颜色更深，有违看相，然从看相上说，炒粿条原本就不咋地，因用酱油调味，豆芽、韭菜这些可以“生色”的也都乌暗下去，以江浙人的“清爽”标准，看上去竟是有些乌乌淘淘，垫以蕉叶也没用。但是，好吃啊。

炒粿条装在盘里，照例都会垫上蕉叶，据说可增益其香。我不明白何以炒粿条享此待遇，其他炒类的小吃就没这规矩。对我而言，炒粿条之易于接受，当然还是因为它符合国人的口味，这蕉叶则给这小吃平添了一分异域情调。

辑三

四色糖

“四色糖”听上去五颜六色，其实和颜色无关，此处“色”是“各色各样”“各色人等”之“色”,四色糖即四种糖:花生糖、芝麻糖、浇切片、寸金糖。习惯于放在一起说，是因为过去都是同时出现——在过年的时候。

过年的一大内容是吃，“忙过年”的具体内容多半与吃有关。四色糖不是自己做，须到店里去买，这是过年必得有的。到别人家里拜年，你会发现各家待客的糖果碟子里都有这个。与瓜子花生相比，它们似乎更是“年味”的保证，因为过年时才能见到，此时不吃，过了这个村，再没这个店。所以一见之下，你能想到小孩的猴儿急。但当然都是有数的，家长只让象征性地吃，那碟子里也一直维持着“供品”的模样。

这也就见得“四色糖”的金贵了。不比别种糖果，这是要凭票供应的，按人头算，一人是二两，直到“文革”结束，都是如此。并不是每种二两，归总了算的，买了这样儿就不能买那样儿。也不是都能保证供应，印象中花生糖、芝麻糖最常见，浇切片次之，寸金糖最珍稀，似乎也最贵。

合而称为“四色”是有道理的，因用料都不外乎花生、芝麻和饴糖，做法也大同小异。好多年后，我才知道浇切片是怎么做出来的。是前些年到苏州甪直过春节，小镇的街上有许多传统吃食的小铺子，店、坊合一，现做现卖。有一家做浇切片，所见也非全部工序：饴糖已和芝麻搅拌好了，倾在案上，犹自冒着热气，头发花白的老师傅用根擀面杖使劲将其碾压为薄薄的一层，待其冷却，就使小铡刀切为小片。花生糖、芝麻糖都是小手指粗细的条状，制法想来差不多，只是没那么薄，饴糖的比重更大而已。据我想来，“浇切片”的命名是由制作中浇与切的工序而来，花生糖、芝麻糖得名一望而知，就是因为原料。比较特别的是寸金糖。也是条状，花生糖、芝麻糖是切出来的，见棱见角，寸金糖则是圆条，外裹芝麻，内中有馅儿，一寸来长，灿然作金黄色——故其命名是从象形而来。至于说它还有“一寸光阴一寸金”的微言大义，新年之际饱口福之外还兼警示，那即使不是“姑妄言之”，我们这些被针对的主要对象，肯定连“姑妄听之”也不肯敷衍。

我们只知道，四色糖里不管哪一色，都好吃。年纪大的人更喜浇切片，以其好咬嚼。正当天寒地冻之际，花生糖、芝麻糖则更显得梆硬梆硬，有饴糖“作梗”，锐利地杵在口中，有时还划破口腔，但小孩都不在乎。——是真正的硬，不是脆，常见小儿拿在手中，探一截到嘴里，歪了头攒眉作色使劲咬，费劲咬得嘎嘣作响，好像才过瘾。因为难得一吃，有个邻家小孩告诉我秘诀，说要含在嘴里，可长久地有香甜之味。事实上不比水果糖，这玩意儿不易含化，真要只剩下镶嵌在饴糖中的碎花生，其香脆也没了，只觉无味。

我以为花生糖都是“四色糖”里那样的，一九九〇年在开封，发现当地的花生糖全然两样。南京习见的花生糖是黄、白两色，花生、饴糖界限分明，花生虽经粉碎，却是典型犹存；开封所见却是化为齑粉，与饴糖难分彼此，一色而近于白了。后者看上去更接近江南的“董糖”一类，却是酥散之外又有几分粘牙。至于后来曾经很风行的厦门花生糕，则无饴糖的成分，口感唯是酥散。说是传统食品，却不晓兴于何时，只是从制作的精细而言，与我所谓花生糖的那种粗犷相比，就像两个时代的东西。

厦门花生糕在南京风行，好像是九十年代的事儿，那时“四色糖”已成过去，现而今更是与“过年”的概念了不相干了。我在旅游景点看到浇切片现做现卖，则多少有点象征意味——那已经带有怀旧加表演的性质了。

糕与团

江南的饮食店里有一种叫作糕团店，比如南京新街口中央商场对面，过去有家名头颇响的店，就叫“三星糕团店”。“糕”与“团”捉对出现，因为糕与团是一家，都是米粉、面粉或二者掺和其他东西蒸制或烘烤、油炸的食物。只是“糕”“团”并称时，这必是指米粉制品，“苏州糕团”闻名遐迩，其中便无面粉做的糕的余地。糕团店里，蛋糕、绿豆糕、山楂糕、千层糕……一概排除在外，广东的萝卜糕虽为米粉所制，也不在其列，所以“糕”“团”并称应是江南自成体系的概念。

词典上说：糕，用米粉或面粉掺和其他材料蒸制或烘烤而成的食品：年～，蛋～。“糕”又叫粢。以黍、糯米加上粳米粉蒸成，形状像凝膏。用糯米粉做成的糕叫粢。用米粉和豆末儿、糖、蜜一起蒸成的糕叫饵。又说，从米，从羔，羔亦声。“羔”意指“补品”“温食”“软食”。“米”与“羔”联合起来表示“米制的又暖又软的食品”。——按以实际，都不够周全。这不管他，只是从相同角度说“团”的，几乎见不着。不管取哪一条，“糕”似乎都可将“团”涵盖进去。那么，既曰“糕”，何必“团”？

既然糕、团并称是江南的概念，还当从实物去辨。我能想起的具体的“团”，一是麻团，一是青团，都作圆形或球形，“糕”则基本是长方形，此点甚至出于“糕团”之外也是如此。比如扬州包点里的千层油糕，比如山楂糕、绿豆糕。千层糕有用圆形蒸笼蒸制的，出笼时固然是一整个大圆的，然都是切作菱形再吃或卖。北方的切糕也是如此。事实上“糕”大都是切出来的，有棱有角。蛋糕是舶来品，另当别论。——西式的点心店，所谓 BAKERY 者，通常称作“饼屋”或“糕饼屋”，其“糕”其“饼”与中式的糕、饼相较，另有渊源了。

若可以麻团、青团为例，则“团”除了形状之外，另有一规定性，即是有馅儿。大多数“糕”是无馅儿的，米粉之外有其他成分混合其中，却不是作为馅料“团”进去（年糕可视为雏形）。梅花糕是例外，与别种米糕不同，它是在一小模子里烘烤呈杯状而加入豆沙馅儿，与“糕团”之糕迥异其趣，故糕团店里没有——都是像煎饼馃子一样现做现卖，似乎也都是单打一地经营，就是说，做梅花糕的，通常只做这个。但我在电视节目《江南味道》里看到一种有馅儿的，却符合狭义的“糕”的概念。是湖州双林镇的出品，出于糕团店，据说当地人办婚事都要用这个——它像糕团店里别种的糕一样，整体地蒸了再切，不同处是在大块的米粉坯子上规则地按压出一个个小坑，填以肉馅儿，再上笼蒸，蒸好横切竖切而令每块里的馅儿都能居中。

这就有别于“团”的单独成形了。看了很觉新奇，有吃的冲动，却是吃不到。事实上不说这个，现在南京别种的糕团也难得见到了。“三星糕团店”过去是到新街口的人经常驻足的地方，几乎总是人满为患，现在早已不见踪影，也没听说迁到何处。我是在其消失多年后意外地在龙江小区菜场边上发现了一处，位置很背，没有堂食，地方极逼仄，与往日的风光不可同日而语。王府大街上后来出现的一家“芳婆糕团店”人气颇旺，却也是很小的门面，去当年“三星”的楼上楼下远甚。这也见出传统食品式微的一端吧。

麻　团

说起来麻团应归为糕团的一种，因也是糯米粉制成，以其形，当属“团”。过去南京新街口的“三星糕团店”，从各式苏式糕团到四色汤团、赤豆酒酿元宵到麻团，一网打尽。通常所谓“苏式糕团”，不论是何形状，有何花样，都是汽蒸；汤团、元宵，一般是水煮；麻团则是油炸。

能在糕团中独树一帜，就是因为油炸。因油炸，麻团于糯米小吃中常常是“计划单列”——我是说，不和那些蒸食的糕团做一处：有糕团处，固然往往有麻团；卖麻团的地方，多为烧饼油条店，则见不到糕团的踪影。这也就见得，在南京，麻团的能见度，要比糕团高多了。所谓“物以类聚”，麻团去凑油条的热闹，想来还是因为油炸，不拘油条、油饼、麻花、馓子，皆为面粉做成，以糯米出身跨界跑了去入伙，常见的似乎也唯有麻团。

我原以为，麻团如苏式糕团一样具有地方性，其流行限于江浙一带，后来才知道，不仅江浙，广东也有；不仅是食稻米的南方，吃面的北方也不稀见。以分布之广，其归属可以罩得上“全国人民”的大帽子了。麻团又叫煎堆，华北地区称麻团，东北地区称麻圆，海南又称珍袋，广西又称油堆，有的有馅儿，有的无馅儿，其“本质规定性”，一在以糯米粉团下油锅炸，一在周身遍裹白芝麻粒儿。

在南京，麻团最有“混淆视听”之虞，因南京有一种唤作“油球”的吃食，别处没有的，也是球状，下油锅炸，大小相仿，里面的豆沙馅儿也是麻团馅儿中最常见的。麻团又称麻球——更是在名号上也“球”到一起去了。当然，稍加留意，差异也一目了然，一则油球没有那层芝麻，二则油球是发酵的面粉团炸制，吃起来绝无麻团的黏韧。

凡油炸食物，大略都以刚出锅者味道最佳。我这个年纪的南京人提到刚出锅的油球，无不口角生津、垂涎欲滴，但那是可遇不可求的，油球在副食品店、街边小店里与饼干蛋糕等一起卖的，明摆着就是让你冷食。从糖果冷食厂出来，再到店里，你如正好赶在点上，还带着微温，端的“机不可失，时不再来”。麻团相反，不论在糕团店，在早点摊，食客多半奔着热食而去，它对“刚出锅”或“现炸”的要求虽不似油条那么顶真（油条空心，吃的就是一个酥脆，当真出锅便食最佳；麻团实心，不妨稍稍冷却），且冷食也不是不可，然与热食，味道相去不可以道里计。麻团最妙者，在糯米粉团油炸之后，外表结作一层壳，外焦脆而内黏韧，一种很妙的对比。其黏韧不似蒸后冷食糕团的趋于硬，又不像汤团那样“水”，以我的口味，最是恰到好处。

但冷食就差了点儿，隔日再吃更是两样。有一次买回吃不下，第二天吃时发现容颜大改，原本溜圆一球，兀自瘪下去，如泄了气的皮球，又不复原先的黏韧中带着软，咬嚼不易，油炸到此时似乎在助成其“顽固”，一只麻团吃下来，只觉腮帮子发酸。又一条是汪然出油，如彼时梅雨天气墙上沁出水珠，或者如咸肉、香肠天热时的“哈喇”了，感觉比热食时加倍地油。

饶是如此，当年我辈也绝对不抛弃不放弃，因彼时麻团实在算是好东西，难得一吃，有打牙祭的意味，解馋之功，或不亚于今日小资心醉神迷的提拉米苏、慕斯蛋糕之类。我还记得一只麻团是一两粮票六分钱，一只油球一两粮票四分钱，仅从价格也可推知，比我们心目中已属妙品的油球，又上一档次。

惜乎时过境迁，时至今日，麻团在今人的饮食中已大大地边缘化，算起来我已有多年不碰了。重新回到视野，乃是去年在苏州友人赏饭，席上上了只麻团，有小个的西瓜那么大，用一个架式的器皿端上来，看去直似玲珑的灯具。空心的，挺疏松，吃起来与通常的麻团不是一回事儿，没了焦脆与黏韧的并举。席上要尝的菜肴多多，麻团吃一口就罢了，当它是个博眼球的噱头，或可称为仪式化的食品。

不想这两天中学群里有在美的老同学发来图片，说朋友回国探亲，吃席吃到大麻团，有篮球那么大，言下不胜向往，又勾起众人对麻团的回忆。我忽想起苏州席上那玩意儿，竟想不起有馅儿无馅儿。若是有馅儿，如何居中呢？还有，怎么就能炸到那么大,其内部是均匀的吗？这些都是那日未尝追究的。于是打电话向一餐饮界的大师级人物求教。原来大麻团空心无馅儿，和糯米粉时是加了苏打粉的，一经油炸，高温下即膨胀到硕大无朋。

不拘麻团为大为小、有馅儿无馅儿，各地的麻团大都是甜的，馅料或豆沙或麻蓉，当然是甜，糯米粉里也放了砂糖。据此将其定义为甜食似一看妥妥的。但事有出于例外者：我过去在上海、苏州、南京都吃到过肉馅儿的麻团。鲜肉麻团比鲜肉月饼更少见，就像后者并非月饼主流一样，鲜肉麻团也非麻团的“原味”,属变体。不变的是那份焦脆与黏糯的对比,所以，也好吃。

年糕

年糕，英语里译作 rice cake 或 new year cake。前一译法是从原料着眼，后一译法则点明其作为应时食品的性质。顶真起来，后者就还得做注：所谓“年”是农历年，洋人你来我往“Happy New Year”（新年好）的时候，年糕是没影子的，要到春节才见得着。当然，现在年糕在大城市里已经没有多少“年味”了，一方面过年时的吃年糕已渐少仪式的性质，另一方面，不说超市里常看得见，只说韩国餐馆的帮衬（炒年糕之类在那里极普遍），也就见得吃年糕的趋于日常化了。

我小时一直以为是“黏糕”——糯米做的，当然是“黏”——故有将“年糕”扩大化的倾向。糕团店里，麻团之外，差不多都以年糕视之。后来发现，哪怕外观相近，吃起来也一般无二，糕团店所售，多不以“年”名，只有春节前后副食品商店柜台上卖的那些，才名正言顺地叫作“年糕”。

从另一角度区分，倒也不难：糕团店里所售（还有早点摊上的梅花糕）都是买了即食的，所谓“年糕”虽然已是成品，买回家去通常还会再加工了才入口。比如水磨年糕，无味尚在其次，就这么吃，是咬也咬不动的。所谓“水磨”者，原是指将米加工为米粉的方式（糯米或粳米浸泡后，经石磨磨成米浆，再沉淀脱水干燥），水磨的米粉要比在石臼里舂出来的米粉更细滑有弹性，故有必要特加提示。但以水磨米粉做成的糕团多了去了，元宵汤团亦有之，皆不以“水磨”名，也不知为何“水磨”就成为一个年糕品种的专享。也许我们所说的“水磨年糕”无味、无任何其他的添加，在年糕中最是朴素，无以名之，便以“水磨”为号，也未可知。

水磨年糕有一定的形制，在哪里都是扁扁的条状，却不似糕团店里条糕的见棱见角。快过春节时，就见商店柜台上整整齐齐地码得老高，一层一层，横竖相间，不是论条卖，是上秤称。天寒地冻，冻得硬邦邦的，买回去得放在水里泡软了，才可切成片。倘是趁未硬时买回就切的，到时也还要在水里泡到软。切片则似乎是必走的程序，因不拘是做汤年糕还是炒年糕，都是片状。炒年糕的一般配料是青菜和肉丝，也有以雪菜冬笋为之的，上海人的毛蟹炒年糕就不那么普遍了。不论和什么炒，炒年糕一定是咸的，汤年糕则可甜可咸。我喜欢咸味的，倒不是不喜食甜，只是要吃甜年糕，可以选择甜得更地道的桂花年糕、猪油年糕啊。

记忆中，在南京，年糕似乎就是“水磨”“桂花”“猪油”

三分天下。一个明显的区别是，后两种都是论块卖，年糕打秤，好像都是二两粮票一块，其间亦有别：桂花年糕是裸售，猪油年糕则有一层油纸包着。这两样儿都是加了糖的，桂花年糕因掺和了糖桂花得名，猪油年糕则里面嵌着些猪油丁，却也还要“回锅”，都要热食。桂花年糕多是切了片蒸，也有裹上蛋液煎的，小时吃上面都喜欢做加法，有蛋无任欢迎，现在回想起来，还是蒸的好，“桂花蒸”是能让年糕这样黏滞之物也有一分轻盈的。猪油年糕则以我所知，只有裹了蛋液油煎一途了。当然，也是先切成大薄片。在锅里蛋液很快结成一层薄壳，嵌在年糕里面的猪油丁也都化了，这糕似乎原本也就较软，于是饧成一片。里里外外，素油荤油相对出，再加似乎比桂花年糕还加了码的甜，地道的“重口味”，在没东西吃的年头儿，真是好吃啊！故那时我认定猪油年糕才是年糕中的极品。从价格上看，这也没错——它是最贵的。

不想多少年过后，它的重糖重油已成不赦之罪，超市里虽说还见有卖，却已乏人问津。我自己也是暌隔多年，想起来就觉腻得慌。

真是此一时，彼一时。

奶糕

说“奶糕”，容易引起歧义，别地的人很可能联想到某种冷饮，像雪糕那样的，西安有一种在当地颇叫得响的“钟楼小奶糕”便是。此处所说与冷饮无关，乃是一种婴儿食品，正式的名称叫“乳儿糕”,或“婴儿奶糕”,只是在南京都说“奶糕”。

我原以为那是属于我那代人的匮乏时代的食品，已然消失了，然而据说还有，只是不再以“奶”相标榜——各式的婴儿营养米粉都是，超市货架上很漂亮的盒子装着，多为外资公司产品，很难想象小时候时在念中的奶糕与之有什么关联。

像彼时的“糖果冷食”一样，奶糕的包装极简陋，类于云片糕，就是用张纸一裹。论包卖，一包有七八块吧，硬邦邦的长方块。这是米粉加了糖和一点儿牛奶制成的，吃时要先用冷水溶开，而后再搅和着煮成糊状。我弄不明白为什么要弄成死硬的块状，粉状的岂不更方便？但各地的奶糕都是“糕”，我在武汉、上海都见识过，一个模样。也许是便于计量也未可知，因包装纸上照例会有说明，一个月大的小儿每顿是一块，两个月……，三个月……。

添加剂大概也是有的，不然无法解释标为“葡萄糖婴儿奶糕”的那样，葡萄糖从何而来，当然那时添加剂大体是“先进性”的证明。文字之外，关于其目标人群为婴幼儿的提示，是能看到商标的那一面画着一个胖乎乎、笑嘻嘻的系着围嘴的小儿。

哺乳期的小孩是否如图所示，对奶糕怀有浓厚的兴趣，不得而知。自己的经验也无法证用，因那时还没有记忆，虽然和很多同龄人一样，一岁前肯定没少吃这玩意儿。假如我后来的经验具有普遍性，则“五〇后”“六〇后”对奶糕印象深刻，乃是在早已脱离了婴儿期的半大孩子的阶段。以今日的标准，奶糕从哪个角度说都称不上美味，它的存在理由似乎都和婴儿的特性联在一起:易于喂食，易于消化吸收。而千真万确的是，我那辈人大都将它当作了美食，食而甘之。就是说，奶糕扮演的角色远非今日的营养米粉所能拘限，试想除了婴儿（还可以加上病人），现在有谁会去吃那没滋没味的东西?

当然滋味是个相对的概念，在嘴里能淡出鸟来的年头儿，奶糕的那一点儿甜、那一点儿奶味，就显得弥足珍贵。印象中上小学之前我并不是嘴特别馋，或许“文革”前和“文革”中物资匮乏的程度不一因而生活标准不一是一个原因。上学前的阶段，大概大人也特别有营养的意识，印象很深的是被逼着喝牛奶，好比哺乳期还在延续。牛奶都是瓶装，大瓶是一磅，小瓶是半磅。虽然裹在瓶口的那层油纸上有“消毒牛奶”的字样，当时却似乎习惯煮开了喝。有专门的奶锅,大多恰可容下一磅、半磅牛奶，其特征是一长长的柄，不像别种锅的俩耳朵似的把手。牛奶煮沸时上面会结一层奶皮（我只对这个感兴趣），结皮之际却是最危险的时候，稍不留意，已到沸点的牛奶就溢出来。前煤气的时代，煤炉上炖奶得有耐心，而且是没有关火一说的，要守在那里，待牛奶上涨之际快快端离炉子。大人不耐烦，有时会让小孩看着，这是个无聊的活儿，最后关头又是高风险：你看着好像老没动静，到时候忽然就造出许多泡沫涨上来，转眼间已是不可收拾。我为此挨骂不在少数。故奶锅很长时间是我最讨厌的厨房家伙之一。

奶糕通常也是在奶锅里煮，我则是另一种态度。奶糕绝无外溢之虞，在锅里搅和，看成块的奶糕变为温润莹白的面糊，也比守着牛奶有意思得多。成分多为淀粉，化是化不开的，得用调羹筷子之类碾压粉碎它，有时候我会主动请缨干这活儿。当然，更多的时候是想吃它。这已是在上小学之后了。忽然之间，人变得特别馋，什么都想吃，偏偏可以解馋的，什么都没有。定量供应的粮食这时规定有一部分是粗粮了，菜场里有一阵儿一连好几天买不到肉，其他种种，更不必提。我并不是独馋奶糕，只是它经常在眼前晃，因我妹妹一两岁，经常吃这个，我则已经失去了吃的资格。

我记得一角多钱就可买到一包奶糕，与京果、小馓，更不用说蜜三刀相比，不算贵。我不得到口，乃是因为老阿姨的土政策。我们家在吃的方面基本上是她大权独揽，她的标准是吃饱为度，馋，她则是不管的，基本被划归“好吃懒做”的范畴。父母的饼干筒里倒常有些零食，然监管的力度很大，正常的享用加偶尔的偷食远不能满足解馋的冲动。移情于奶糕，也属自然而然。奶糕不属零食，因妹妹的缘故家中常备，原是为“饱”之用，我则常想以“饱”的名义解决“馋”的问题。每每见到老阿姨喂妹妹，即声称饿了，也要吃一碗。老阿姨认定那是小毛娃吃的东西，大多不准其请，还会眉毛倒竖狠声狠气地质问:“你以为你还小呢？！”偶尔还会上纲上线，说是“剥夺阶级思想”。

我的奶糕情结就是这么来的。奶糕通常放在碗橱里，属不设防的状态，远不像饼干筒里的零食那样难以偷盗。有一次放学回来，发现老阿姨不在家，便弄了两块，回想大人的做法，如法炮制，居然得糊一碗，又加了一勺糖，吃得香甜无比。食毕忙着善后的当儿，老阿姨回来了，结果可想而知。那是我头一次主动洗锅刷碗，奶糕煳在锅底上，颇费了些功夫，但她当然不会视为“爱劳动”的表现。这以后好像还有过一回是解了馋又没落下罪证的，却不敢多试。盗奶糕容易，无奈正当的吃法，是要举火的，要避人耳目，却是麻烦。

当然也不是不可以取非常道的吃法，即是干吃。到现在我也不知块状的奶糕是生是熟，反正可以就这么吃。奶糕不是董糖，不是云片糕，硬而结实，咬起来嘎嘣嘎嘣，硌得牙疼，与烧煮后吃另是一种滋味。麦乳精、奶粉我都干吃过，粘得牙上全是，有干吃的一种香，而且从某种意义上说，味道更其浓郁，冲泡之下，反觉味道淡了——也不奇怪，等于是吃浓缩物嘛。奶糕就不能同日而语了，因它的主要成分乃是米粉、麦粉，虽然也有糖，却还是不够甜。仅此一点，就让我觉得循正道的好处，干吃时即使有糖，也没法往里加呀。

好吃还是好吃，尤其在没东西吃的时候。我最后一次大举吃奶糕好像已在三四年级了。有次与一好朋友同路回家，因各人兜里有几分钱，便算计要买点零嘴儿吃，将买得起的巡视一遍，举棋不定，最后我提议，合资买了包奶糕，因二人倾囊相加，恰是这钱数，好像是一角二分钱。买了就到五台山坡上一背人处吃起来，一口水没有，吃得口干舌燥，一包全吃完了。一边吃一边海阔天空地瞎聊，先是即景生情，从奶糕说起，说好吃的，后来说到我们臆想的“第三次世界大战”，又说到军用压缩饼干。“第三次世界大战”属于“革命”的范畴，至于怎样从奶糕过渡到“革命”，就只有天知道了。

巧克力

《宁死不屈》大约是我们看到的第一部阿尔巴尼亚电影，就是在这部片子里，头一次听说一种叫作“巧克力”的糖。我们唱电影的主题曲，记住了米拉的美丽和吊着绷带的尼娜唇边那颗触目的大痦子，当然，还有那句经典的台词：“墨索里尼，总是有理，永远有理。”与众不同的是，“巧克力”居然也是注意力逗留的所在，成为我们热烈讨论的议题。大概是某次小学生集体观影后返校的路上，一同学显然一直在困惑中，像是独自沉吟又似发问地道：“巧克力糖是什么糖？”——事缘电影开始不久的一个场景，一抵抗战士扮作小贩与同伴接头，不住地叫卖：“巧克力——卖巧克力糖喽！”

我们谁都没吃过，没见过，据说中国最早生产巧克力在七十年代初，但印象中商店里没卖的，卖高档食品的鼓楼副食品大楼里也没有。那同学不经意的一问引发了众多好吃者的兴趣，当时因在列队行走，未形成讨论的局面，第二天上课的课间旧事重提，参与讨论的便有十数人之众。应该怨导演没给个特写镜头，就一小贩空自吆喝，我们一伙人都回忆不起巧克力糖长什么样。再过一天，终于有一同学向他爸爸询问之后，给出了今天看来较近真实的一种答案，他说巧克力其实不是糖，是黑乎乎一板一板的。这同学祖父是资本家，一九四九年后虽然抬不起头来，家里的生活还多少有些“富贵”的余韵，巧克力他很小的时候吃过的，当然不知其名，现在一问，说掰下一小块一小块吃的就是，便对上号了。

但我们都不信，电影里明明说是巧克力糖嘛，怎么说不是糖？糖果怎么会是一板一板的？大家的想象力都为各自吃糖果的经验所限——当零食吃的糖，只能是糖果，当时大体上亦只几种，最常见的是我们自己可以一分钱一颗买了解馋的水果糖，高级的是奶油糖，极品是上海的“大白兔”。有一种酥糖，等级上颇难安放，大人出差北京必要买的，红虾酥糖。如出差广东，则可能带回椰子糖。此外再加上奶油话梅糖，大概就是我们知道的珍稀糖果的全部了。既然是“糖”，当然就该一粒一粒，于是众人断定他是瞎掰：“吹什么牛？你个小资本家！有本事拿出来看看！”

“小资本家”只有模糊的记忆，拿不出来。我们也只能听任巧克力继续存在于不着边际的想象之中，像一个传说。过了很久，已是淡忘了，不期然地见到了巧克力的“真容”。我有一小哥们儿，是区“小红花”的台柱子，有次给外宾演出，结束后外宾送给他一块巧克力。他便拿来与我分享，也是对我曾与他分享“大白兔”的回报吧。在我这次开洋荤之后不久，班上另一同学从别的什么途径吃到了一种叫作“朱古力”的东西。他向人形容朱古力的美妙无比，大有炫耀的意思，我说我吃过巧克力，他即对我刮目相看，不过一口咬定，比起来，朱古力又要好得不是事儿了。

若干年后我才知道，巧克力与朱古力是一回事儿——翻译不同闹了一出双胞案。

烘山芋

我的老家在苏北的泰兴，生在南京，长在南京，第一次回老家已是快上大学的时候了，故我一直不知那里是什么样。但泰兴有两样儿土产我早就知道，一是花生，一是山芋。凡老家来亲戚，捎来的土产中，这两样儿，二者必居其一，老大的口袋背过来。苏北平原是沙土地，土质疏松，种花生、山芋，特别相宜。

花生按下不表，且说山芋。

山芋英文里叫“甜土豆”（sweet potato），这是土豆本位，正如我们是山芋本位，从西方传过来的土豆便被呼为“洋山芋”。以“甜”来修饰土豆，恰显出山芋的味道来。小孩都爱吃甜，照理说我对山芋应该不会排斥的，事实上却是深恶痛绝。物以稀为贵，我们家山芋从不稀缺，相反，亲戚不时带来一大堆，似乎总也吃不完，吃多了自然生厌。关键是，我不能接受家里“天不变道亦不变”的吃法。

大体上，就是煮。单煮还好些，不够甜会加些糖，虽然容易烂。最怕的是煮山芋稀饭当晚饭吃。这大概是老家那边习惯的吃法：元麦粉煮糊糊，山芋去皮切块放里面一起煮。煮出来山芋的甜味已稀释到近于无了，而且一塌糊涂，吃着不爽。山芋与大米煮稀饭要好些，但我还是不喜。晚饭吃稀的，我那时一概不喜，不过白粥就着咸鸭蛋馒头花卷什么的，也还行，山芋稀饭甜不甜咸不咸的，好像跟什么都不搭，吃完了只剩下满嘴的黏糊。

因为带来的山芋太多，烧山芋粥又遭到我的抵制（后来我妹妹也加入），吃不掉的就堆在那里。有一度不知是我母亲还是老阿姨想了个法子，将山芋洗净后晒成干。其时南京城里晾晒还是一大法宝，晒什么的都有：萝卜干、霉干菜、橘子皮、咸鱼咸肉、腊鸡腊鸭……咸鱼咸肉是挂起来晾，一般不出家门，萝卜干、山芋干之类都是晾晒到外面去的，椅子、阔凳，或窗台上铺张报纸就摊开来晾，也有量大了兴师动众架起铺板来晒的。上小学时我常到一个部队大院里去玩，冬天大太阳的日子，满院子都在晒，除衣物被褥之外，就是吃的，篮球场上都晒满了。我感兴趣的是山芋干，因那家的大人让我吃过，晒得半干的山芋干色在红黄之间，稍有透明感，近于透明肥皂的色泽，咬起来特有韧性，在咬得动与咬不动之间，我们当中有个牙不太好的，竟有几分吃牛皮糖的意思。大概是晒干过程中水分蒸发糖分保留如同浓缩，咬嚼起来比新鲜山芋在甜上面是加码的。

我很有几分愤愤然——我们家的山芋干为何没这么好吃呢？看相上就不好，不是黄得发绿，就是发白，发白的那种到干透时，粗糙的面上会有些黑点，有点脏相。这让我很少产生抓起来吃的冲动。

当然是吃过的，不甜，口感也不好。后来我才知道，山芋有很多品种，老家呼为白山芋、黄山芋、红山芋。山芋的甜与不甜，又与天气有关，霜冻过后的就甜得多。口感的差别则不知是否与做法有关，虽然都是烧过以后再晒，我们家是先切片煮过了晒，人家是蒸了再晒。不过甭管怎样，我肯定会认定家里的是最难吃的。隔锅的饭香，何况我们家的山芋干最后的归宿，没准儿是又回到锅里煮稀饭。

另一种可能是拿去爆——我是说，拿给炸炒米的像爆米花那样爆。这得是干透了的，我记得都是白山芋干，已是硬到发脆，一掰就断了。到炸炒米的炸锅里走一遭，随那一声轰响爆出来，自然是往膨松酥脆里去了，比较起来，这是家中山芋吃法里我能接受的，不过顶真说起来，这已是经了人家的“锅”了，且与爆米花、蚕豆、年糕比起来，我还觉得等而下之。

家中山芋来来往往，小孩又不喜，照说我们是不该再往家里买与之沾边的东西了。然而有段时间家里就还有过山芋粉。这大概是“文革”的高潮期，基本生活物资的供应也紧张起来，一度菜场里没肉卖，隔几天有了，人们就奔走相告。南京这样的大城市细粮也不能保证了，粮食定量中要配一定比例的粗粮，我因此好几次被支派去粮站买回了山芋粉。别人家里不知都怎么吃，我们家里是做馒头。与小麦面粉搭着做。不是掺和到一起，是各自发好了弄成面坯，再一层隔一层卷起来，山芋粉发黑，将面坯切成馒头，上笼蒸出来，便白一圈黑一圈的。刚开始很有新鲜感，比吃白馒头更有劲儿，过一阵儿就厌了，山芋粉固然带来了甜，那甜却不讨喜，很糙的一种甜，那粉也终是粗——还是白面馒头好吃啊。

这么历数下来，山芋差不多是一个负面形象了，其实并不，只要提到烤的山芋，它就会立马正面起来。只是在我的意识中，烤的山芋与我在家里吃的，天差地别，冥冥中我竟当它们是两种全然不同的东西，仿佛一经烘烤，山芋便不复为粗食，摇身变为打牙祭的妙品。

山芋烤着吃，似乎是没有地方性的，北边叫“烤红薯”，南京唤作“烘山芋”。小时候我比大多数小孩亲近烘山芋的机会少得多。这都是老家亲戚捎来的山芋闹的，逢我要吃烘山芋，大人多半会说，家里吃不完，干吗还要买？老阿姨尤其不肯通融。但是拜托，家里的山芋哪有烘山芋的香甜，两回事儿好不好？！

烘山芋的诱惑太大了，到我大一点儿，多少有点零用钱了，偶或会自己买了吃，不拿回家来，避开大人的视线就行。也只是偶或，因相对于那点零花钱，上学放学路上各种想吃的零嘴儿太多了。不过烘山芋不仅是用来吃的，也是看的、闻的。几项相加，那年头儿即使不常买的人亦必对烘山芋印象深刻。

对馋人而言，烘山芋的存在，大约首先是气味的感知。和秋天的糖炒栗子一样，行在大街上，端的是未睹其身，已闻其味。糖炒栗子的味道时浓时淡，不仅是因为风，还因那一下下的翻炒，翻一下即有一阵香气飘出，比较起来，烘山芋的气味更具稳定性。都是香甜的气味，糖炒栗子因干爽而偏于香，烘山芋因含着湿意多几分甜。而烘山芋因多见于冬天，令人瑟缩的空气里，那味道尤有暖意。我不记得其他季节里见过烘山芋——也许是霜冻过后的山芋才甜，街头的烘山芋因此也就有了应时的意思了。

循着空气里的香甜气味过去，到愈益扑鼻处，就见着烘山芋的炉子。汽油桶粗细，有些就是汽油桶改造的，乌漆墨黑蹲在那里。我没见过它的内部，想必与烧饼炉是有些不一样的，因烧饼是贴在炉壁上，山芋自然贴不住，得有架子吧？烘山芋的好像差不多都是一人单干，都是男的，手探进里面的次数要比烤烧饼多，也许是山芋大小不一，烘烤的火候也得量身定制，要这个捏捏，那个捏捏。顾客挑挑拣拣，自有另一番拿捏。会挑的人看看皮色捏捏软硬，便知山芋的品种，烘烤得是不是恰到好处。会挑不会挑，差别大了去了。

一个炉里出来的，照说是一拨，品种该一样，其实不。红心山芋揭了皮一片焦黄，黄里透着红，甜而绵软，别种的就差了。我不大会挑，印象中好几次装模作样捏弄半天，没一次挑到红心的。也不知是什么种，反正咬在嘴里干巴巴噎得慌，到心子更是齿过泛白，干得掉下屑来。

眼力、手气不行，只能自认倒霉，就像挑瓜一样，是好是歹一个价，一样的上秤称——烘山芋是不论个的，乃是论斤两卖的。到我上大学时，都是杆秤，挑好了就往秤盘里放。像菜场之类用杆秤的地方，这时候买卖双方自有一番计较，卖者会作势让秤杆翘得高高的，买者往往盯着秤星不依不饶，好在像菜场上那样大吵大闹的还不多见。我不识秤，都是干脆得很，而挑不对头的后果在我看来比少那么一点儿分量糟糕得多。即便如此，我也觉得只要是买来的，比家里的总是好吃多了，尤其是那种烘烤带出的焦煳味道。

烤过头了的山芋，两头上硬邦邦黑乎乎直似焦炭，不过即使烤得恰好的，表皮上也会有一些焦煳的黑斑。捏弄之下，你会发现山芋皮粘着些肉干硬得像是形成了一层壳，与其“肉”分离的，那些黑斑则似结了痂，还黑得发亮，像流着树脂的树的结疤。据说那是烤出来的糖浆，怪不得那么甜。我特别喜欢随“痂”揭下的那一块，那里轻微的焦煳好像让山芋的甜与香都加倍。贪那焦里的香甜，若是焦得不严重，我会把那不易分离的一块连着皮都吃下去。

卖烘山芋大都是在白天，但晚上也有。冬天的夜晚寒气逼人，电影晚场散场时街上已安安静静，行人无多了，安静中就越发觉出冬夜的寒意，这时若见着烘山芋的炉档，其诱惑性几乎是不可抗拒的。昏暗路灯下立着的炉子上方隐隐绕着白气，分不清是炉中散发的，还是自围着的三两顾客口中呼出的，近前则马上被一团温暖的香甜包围。好像没见到过老人，却不知为何，深宵街头的烘山芋炉档总让我联想到“暖老温贫”这个词。

我关于烘山芋的末次记忆与“暖老温贫”一点儿不相干。应该是在南大读本科的时候，有天晚上从胜利电影院连看了两场电影出来，已是十一点了，饥寒交迫之间，居然在广州路儿童医院门口看见一卖烘山芋的，实有望外之喜——想来是守着急诊室的生意吧。两个学生模样的女孩正在那儿挑，听口气也是南大的，议论的是周围哪家烘山芋好吃，有好多我听了不明所以的指标。半夜三更的，从宿舍里跑出来买烘山芋，真是馋得可以。她们那边犹自紧拉慢唱，我已很干脆地买了一个。

先前骑车手已冻僵了，接过来就焐手，刚出炉的，烫，不断地从这只手换到另一只手。我有个发小儿买烘山芋从不用东西垫着，就这样来回抛接，杂耍似的，直到不烫了才撕皮开吃。我不是老手，那晚上节奏有点不对，差点没掉地下，很是狼狈。两个女孩都笑起来，个儿矮的一个径直笑出声了，个子高眉目清秀的那个却是想笑又要忍住的样子。个儿矮的提示说，戴上手套拿着嘛。她们倒是戴着手套，毛线织的半截露手指的那种，剥皮也无碍。两个人边说话边剥，动作很细巧，高个儿的那个吃得也婉约，是一种怜香惜玉的吃。我还是头一次觉得，吃相也可以是妩媚的。剥到一定程度，两人便把皮小心扔到一堆脏物上，托着山芋边吃边走了。就被她们这么一吃，我有几分疑惑地想，烘山芋或者应该是一种女性化的食物？

月饼

月饼的大宗，一为苏式，一为广式，小时所见所食，皆为苏式。

从里到外都不同，一目了然的当然是皮。苏式月饼是酥皮点心，一层层，本应是酥脆的，但因不是现烤现卖，加以经常质量有问题，就结为一层硬壳，虽然吃时还是有碎屑不断落下。人的联想有时莫名其妙，后来读杜诗，“无边落木萧萧下”，居然和吃月饼牵连起来，若有画面，当是有无数的人同时手承着在吃，手上积着饼屑。当然，这与我们关于中秋吃月饼仪式的主流想象相比，太琐屑了。

我对月饼屑的记忆之深刻，倒不是因为画面，乃是因为一个故事。故事的主角是我中学的一位张姓老师。他对月饼的兴趣主要在那酥皮上（对馅儿倒不甚在意），以为苏式月饼的精粹即在其皮。不拘豆浆油条店抑或副食品商店里的饼类，和入油再加烘烤的，都有，但不像月饼饼皮的重油，其口感味道哪可同日而语？偏偏他的饼屑是可以“不票而获”的：他有学生毕业后分到饮食公司，站柜台，当营业员。每届中秋，学生卖月饼时会将遗下的饼屑扫扫弄弄，攒出一大包来孝敬他。其时月饼是凭票供应，但饼屑当然不在其列。张姓老师是个很热络的人，门生故旧常来常往，他对学生很用心，学生对他亦感念，通过学生家长和老学生的关系，他似乎蛮能玩得转。月饼屑在他得到的福利中实在是不足挂齿的，送老师这个，似乎也不像话，然而此一时彼一时，且以他的所好而论，这是再实惠不过了。故他接受时很是欣然，还对人说起——否则琐屑至此，我们哪里得知？

此事也证明我关于当时月饼售卖方式与情形的记忆准确无误：月饼大多是散装，裸售。店里装糕饼之类，都是用浅大无盖的木箱，底下垫张纸，京果小馓蜜三刀之类的“小件”是堆着，蛋糕桃酥之类的“大件”则一块一块码在里面，月饼也是。最常见的蛋糕是那种一两粮票一角八分钱两只的，算是相当高级的了，分别用半透明的油纸包着，油脂却还是“力透纸背”，经常尚未打开就弄一手的油。一个月饼的价格应该不相上下，却无任何包装。奇的是虽然论个儿卖，买卖之间却有重量的概念，会以斤两说事儿，比如买四个会说成“称一斤月饼”，事实上并不称重。一个两个的，都是用纸袋装，倘买四个八个，大一点儿的店家就可给个“满员”为八个月饼分两层放的方形纸盒，上面照例是嫦娥奔月的简陋图案。月饼大小都是一个规格，一样大小，一样厚薄，重量也就差不多，否则也不好论斤算了。

试想，若不是散装，又或裸售，张姓老师的饼屑福利就该没着落了吧？当然，若是广式月饼，随便怎样都没戏。那时也没人想到，后来广式月饼会渐渐得势，几乎要一统天下。印象中吃到广式已是八十年代以后的事。苏式广式之间，曾经耳闻一种非苏非广的月饼，是一熟人的亲戚从赤峰带来南京，据说坚硬无比,咬是咬不动的,拿刀切也切不动,最后刀架在上面，用斧头敲刀背，才算弄开。哪有这号月饼？我们都不信。他赌咒发誓，苦无证据，因早就吃得连渣儿也不剩了。后来见识过一种京式提浆月饼，样子像旱情严重的广式，而皮特别厚，的确是硬，想来那需刀劈斧砍的，就是这北派的一路，因小地方的制作，更粗陋而已。那时只是耳闻却印象深刻，只因说起来太像段子了。

广式月饼最初“入侵”南京，似乎并未显示出多少对苏式的优越性，不过是以模具压出花纹图案，看相好点儿，于苏式连分庭抗礼都说不上。我对广式刮目相看，是在它的两个品种出现之后——一是“瓜玉细沙”，一是“奶油椰蓉”。过去的苏式月饼，馅料无非五仁、椒盐、枣泥、豆沙、水晶这几种，印象中椒盐的上面一层黑芝麻，其他的则上面盖着戳，口味上当然有差别，但所谓饥不择食，哪样都觉好吃。“瓜玉细沙”也就是豆沙馅儿，里面有些瓜子仁儿，却比我吃过的苏式豆沙来得油润细腻;“奶油椰蓉”以椰肉为馅儿，那股椰奶的味道似乎令月饼于甜之外有了香，好到没有可比性了。我对这两种的喜好相当有代表性,因有一阵儿二者似乎风靡南京月饼市场,经常脱销，而其他品种俱在。

从那以后，广式月饼的行情就一直看涨，本土的苏式则一路下行，成为附庸，以至于选择吃它已然带有些怀旧的意味了。“奶油椰蓉”之淡出，也不是因为苏式重新崛起，乃是广式在花样翻新。足以称为更新换代者，厥为“莲蓉”。广式的特点在皮儿薄馅儿足，而馅料也来得讲究细腻。过去我以为凡月饼都是以馅儿足为尚的，其实不然，如京式提浆月饼，标准的配方，皮儿与馅儿是一比一。前面说到北派月饼的硬，当然是硬到家了，再加比较，苏式虽向酥脆靠拢，不至于结实到要加以斧刀，与广式相比，也还是趋于硬。广式的软，又是由馅料的温婉细腻来配合的，而“莲蓉”既出，在细腻上是更上台阶了。椰蓉因质料所限，不可能细到哪儿去，其“蓉”与“莲蓉”之“蓉”差距明显。豆沙或是因太寻常又不够清淡的缘故，总觉不似莲蓉来得温婉。再看“五仁”“枣泥”之类,相形之下,甚且有沦为乡土风的粗点心之虞了。

说莲蓉现在已然构成高端月饼的基本面大概是不会错的。“莲蓉”“双黄莲蓉”之类，莲子在品名上即已抛头露面，还有很多稀罕的品种，名号就是奔着天价去的，你若细辨一下，便知往往也是莲蓉打的底子。天价月饼是关系学的副产品（弄到上面要专门下禁令，也是奇闻一桩——就具体的一种食品的价格等加以限制，古往今来，怕是少有），大体已和吃不生关系，其主要的功能在“馈赠”。然毕竟“吃”是由头也是依托，就“吃”的层面而言，“天价”之来，当然在馅儿不在皮儿。你会发现千奇百怪的馅料都出来了，自然是一路往“冷艳高贵”上走，什么“鲍鱼月饼”“鱼翅月饼”“蟹黄月饼”“燕窝月饼”……诸般稀罕食料，进入月饼的唯一理由，即是高端，从口味的角度只能说，相当之无厘头。凡此种种，多半尝过，还好奇地瞄过其成分，似乎都有莲子，并且大都列得靠前。混搭起来，其实是两败俱伤，因为喜食莲蓉，就更多地为其抱屈：我以为莲蓉与蛋黄蛮搭，上面那些则是强扭，反害莲蓉的清香。

当然，称莲蓉“清香”“温婉”云云，多少也有心理的作用。都说莲子清心败火，在古诗文里又一向被抬举，形容得冰清玉洁（苏东坡就说是“露为风味月为香”），自然要往清淡上联想，无形中也会高看两眼。事实上月饼毋宁是“清淡”的反面，随你什么材料，一入月饼便不复清淡。重糖重油即便不是月饼的本质规定性，总也是其主要特征，广式月饼或不似苏式的甜，尤不似北派月饼那种直来直去张嘴见喉的甜，但重油这一端或者更在其上也未可知。广式月饼风靡之后，其生产在好多地方都开始本土化，本地产月饼却就是不及港粤所制，后者从皮儿到馅儿都更软润而细腻，而这两者似乎都和更多的油有关。

不拘重糖还是重油，或是二者并举——月饼的特点与现今饮食尚健康的大势实在是背道而驰的。固然不是不可以改良，但若一味清淡，那就不是改良，是革命了，月饼哪还成其为月饼？事实上即使从好吃上说，很多人对月饼的“重口味”也已经有点吃不消。小时觉得月饼无般不好，而今简直视若寇仇的“五仁”当时也觉好吃无比，那是因为根本没东西可吃。及至衣食渐丰，挑肥拣瘦是必然的。有几年我像是患上了月饼恐惧症，弄不懂放着那么些可口点心，干吗要在月饼上吊死。倘说是习俗，象征性地吃一点儿意思意思不就完了吗？何须堆在家里那许多？其时大城市里西饼屋方兴未艾，糕饼点心开始精致化，似乎是步入一个升级换代的时期，我觉得那里的蛋糕布丁饼干之类比月饼可口多了，证据是，买回家总是很快就被消灭，月饼则除了受欢迎的一两个品种之外，好些能累月地放着，无人问津。我母亲会看着整盒的月饼叹气，嘀咕说，吃月饼像是也要求爹爹告奶奶了。

那些月饼大多不是自己买来，也并非受贿——在前天价月饼的时代，馈赠也是月饼的一大功能，只是那是因为习俗。若在亲朋中年长些，送月饼上门的就多。另一方面，其时正当福利时代的尾声，单位竞相发东西，中秋发月饼，几乎是题中应有，倘一家几个人在上班，届时必收获好多盒月饼。所以常听人说，这下家里月饼成灾了。说者或者小有得意，另一方面却也是实情，因实在是太多。发的月饼与送礼的月饼一样，都是盒装，里面当然是各色品种。拿回家去打开来看，就怕尽是自己不喜的。在我家，令人欣喜的，起先是椰蓉，后来是莲蓉，若一盒之中竟然一个也无，那就很是扫兴。

那些福利月饼也常在周转，送来送去，若授受之间多了正是己所好者，你就赚了。有个熟人告诉我一个诀窍：他每在数盒月饼之间自加调配，扣下所好者，将不喜者重新组合送人。——倒也理直气壮，他说，“我不喜，说不定正好别人爱吃嘛”。我笑说，还没见过这样“以己度人”的。他也不以为意。只是后来他发现有些月饼盒上将内中品种交代得清清楚楚，于是手脚做不成了。

他对付月饼的另一招儿，我倒是效法过——须“对付”的，自然是家里无人问津的那些。他的经验是，这些“剩余物资”可带到单位去，若是出差就更好，办公室、火车上，最是无聊，一群人“狗屎都能吃掉”，他夸张地说。我试过，行之有效。只是想，当年过中秋念兹在兹的月饼，竟落到这地步了？

『老鼠屎』

小儿的游戏精神常表现在恶作剧上。所谓“游戏精神”，是说他在“算计”别人，却毫无恶意，就是寻开心。恶作剧有多种形式，端的不拘一格。比如吃饭吃零食时说些恶心话，这边正吃着，他那里绘声绘色渲染些瘆怪事，多与血腥、排泄有关，或是对正吃着的食物以象形为线索，展开让人不舒服的联想。恶作剧的完成指数取决于对方的反应，倘弄到食不下咽或生起气来，那就算成功。这多半是小男孩玩的把戏，中招儿者多为小女孩，大概是因男孩皮实，对瘆怪之事免疫力强，他能把旁人恶心到了，自己浑若无事，女孩有这等能耐的，就少见。

有种零食的民间命名，是否就是从恶作剧而来，不得而知——我说的是“老鼠屎”。学名应该叫作“咸金橘”，听上去似乎是以那种连皮吃、个头儿很小的金橘为原料，其实无关，就是一般的陈皮罢了。与陈皮不同处是弄得很碎，碎到只比米粒大点儿的颗粒状，盐腌的，应该也加了糖，咸味明显，故着一“咸”字。或者叫作“盐津橘”来得更确切，虽然“橘”的消息不论就形、色、味而言皆不得——具体而微的味道的载体。

我知道有这吃食的时候，“老鼠屎”的诨名已然被普遍接受，假如它起于恶作剧，那叫习惯了，也已经不会引发循名责实的不好的联想。不论男孩女孩，都那么叫，丝毫不影响食欲。“吃屎”是地道的骂人话，问“来点儿老鼠屎啊？”，则会被正确无误地理解为一次分享的邀请，绝无引来反感之虞。对我这种比较“木古”的人，更是如此：出于好奇，我还因这玩意儿专门观察过老鼠的排泄物，结论是，不论以形以色，呼为“老鼠屎”绝对是有理由的，而亦照吃不误。

我说“男孩女孩”，盖因“老鼠屎”几乎百分之百是小儿的零嘴儿。这么一丁点儿一丁点儿的，吃起来未免太“儿戏”了。另一方面，比起别的零嘴儿来，这更是小孩可及的。“老鼠屎”应该有各种的包装，我记得有一种，一小袋两分钱。当年的小学生，大多数兜里揣着的，也就是几枚硬币。一分钱也不是就不能解馋，你可以在路边小店里买一粒糖，或是一颗腌渍的青梅。阔气点儿，五分钱可买一包花生米。然而“老鼠屎”无疑是性价比最高的。我的意思是，你可以以最小的代价，在尽可能长的时间里保持住嘴里津津有味。没有什么零嘴儿是比“老鼠屎”更经吃的了——那样的“具体而微”，一小袋里得有多少？几颗几颗地送入口中，紧拉慢唱，且有得吃哩。而且可含可嚼，虽在嘴里似有若无，却也有点嚼头。

这点味道弥足珍贵，因时常处在“嘴里淡出鸟来”的状态——饱尚难求，解馋更在其后了。我们不放弃任何可以制造出一点儿味道的机会，以至于不少同龄人都有过用糖精兑水喝的经历。糖精久已消失了，那是一种糖的代用品，冲出的甜水甜里带着苦，比起来“老鼠屎”的味道好到不是事儿了。

我对“老鼠屎”耐久性的领悟，则源于头一次买零嘴儿的教训。是和邻居一大我一点儿的女孩同路打酱油，办完正事各余两分钱，她问我敢不敢用两分钱买东西吃了，这在我前所未有，不免忐忑，然在女孩面前说不敢，丢不起这个人，遂很夸张地道:“这有什么不敢？！”

结果我买了两颗糖，她则很老练地对店家说:“给我一包‘老鼠屎’。”那大概是我首次邂逅这玩意儿。因是初犯，我根本不知两分钱可以有很多选择。出了小店走不几步，两粒水果糖即于嘎嘣声中在我嘴里化为乌有，那女孩则一路吃回去，过一会儿从小袋里倾一点儿在手心，抛入口中，嚼得有滋有味。人有我无看着人吃，委实难受，她若无其事地吃着，最后我只好觍颜以求，让她分点儿给我。伸出手来等她倒出几颗来，很像是乞讨，当我第二次要求再给一点儿时，她很坚定地拒绝了，说要留着明天吃，并且说，现在她也不吃了。

后来我发现刚开始向她讨要时尚有的一点儿矜持是完全没必要的，小学生之间的“共产风”刮得很盛，见有人拿出吃食上前讨要，再自然不过了，轮到起哄，一群人哄抢的时候也是有的。惯用语是“带我霍点儿”（也许写作“伙点儿”更好，当然南京话里，“伙”得读入声）——要求共享的意思。此语可以是试探性的，也可以是命令式的，不管何种语气，要皆没有羞惭之意。而较之其他零嘴儿，“老鼠屎”以其细碎量大的性质，显然宜于在尽可能多的人中实行共产。有一回就那么一小包，居然有七八人参与了分享，似乎都很满意。

那一次是不是我出的资，不记得了。我记得的一回是因随口说了“咸金橘”而受辱。前面说过的，都呼为“老鼠屎”，就像古人的“以字行”，本名反倒不彰。那回几个人正在分享，一路过的问我们在吃什么，大概袋上就这么写着，我不合回了句“咸金橘”，那人没反应过来，正在分享的一位立马嘲笑我：“老鼠屎就老鼠屎咪，——还‘咸金橘’！”其他几个就很夸张地哄笑，令我大感羞惭，好像众人平常说话，你忽然拿腔作调冒出书面语来。

要说贱，“老鼠屎”真是贱，从看相到这诨名到价钱，绝对不登大雅之堂。据说这是地道的“南京制造”，别处再没有的。但我相信任是怎样排出南京特产之类，它亦榜上无名。当然我辈之外，也并非就再无人念及此物，商家就还惦记着：有个厂家就重新包装令其亮相。打的是怀旧的牌，倒不是换以金装，是在广告语上推陈出新，曰“老鼠屎——恋爱的味道”，是不是当年的恋人们时常共品“老鼠屎”，非我所知，若然，则滋味料必不差。莫名其妙的是，包装袋上“恋爱的味道”边上有

“孔乙己”的字样，倒似语出这位夫子，其实硬要扯上男女关系，阿Q或者多少还可利用，毕竟他还有拉吴妈睡觉之举，孔乙己的字典里则再翻不出“恋爱”二字的。

后来发现该厂家另一产品茴香豆上印有孔乙己经典语录“多乎哉？不多也”，格式与“老鼠屎”一模一样——想是只顾了格式的统一，也不管他是不是牛头不对马嘴了。这且不说他，然南京厂家，拿孔乙己说事儿，岂不是动了绍兴人的奶酪？

有意思的是，这款为怀旧量身定制的吃食甫一登场即成微博上的话题：“老鼠屎”与“恋爱”的并置是可以接受的吗？一派认定那是对浪漫情感的亵渎，另一派则要捍卫往日的记忆，唇枪舌剑，你来我往，争得颇为热闹。后一派辩称“老鼠屎”三字丝毫不带来恶感，礼赞之余，还对南京有此物流露出庆幸之意。但这似乎是成问题的，因有个老家在上海的老同学告诉我，他小时在上海亦常见此物，商店里标为“盐津枣”。绝的是，它在上海也有个诨名，小孩皆呼为“鼻头污”。“鼻头污”者何？上海话“鼻屎”是也。我听了禁不住发笑，因此中的命名逻辑，与“老鼠屎”如出一辙：都是象形，而不约而同以恶俗之名喻一样吃食，也就见出此物之贱了。

卑微如此，非个中人绝难相信，它曾给无数人的童年带来口舌上的愉悦。当然，副作用也不是没有：“老鼠屎”很能开胃，吃在嘴里，稍稍解了解“馋”，没准儿把“饿”又给勾出来了。

麦精露与麦乳精

麦精露与麦乳精，字面、读音相近，特别容易混淆，我好长时间都闹不清。倘不是因为这个原因，实在没有理由把它们拉到一起，除非你是“六〇后”“七〇后”，又有浓重的怀旧情结,“醉翁之意不在酒”地给它们硬找出一点儿“同一性”来，比如，这两样儿，现在都见不着了。

说它们都是用来喝的，等于白说。麦精露之为饮料，一望而知，因和瓶装啤酒用的是一模一样的瓶子，色泽也一般无二，打开又像啤酒一样冒气泡，故常被误以为是啤酒。其实不是。啤酒含酒精，最淡的啤酒，也在二度上下，麦精露则只有零点五度左右，可以忽略不计。有人说它是啤酒的代用品，因啤酒供应不足才生产出来应卯。我不以为然，因印象中啤酒并未短缺过，二者也一直并行不悖。可能倒是含酒精微乎其微为麦精露争得了一席之地。上世纪七十年代末到八十年代初，麦精露最是常见，论重要的出现场合，许多人家逢年过节的餐桌，肯定要算一处，特别是天热的时候。大人喝啤酒，小孩或不饮酒的女性则用麦精露打发。以我的推测，“七〇后”的人与麦精露的因缘要深些，“六〇后”或之前的人，既已领教过啤酒，大多“曾经沧海难为水”，“七〇后”年岁小些，更有可能从麦精露“循序渐进”，“八〇后”则多半不知麦精露为何物，因到他们可以“饮”的年纪，麦精露已然寿终正寝了。

麦精露的销声匿迹，在很大程度上，应归于它的不伦不类、非驴非马。它是面包发酵酿成（以“麦精”为号，不为无因），论“出身”与格瓦斯相近，却无后者的酸与甜，只有一种混合了一丝苦味的淡淡的甜。与汽水一类的碳酸饮料相比，甜得不值一提，与大多人对饮料的预期，相去甚远。

它又算不得酒。很多人乐于选麦精露（而不是其他饮料）做酒的代用品，肯定是因为它貌似啤酒——我指的不单单是它形似啤酒，在商店的货架上通常又与啤酒为邻，还指它的口感，淡淡的甜味后面泛出的一点儿近于啤酒的苦涩。但是除了让不喝酒的人似是而非地自觉沾了酒的边（他们会把那点儿味就认作酒味）之外，它便一无是处了。对喝酒的人而言，一点儿劲儿没有，真所谓“嘴里要淡出鸟来”。

之所以做饮料、做啤酒代用品，麦精露都只得一“淡”字：作为饮料，甜度不够，又甜得不爽；作为酒类，喝了毫无酒意，也不爽。淡而无味，喝酒的不喝酒的共弃，也是理有固然。听到过不止一个人提到麦精露，一副很惋惜的样子，仿佛那是多么美妙的饮品，我想这不过是怀旧病发作罢了，怀旧情绪的作用之下，过去年代里黯淡无光的事物也会在想象中变得熠熠生辉。

究竟如何，最好的测试方法，是不妨再品它一回。“万年青”饼干我就试过，这是我当年认定的饼干中的极品，而今再吃它，不过尔尔嘛。于是知道记忆经常会骗人的，那不过是缺吃少穿的背景下形成的蛊惑。当然也有人不认这个账，我有一朋友就认定“万年青”好过今日饼屋里的糕点，我想以实际的品尝来让他“幡然醒悟”的，他吃了之后倒也承认不咋的，但又一口咬定，这与当年的“万年青”不是一回事儿，告诉他同一厂家、一样的配方也没用。这都说不清，麦精露就更没法说了，早已不生产。——好比陈年旧案，死无对证了。

就因为对怀旧情绪的作用怀着三分警惕，对麦乳精是否当真像记忆中那样美妙无比，我也有几分怀疑。但无论如何，麦乳精比麦精露更有理由占据我们的记忆。不单因为存在的时间更长久，而且老少皆宜，对它念念不忘的人远比惦着麦精露的人多得多。夸张一点儿，你甚至还可以说麦乳精关乎“成长”，“八〇后”中有些人小时没奶喝，就是以麦乳精作为替代品。由此也可看出，它属于营养品的范畴，看望老人、到医院探视病人都不能空着手，拎两罐麦乳精一度是很常见的选择。

麦乳精也是供饮用的，却须冲饮。命名就已提示了：麦精露是“露”，麦乳精则是“精”。汉语里着一“露”字，便是液态，什么“青梅露”，还有韩国的“真露”，都是；若“精”则如“味精”“糖精”之“精”，是“精华”之精，却也让人联想到味精、糖精那样的结晶体。麦乳精是由麦精、奶粉、可可粉、炼乳、蛋粉、麦芽糖、砂糖等调和、烘焙制成，也是不规则的晶体，有点像烘干而成的速溶咖啡，故比粉状的奶粉来得轻盈。或是有可可粉的缘故，呈咖啡色。据说另有一种，不加可可粉，白色，我却没见过。

因为加入可可粉，除了奶香、麦香之外，喝起来也有巧克力的味道。可可、巧克力系舶来品，其加入就令麦乳精显得有那么点儿洋派。有些上了年纪的人初喝不大习惯，有个朋友回老家特地买了带回去孝敬爷爷奶奶，结果喝了一回就被束之高阁，乡下亲戚又看得金贵，不容小孩染指，以致受潮结块了还在那里供着。我们接受起来却毫无障碍，正因那点儿意意思思的洋派，格外高看两眼也说不定。我也因此总以为这是“山寨”了什么外国饮品，其实不是，麦乳精是中国人创出来的配方，三十年代就有了，叫作“乐口福”，还出口。只是当年的市场，限于上海、天津这样洋派的大都市的少数人群，八十年代初才风靡起来，变得大众化。

“洋派”云云，是我后来的忖度，当年我们追捧它，最根本的原因却只有一条——好喝。冲出来未喝之先已是香气缭绕，喝到嘴里则香甜无比，余香满口，就觉滋润得很。没有牛奶的腥气，多种成分浑然一体，更其馥郁芬芳。没有“高乐高”，没有“阿华田”，更没有而今风靡的种种奶茶，麦乳精当年在饮品中绝对一枝独秀。某咖啡打入中国市场时有句无人不晓的广告语，曰“滴滴香浓，意犹未尽”，放在彼时，我以为用来描述我们喝麦乳精的感受，更是贴切。

“大众化”是指比较常见了，事实上却还是金贵，对“六〇后”“七〇后”而言，像“八〇后”小时那样当作奶水的替代品，还是难以想象——这也就和“蜜糖里泡大”差不多了吧？想想也是，得是好东西，才会当作礼品送人嘛。

多少是稀罕的缘故，培养起对“重口味”的酷嗜。“重口味”体现在饮品上，便是对“浓”的追求。我总觉按饮用说明提示的量不过瘾，总是擅自加量，还有一法，是将麦乳精加到牛奶中去——一面如此这般，一面自己都觉得奢侈。“浓”是没有标准的，但对“浓”的追求，其极致却是九九归一，曰“干吃”。追溯此种吃法的由来，有人归因于懒，冲饮不仅多一道手续，还得等它稍稍凉下，急切间不得到口，男孩粗坯子，便出此下策。但我认识的不少那个年代的女性，说起麦乳精，居然都有过干吃的经历，可见还是因为咀嚼起来别有一番滋味吧。

这滋味会让人吃起来刹不住车。我有个熟人，到外地上大学，父母想读书辛苦，得加强营养，每每让带上两罐麦乳精。指望他细水长流的，谁知他行的是干吃法，吃了还想吃，到那边两三天就吃掉了一罐。这还不算最高纪录，另一哥们儿，嘴特馋，每天晚上躺床上看书，旁边搁了袋袋装的麦乳精，也不用勺，将袋上剪一小口，过一会儿就倾一点儿到口中，两三个钟头下来，居然将整整一袋吃得干干净净。可以肯定，麦乳精食用的纪录是干吃法创下的，试想若是冲饮，一大袋得冲出多少杯？多大的肚子才装得下？

当年有一种北京产的油炸方便面，包装上就有提示，说可以干吃。但我敢肯定，没有任何厂家生产的麦乳精，标贴上于冲饮之外，会有“干吃”的提示。所以干吃绝对是不按牌理出牌的另类吃法。居然有那么多人无师自通地尝试出干吃法来，令其具相当的普遍性，也是一桩趣事。某次同学聚会，有人不知怎么说到干吃麦乳精，在场的七嘴八舌，个个别有会心，看那眉飞色舞的神情，倒好像麦乳精干吃才是王道。

粽子『原教旨主义』

现在的小吃、饮品什么的，常会衍生出一个系列。比如酸奶，原来就是酸奶罢了，现在就有草莓味的、红枣味的、香蕉味的……奶茶，则更是“离谱”，除了和“茶”还算沾边的丝袜奶茶、鸳鸯奶茶之外，又有从香芋、麦香、草莓到“珍珠”的各味奶茶。花样百出，于是有正本清源的必要，最“老”的那种纷纷被标上“原味”的字样。有次一朋友与我辩说粽子的“原味”问题，我说甜粽子才是原味，他虽小时吃的粽子也是甜的，却不认账，很“客观”地道，那要看是在什么地方，若有的地方粽子从来就是吃咸，比如嘉兴，倘一直吃的就是肉粽，则肉粽在当地就属“原味”。

也不能说没一点儿道理。我不知嘉兴粽子是否从来就长那样，里面裹块儿肉，染着酱油色，不过在我看来，所谓“原味”，应该意味着还原到最基本的要素。粽子的基本要素为何？糯米、粽叶而已，其他的都属添加物。

这样的最最简单、朴素的粽子，叫作“白粽”。小时所食，都是这种。

过去在吃上面较现在更“自然”，更有“不时不食”的味道，就是说，饮食跟着季节走，吃粽子，大体上也就是端午那段时间。那是新鲜粽叶上市的时间，看得见的新鲜——因到处有人用大大的匾，挑着走街串巷地叫卖。粽叶碧绿，一摞一摞整整齐齐码在匾内。并非没有现成的粽子卖，只是所谓“现成”，是指包好了却仍是生的，故仍是碧绿，须买回家自己煮。绝大多数人家，还是自己包，这才有随处叫卖的碧绿粽叶。

用过的粽叶，有些人家会洗净晒干留着，摆放在干爽处，以备“不时之需”，这里的“不时”乃是想吃粽子又不在粽叶上市的时节。届时用水泡软了，再加利用。已然用过一次，哪里有新鲜粽叶的清香？聊胜于无吧。

包粽子是个技术活儿，但在城市仍饶具乡村风味，日常生活颇多 DIY 色彩的年头儿，几乎家家户户都有人会。偶有不谙此道的人家，亦自有熟人、同事或邻居帮忙，不劳工厂化生产。粽子的形状，大体是两种，最常见的是三角，另一种是缺了一角，某一头尖儿到一半粽叶就折过去，有点像缠过的小脚形状，故称“小脚粽子”。好像小脚粽子技术含量高些，因常听人问会不会包那样的，显然三角粽是不在话下。

不管三角还是“小脚”，其初步，都是将粽叶卷成一中空的锥形，实以浸泡好的糯米。糯米浸泡之后愈显洁白——我是看人包粽子才知糯米与大米白得两样：大米是半透明的白，经了水越显得透，糯米则是纯白——粽叶包之前也是泡在水里的，经水后越发碧绿，两相映衬，尤有一种新鲜水灵劲儿。烧煮过后，看相就差了。

当然，粽子是吃的，不是看的。白粽无味，味须外挂。好像都是蘸白糖。白糖有两种，一为砂糖，一为绵白糖。前者为晶体的小颗粒，后者则是粉状的了。平日所用，大体都是砂糖，到吃粽子的时节，绵白糖就登场了。我知有绵白糖，就是因为吃粽子。

不比吃嘉兴肉粽，揭了粽叶往盘里一搁，使筷夹开、调羹剜下，分而食之，无所不可，白粽要边吃边蘸糖，黏性大，不似馒头烧饼可以用手抓拿，又挺沉，筷子不易夹持，即使手劲儿大夹得住，吃着蘸着亦有不便，常见的吃法是将筷子戳进粽子，举而食之，蘸一下糖，咬一口。这时筷子的功能，已近乎吃烧烤的扦儿，不同处是要两支筷子并进，若单筷独进，往往力不能支，粽子还容易滑脱，两支齐上，且不是扎在一处，保持点儿距离，便能将粽子稳稳固定，手拿把攥之际，立收维稳之效。还有用第三支筷子的，却是嫌蘸糖不均，用来抹抹匀。但对习惯先边角后中间吃法的，这就显得多余。

吃粽子当然都是从边角吃起，由外而内，但亦有单向推进与四面蚕食之分。我有个朋友惯于先把几个犄角都咬了，声称那是精华所在，且如此最得循序渐进之旨：三角既去，中间的已成囫囵个儿，蘸起糖来，自是圆转自如，不难面面俱到，粽子也持得稳，若盯着一边咬去，到中间筷子便无立脚处了。只是在他看来，粽子去了角如同动物斩了四肢，不大好看。最过分的是，他还扯出吕后人彘来。天知道哪来的联想，有此联想又如何下口？但他老兄的联想似乎是不及物的，一边说着，一边照样吃得津津有味。

这里说的是白粽，其实有所变通的赤豆粽子、加了枣的粽子，从吃法上说，也还是归入一类。赤豆有赤豆的香，然咸与甜才是味觉的宗主，单凭了香不足以送下食物，故还需蘸糖，枣有甜味，然即使放的是蜜枣，甜度也不够，仍需蘸糖以为帮衬。以我所见，咸粽都是味入其中，不假外求，甜粽则皆本身无味或味淡，也不知是不是习惯就是如此。

也不知从何时起，嘉兴粽子风靡各地，甜食的白粽，渐渐就式微了。如今粽子市场，几乎是咸味粽子一统天下，而大城市里，自己动手包粽子的人家，少而又少了。年轻人都对肉粽（包括加了鸭蛋黄等料的各种变体）无条件欢迎，唯年纪大的人还对旧日的白粽念念不忘。在我母亲看来，吃粽子就要吃白粽，甚至加枣加赤豆都是多余——可谓吃粽子上的“原教旨主义”。我曾附和并上升到“学理”高度：食粽最要紧者，是粽叶的清香，不此之图，吃糯米饭八宝饭就是，何须费粽叶包裹的一道手续？粽叶清香又最是清淡，加入猪肉、蛋黄之类，还有酱油，一缕清香，即或不是荡然无存，也是隐而不彰，岂不是失了本义?

但人对“原味”的坚持往往只是理论上或是想象中的，因为那正是端午前后，家中有市面常见的肉粽外，又恰有亲戚从乡下带来的白粽。我叶公好龙式地吃了一个之后，就再没碰过。肉粽吃完，白粽还在冰箱里堆着。回想起来，过去对粽叶的清香其实也并没有多少贪恋。可知振振有词地捍卫“原味”“本义”，有时也不过是怀旧道上的“政治正确”罢了。

关于咸粽、白粽之别，我还能想起的一事与味道无关——是吃白粽揭下粽叶时常有小片米粒粘在上面，会摊开粽叶用筷子刮下，或干脆上嘴去舔。肉粽就没这种情况，也不知是不是因为里面加了酱油又有肉块出来的油，糯米不再那么黏的缘故。

辑四

吃相

吃相的高下，固然关乎各色人等的性情、教养，却也与所吃为何物有一定关系。本土点心中有专注于口感上的“酥”“脆”的一类，吃起来要做到“宝相庄严”，就有一定的难度。比如董糖、苏式酥皮月饼、花生酥、芝麻酥，还有我老家泰兴的一种“脆饼”，就都是。

并非有“酥”字样的下口就一定狼狈。小时常见一种唤作“一只酥”的面点心，蜜三刀大小，却大体是球状的，仿佛“开口笑”的微缩版，味道也相近，一口一个，吃起来倒也干净，关键在于乃是油炸，油炸有收拢之效，吃起来并无散碎之虞。我所谓“酥”“脆”一类，则多是烘烤而成，内中多用油酥，多孔隙而层次丰富。一口下去，即或并无“粉身碎骨”之虞，也必是碎屑残片，纷纷而下。各种酥烧饼，烤得越是酥脆，则“不可收拾”的危险也越大。

吃酥烧饼像吃酥皮月饼一样，咬下去如同在饼上引发一场小型地震，一层一层马上都形成断裂。那一层一层，并不是牵一发动全身，但必牵扯到每一层面，局部性的崩溃殆不可免。碎屑从整体脱落，当然是一下坠过程，据案而食则落于案上，边走边吃则落于胸前、地下，稍不留神，嘴上芝麻、残屑亦粘了一圈，总之是狼狈。这是不取决于斯文与否的，狼吞虎咽自然是吃出一片狼藉，细细地小口小口咬吃，也还是散碎。我所见过的较斯文的吃相，是一手持饼小心翼翼慢慢下口，另一手则承在下面，静候碎屑落下。饶是如此，嘴上挂幌子还是难免，至于那一手的碎屑，通常是仰起脖子掀入口中，拍拍手完事儿。这动作不能称“雅”，且一掀之下碎屑如霰弹之展开，哪能尽入口中？较有准头的是埋下头去，就着手将碎屑吃了。但要论吃相，这就更无斯文可言了。

与之相伴的是下口时的咔嚓之声。所谓好的吃相，就听觉的方面而言，最高的境界是不出声，次则仅出细微之声。这在吃酥脆之物时碍难做到。吃的音响，凡不带汤汁者，则不外咬与嚼，酥脆之物，嚼的一项大体可免，入口之际，则其清脆之声，无从遮掩。我认识一位老太太，小时受的是贵族化的教育，吃点心时下承以盘，必以一手掩口，所掩者自然是嘴部的动作、可能沾上的残屑，不过若吃酥脆点心时，想必也有消音的作用。从口感的角度说，其音清脆，也许能说明酥脆的程度，试想若是入口无声无息，一个“脆”字，大概也就可以免谈了。从吃相上说，总未可称善。

我原先想到的都是中式的吃食——西人讲餐桌礼仪，吃相上应是更注意的。后想到西人吃食中亦不乏酥脆者，蛋卷即是显例，不酥不脆，干脆也别吃蛋卷了，除非羼了许多面粉的。西人蛋卷有蘸咖啡吃的，我还见过蘸了冰激凌吃的，濡染过后，自然不成问题。不过想来主流还是就这么吃，果如此，则其吃相，包括“声”与“色”两方面，怕是也与我们的吃酥脆之物，相去不远了。

尚无厂家在解决酥脆食物的吃相问题上设立重大攻关项目，这肯定与人们在吃相问题上的宽容度有关。酥脆是人们享受食物时追求的口感之一，任是吃相上怎样有碍观瞻，总不能因“相”废食吧?

做饭

读中小学时正当“文革”，学校里不时批这个批那个。教育嘛，最后都归结到“文革”前的“反动教育路线”上去，有时称“资产阶级教育路线”，有时称“修正主义教育路线”，反正结果是把学生弄得“四体不勤，五谷不分”，除了“读死书，死读书，读书死”，什么也不会。开大会，身受其害者常现身说法，举出各种例子，包括闹的各种笑话。就像“忆苦思甜”要将旧社会越说得惨绝人寰越成功一样，这时候的叙事原则是要把过去的自己说得特别低能、弱智。搁在平时，也不过以“出洋相”视之的事情，到会上一概变得很严重，因为事涉“路线”。

当然，到非正式场合，笑话仍然只是笑话。我印象很深的是关于做饭，分不出稻子、麦子，把韭菜当大蒜之类，不够“喜感”，做饭的狼狈则有故事性而更其生动。听过不止一回，都和煮饭时的溢出有关。有个“老三届”下乡知青，说他们初到农村，自己开伙，几个人都是头一遭做饭，前面都还平安无事，到锅里水开了一阵儿，气泡将锅盖顶开了，四面溢出，看着的那个忙去镇压，使劲摁住锅盖。根本不管用，便大呼小叫喊那几个过来。那几个也没见过这阵势，还道摁压锅盖的力度不够，上去的人仍然是使劲压，压住并不费力，只是锅沿与锅盖之间，仍是不停地往外溢。一众人束手无策，结果弄得一塌糊涂外加一锅夹生饭。

这事儿若是跟“九〇后”的孩子说，恐怕是很难说明白了——现在的“做饭”与过去已完全是两个概念，至少是城市里，都用电饭煲，哪来那些个事儿?

南京人口中的“做饭”有广、狭两义。广义的“做饭”包括做菜，约等于下厨；狭义则不仅是指做主食，且专指烧煮米饭，若吃面条、吃饺子，就叫下面、下饺子了。大人让小孩“学学做饭”，或责备小孩“饭都不会做”，便是用的狭义。学会做饭，是小孩基本生活技能里的一项内容。

用电饭煲，照说明书放米加水就完事，哪里需要“做”？前电饭煲的时代，真正 handmade（手工制作的），的确是要“做”。至少，你得守在锅边。第一步是淘米下锅，锅是铝锅，又称钢精锅，放到炉子上到水煮沸，颇需一点儿时间，因大多数人家使的是煤炉，火力有限。站在边上守候实在是无聊，最初学做饭，我都是回屋看书，到时候再来。但是没有定时器，这个“到时候”是靠不住的，一则煤炉的火不受控制，二则看书稍稍投入就会忘记时间。每每忽然想起，急急忙忙奔过去，炉子上已是狼藉一片。后来就拿本书，戳在炉边守着，时不时瞄两眼，看锅盖有无耸动的迹象。谁能掐得时间正好？潽出来仍不可免，好在水溢出滴在炉上发出一片响，是最明白无误的提示，身在跟前，马上出手制止，不会酿成不可收拾的局面。

“制止”也简单，就是掀开锅盖。热气散去之后，是一堆气泡，如同螃蟹吐了一锅的沫儿。遇了冷，泡沫迅即退下去，待你盖上，它那边马上重整旗鼓，复又漫上来。好像没见过哪家完全敞着等水烧干的，大多是将锅盖斜倚在锅上，半敞的度很难把握，豁口留大了热气、水分跑掉得太多，费煤；留小了泡沫照样拱上来，将锅盖顶得豁啷一声掉到地上去。有个法子，是担一根筷子在锅沿上，锅盖一头架在上面，其开合便可调节，也安稳了。饶是如此，一顿饭做下来，要一次也不溢出，仍属不易。故那饭锅锅沿及周边，总是挂着幌子——一条条米浆结成的薄膜。有些糖果剥去糖纸后仍有一层薄衣，可以吃的，俗称“糯米纸”，有人说，就是米浆形成的膜做的，我将信将疑，究竟如何，到现在也不知。

待锅里水收干了，还须有一个焖的过程。这时再无被顶开之虑，锅盖可完全盖上了，火要关小，让饭锅在上面慢慢地“炕”。不是放那儿随它去，大概是要做到受热均匀，保证一锅饭都熟透吧，我们家老阿姨总规定必须将饭锅倾斜着放在炉上，转上一圈，务使锅底边缘那一圈都到火的中央走一遭。我最烦这道程序，因过一会儿就要转动一下，时间过长就煳了，你分不得神。而究竟要“炕”多长时间是没标准的，我急着了事，往往以为好了，老阿姨却喊道:“还没好，还要炕。”这个“好”全凭经验，任是怎样小心，也不能“好”到电饭锅那般恰到好处，一般的原则是宁有过之，不可不及，故锅底总会有点煳。

不同于不粘锅，钢精锅煳了是要粘的，偶或煳得厉害，吃饭时你就会听到刮锅声，洗碗时刮锅声又复大作。

学做饭好像是在上初中时，因为有老阿姨，我比大多数同学在这上面后知后觉也未可知，因此就怀疑那些“老三届”学长的故事是否太夸张。若真是那样，我们会做饭，也就该归为“教育革命”带来的新气象了吧？但“伟大胜利”中似乎从来没提过这一茬儿。

吃饭

看日本电视剧《深夜食堂》，几集下来，得出一个结论：日本人最懂吃饭。

这里的“吃饭”得做点儿限定。第一，是狭义的“吃饭”，用“饭”的本义，不是“请客吃饭”的“饭”，下饭或不下饭的菜不在其中；第二，指的是米饭，面食排除在外；第三，米饭应包括干饭和稀饭，这里只说干饭。故等于说，日本人最能领略米饭的好。

钱锺书对“吃饭”早有一番“循名责实”的议论，说吃饭像婚姻，名义上最主要的东西，其实往往是附属品——名为吃饭，实为吃菜。谈论美食，多半是在菜上面做了文章，饭则似乎不足论。面食因为有各种花样且饭菜一体，不拘为包点、为面条，“面”对菜的依附性不大。当真吃饭为主，到米饭这儿依附性就倒过来，饭菜分治，一旦菜出了台，饭的存在感便弱爆了。哪怕是吃盒饭，应该是饭菜并重了，吃的人一念还在荤素菜上，甚少有人去计较米饭的好歹，故经营者多不肯用好米。

米饭的好吃与否，当然要看用何种米。以较严苛的标准，过去城里人几乎吃不到好米——照阿城一篇文章中的说法，上世纪八十年代以前，北方城市里供应的都是新粮顶出来的陈粮，南方的米，想亦是“米烂陈仓”的货色，必是陈米。但好吃与否，是比较出来的，没吃过新米的情况下，粮站里的“上大米”也就很够意思了。

七十年代，粮食都是统购统销，家家户户吃的米都是从粮油供应点（简称“粮站”）里买来，在南京，不外三种：上大米，中大米，中熟米。中熟米即籼米，上大米则是粳米，唯中大米，我一直对不上号，只知价在上大米与中熟米之间。毫无疑问，上大米为当时米之最上乘，到现在我还记得，一斤是一角四分九。中熟米破碎乌暗，上大米则米粒匀整，白而半透明，其间的差别，一望而知。煮出饭来，前者水少则粗硬刮喉咙，水多则烂叽叽一无咀嚼；后者香气四溢，有弹性，莹然泛白光。但上大米有定量，并非敞开供应，再者价高又不熬饥，许多人家还是嫌贵，以至于吃上大米，可以成为一桩盛事。不止一次听人说，这饭，白饭也能吃两大碗。足见对米饭，我们倒也不是不辨高下。

及至粮票作古，粮食放开，我们有充分的条件吃上地道好饭了。我还记得上大学时，北京的同学还从南京往家里背大米，因堂堂首都，彼时大米还很稀罕。现今只要有银子，不要说国产的新米，泰国的贡米、日本的“越光”也立马给你办来。

印象中米而郑重其事不似口粮，厥为泰国细（丝）苗的出现。此前所见都是圆米，骤见之下，泰国米的骨感颇让我们有一种少见多怪的惊艳，加上价格的“危乎高哉”，包装特别，金贵到居然要三斤五斤地买（过去买米都是弄一米袋子十斤二十斤往家拎或扛的），不由你不仰视。一时之间，许多大饭馆都用这个，以示不凡。泰国米也有了个专名，称为“香米”。那米也的确是香，煮饭时尤见浓郁。看相也好，齐整苗条有“蔚然深秀”之感。但新鲜劲儿过去，就觉还是偏于瘦硬，没有好的圆米的弹性，更缺圆米的油润。所以到后来，在饭上面有点讲究的人，大多还是回归到圆米。

既然对米并非不讲究，我们不是颇能理会吃饭吗？问题出在米饭完全成为菜的附庸，我们即使要好米，也还是吃菜之余事，吃菜瞄着“好”，有菜肴当前，饭的定位，终还是为求“饱”，仿佛各司其职，绿叶扶红花，不过欲其不坍台而已。

领略米饭的好处，原也简单，便是让米饭成为主角，当真“吃饭”。我这是从《深夜食堂》悟出来的。没看几集，居然有两回，主题是米饭，一次说茶泡饭，一次说黄油拌饭。日本人的饮食原是“极简”一路，这里更是发挥到极致了。比如那碗黄油拌饭，米饭之外，一小块黄油，些少酱油，别的什么也没有。

这让我想到过去的猪油菜饭，他们这里连蔬菜也省了。我们当年吃得简单，往往是因为穷，没有菜肴是不得已，黄油拌饭却是奔着美味而来，简无再简，米饭的质感和香味倒突显出来。

看了眼馋，过天见家中有好米，便如法炮制。习惯性地，当然还有几个菜。果然极可口，但我发现，那些菜还是不要动筷子为好——不管搭什么，似乎都有冲淡主题之虞。因想饭菜之中，菜真是具有侵略性的，而好吃的饭，就可以这么简单。

下饭

菜肴的好坏有好多标准，不可一概而论，得看场合。倘重在吃饭，下饭不下饭就是要考虑的一项。

“下饭”一词，张爱玲当年在一篇叫作《“嗄？”？》的文章里考校了好半天，又和宋淇通信讨论。放在今日，百度一下就齐了。是江浙一带的方言，作名词，“下饭”就是菜肴，小菜；作形容词则指适合佐餐，“不下饭”意谓菜太淡，吃不下多少饭。

若是吃席，“下饭不下饭”的问题就免谈，因主要是吃菜喝酒，左一道右一道的菜，恰恰宜淡。重在吃饭，则菜肴处于辅佐的地位，其功能就是令饭易于下咽，“饭”没味道，有菜的咸，吃的过程才可以有滋有味，故“不下饭”绝对是负面的评价。

有段时间我和一拨哥们儿常在打完球之后一起吃喝，吃了几回较精致的馆子后，一哥们儿就嚷嚷，说要去有“满口菜”的地方，嫌那几家菜量太少，去“大块吃肉，大碗喝酒”的境界甚远。这里面也有“不下饭”的意思，不过主要还是指精致量少，不够吃。下饭不下饭，不在量上面，关键还是看咸淡，够咸则很少的菜也能吃下很多的饭。

江浙一带，吃饭大体上可分为吃干与吃稀，“干”是干饭，“稀”是稀饭、泡饭，习惯上各有各的“下饭”。稀饭、泡饭，都是就小菜——上海人口中的“小菜”可以涵盖所有菜肴，南京人所谓“小菜”特指酱菜、咸菜、豆腐乳等，总之是腌渍一类。干饭亦即白米饭，则要配热菜——炒菜或者烧菜。二者不可易位，就萝卜干吃一碗白米饭，就像吃稀饭来一盘炒菜一样不可想象，前者太干，干饭难以下咽；后者不够咸，吃稀饭一般的咸是不够的。总之是不搭。也不是一定就不可以，比如像四川人那样，早上把头天的剩菜拿来下泡饭，但那是不得已才“出此下策”。

以这样的“下饭”观，江浙人不能接受华南一带饮食上的某些搭配，也就是自然而然的了。从食分南北的角度说，华南、东南都是南方菜系，在北方人看来，都偏淡，闽粤加上台港，又都是温和一脉，一点儿不走极端，照说江浙一带的人很容易接受的，事实上也确是如此，唯遇上下饭不下饭的问题，就得另说。前面说过了，“下饭”问题，重在吃饭而非吃菜时才发生，最典型的表现，应是在快餐上，快餐乃是求饱，当然以“饭”为主。食米为主的南方人，面食或准面食（米粉河粉之类）都可归为小吃，米饭才更有“餐”的意味，也才更见饭、菜的分野，恰在这里，江浙一带的人与粤人闽人不能同调。

我有个学生，到台湾访学，回来大叹在那边食不甘味。学校里供应便当，今天烧鸭饭，明天猪排饭，或是什么烧腊饭，一份白饭上面一块炸猪排，或是几片烧鸭，诸如此类，没一点儿能下饭的，这饭怎么吃啊？！一则江浙人与闽粤一带的人相比，口味还是偏咸；二则下白饭，菜吃得较多，而或炒或烧，都是有汤汁的，这就令干饭不那么“干”。烧鸭、猪排，还有“海南鸡饭”配的白斩鸡，在江浙人的概念里都属冷盘，下酒不错，下饭不宜。关键是，与米饭在一起，是干对干、硬碰硬，仿佛中间没有一点儿过渡。若台湾卤肉饭，虽也没什么菜，有卤汁，接受度就要高得多。

他们的快餐饭也不是别无他物，比如，通常就会有一两条白灼的素菜在一边。酱色的烧鸭、烧肉，碧绿的素菜，白白的米饭，看去颇为诱人，但中看不中吃啊，于是在江浙人的眼中，也只剩下“看上去很美”了。

盒饭

盒饭应属快餐的一个分支。仅一“盒”字，似不足以表明其特性——并不是装在盒里可以当午餐的，即可谓之“盒饭”。倘盒里装着面条、米粉、饺子，那就不是——主食必是米饭，这可以视为盒饭之为盒饭的重要的规定性。也就可以想见，盒饭必是盛行于惯于以稻米为主食的地方，它的发源地乃是日本，不为无因。

然而以餐盒盛装，有米饭有菜，也不可就遽然以“盒饭”呼之，如仅一饭一菜，不拘菜为鱼香肉丝、红烧牛肉抑或咖喱鸡块，就须另以“盖浇饭”相称。此处“浇”是“浇头”之意，充浇头的菜分量无多，与饭不能形成分庭抗礼的局面，更多“下饭”意味，故常伴以较多的卤汁。覆在饭上谓之“盖”，卤汁淋漓而下谓之“浇”，以我之见，也就隐然有让你拌而食之的意思了。

事实上，盒饭出现之初，也是“盖浇”，现而今的形制，即以一大餐盘盛装，饭菜分开，一菜一格，乃是后来的事。我的“盒饭”概念是上个世纪九十年代建立起来的，那才是盒饭的鼎盛期，车站码头、医院学校门口，又或闹市区的街边巷口，凡人来人往之处，总能看见卖盒饭的。都使白色的泡沫塑料盒盛饭菜，起初是饭菜一体，不论饭菜多寡，均塞入一只盒中，压得密密实实,须硬行按压绑缚才能合上。到后来才一分为二，一盒饭，一盒菜，菜那一盒，不论是几样儿，当然都是混装。

最盛的时候，一些大餐馆中午也做盒饭，然而主力还是流动的小贩，往往是以家为厨房、为据点，在街边就近设摊儿。架起的长案上一溜菜盆，虽不是明炉，却是明档，食客看着盆里的内容，点这个点那个，一目了然。旁边另有饭盆或是饭桶，倘在那里就食，可以添饭，还另有汤供应。有些小摊儿属地道的“外卖”性质，买了盒饭走人，大多数则都在旁边另设几张简陋至极的桌凳，可坐下来吃。但要想入席殊非易事，因盒饭的销售是以量取胜，高峰时期，人多势众，将小饭摊儿团团围住，饭摊儿的主人忙得团团转，支应不开，不多的位子早有人盘踞，眼见得排不上号，不少人就站在那里开吃，也有蹲着的，有好整以暇在马路牙子上坐食的，姿态各异，参差错落，见状我有时会无端地想起一些造型各异的群像画，想若有画家以此为素材，倒也新鲜，相当之“新写实”。

姿态各异，相同的是人手一只白色盒子，外加一双一次性筷子。一次性筷子风靡一时，不独见于吃盒饭：有一段，人们普遍认为干净卫生，弄得一些馆子里并非吃快餐时也用。一次性筷子较正常筷子短一截，最初是在日本电影里看到，就觉日本人怎么都埋着头，好像头快挨到饭上——在饭摊儿上看人在盒饭里拨拉就明白了，那是筷子短有以致之，且吃盒饭不比平日吃饭，更不比吃席，都是速决战，故大都是闷了头吃，少一份从容——想想看，即使你有幸落了座，身后有人捧着饭在守候，旁边的人大都在狼吞虎咽，你待如何？

盒饭的菜以烧菜为主，都是大锅菜，就此而论，它可以被视为食堂的某种延伸。食堂乃是为上班族不便回家吃饭而设，故盒饭一族的常规军也应是上班族。在过去，大大小小的单位都有食堂，供应饭菜之外，你若嫌食堂的饭菜不合口味或太贵，也可自带。彼时在食堂吃饭的人都自带碗筷，不仅是为了卫生，还因大多数食堂不备餐具。在工厂里则似乎铝制的饭盒更为流行，饭盒的好处是盛饭菜之外，还可用来蒸饭。我当过几天工人，发现厂里人大都带了米来上班，到厂里头件事就是淘米，而后在饭盒里注入适量的水，平端着放到大蒸箱里。自来水槽、蒸箱的所在人们络绎来去，与农村田头送饭吃饭相比，另是一种生活气息。只是我想不起热菜是如何进行了——其时和微波炉的时代总还隔着十几年吧？

即使以饭盒盛装，有饭有菜，食堂所售，当然还是不能以“盒饭”名之，至少对我而言，“盒饭”已经是和小饭摊儿连在一起的专有名词了。若是小饭摊儿设在学校的旁边，则往往还会与食堂形成竞争的局面。有段时间南大校门口饭摊儿密布，靠宿舍区的一侧更是一家挨一家排出老长的一溜，蔚为大观，中午时人潮汹涌，很是热闹。别处的饭摊儿大多指着中午的生意，这里因学生大多住校，晚上盒饭还可再火一把，故小贩热情高涨，彼此或以菜的量大，或以做饭用的米好，或以压低价格，或以热情招徕……总之各出招数，明争暗斗。小饭摊儿原本势单力薄，竞争之下，其合力却意外地产生“把蛋糕做大”之效，隐然对食堂构成威胁。据说一度，去食堂吃饭的人数居然急剧下降。

盒饭是薄利的生意，然而与食堂的饭菜相比价格还是略高，学生舍食堂就饭摊儿，理由多多，关键是要换口味。食堂里的饭菜早吃腻了，盒饭好比是隔锅的饭。吃面条、吃饭、吃馄饨都是换口味，但要常规性地吃饭，吃饱、吃得起又有变化，还得是盒饭。

从可口的角度说，要打败食堂太容易了，学生食堂不比机关食堂，几千人用餐，饭菜绝对地粗放，比它更难吃的地方，怕是难找。同是大锅菜，食堂里大锅之“大”远非小饭摊儿可比，烧出来的菜一概清汤寡水（油水对彼时的人来说，还是重要指标，其意义绝非“减肥”之声甚嚣尘上的今日的人们所能了然），且蔬菜一概烧得稀烂，米则自然是较次的米，比起来小饭摊儿就要算得精致了。此外食堂一份菜的量较大，吃顿饭多些也只会要一荤一素两个菜，盒饭则丰俭由人，每样儿量不多，可多要几样儿。

但校门口盒饭的盛况维持的时间不长，很快学校保卫处就开始撵人，因妨碍交通之外，还有碍观瞻。南大两校区隔着一条马路，小贩也有点不识相，常常马路中间也摆上了，堂堂学府，堵着大门设摊儿，的确也不是个事儿。吃不成盒饭的学生则另有说法——说这是食堂背后捣鬼，在驱赶竞争对手哩。其时尚无网络，不然爆料此中“黑幕”当是一个话题。

当然宏观地看，南大校门口十几家小饭摊儿被取缔，无碍南京盒饭业的大局。毕竟盒饭的主要消费者并非大学生，另一方面，车站码头、医院门口这些流动性大的地方，也非盒饭业精英的所在——别看区区盒饭，和正经餐馆一样，也是招得来回头客，方为上乘。车站、码头、商业区的食客，都是路过性质，属“打酱油的”，盒饭的回头客，主要还是上班族。

事实上盒饭之兴，最初也就是为满足朝九晚五、中午只能在外午餐的上班族的需求，英语译过去，作 a lunch 或 a lunch box，也算微露消息。只是如上面说过的，过去只要是个“单位”，不论大小，只要有人在那儿吃午饭，好歹总有个食堂，哪怕只做一个菜，没有食堂也有个地方让你热菜热饭，甚至是做饭做菜。中小学里的食堂照例只供应教师，学生的饭是不管的，但学生大都是回家吃午饭，我上小学、中学，从家到学校，路上走十五分钟，午饭都是在家里，我的同学也都是如此。所以，或在家里，或在单位，日常状态下在外就食的情况基本不发生。不吃食堂、中午吃自带饭盒餐的日渐稀少，那是后来的事。

我想那要到九十年代。九十年代的“时代强音”是“下海”，“下海”的结果是民企、私企的出现。倘若民企、私企也可称为“单位”的话，那也不是过去的概念了：“单位”对职工是要全方位地“管”的，包括中午那顿饭，包括房子——尽管经常是理论上的。民企、私企属“新生事物”，其“新”有一端，就是好些“单位”管的事，它们不管了，比如说，不再自己弄个食堂，小公司更是虑不及此。用今天的话说，离开了单位的这拨人也比较“潮”，中午不自带饭食就是一端。于是有大量新生的上班族午饭时“流落街头”。

其时我刚分到一处单元房，住在珠江路上。珠江路是南京新规划的电子一条街，号称“北有中关村，南有珠江路”，无数的小公司汇集于此，一家挨着一家。某日从家门口一小饭摊儿经过，不意看到一位熟人在吃盒饭，遂招呼一声。他看了我有点儿不自在，记得他是在机关当个科长什么的，怎么会在这儿呢？寒暄过后，他显然觉得有必要解释一下，就告诉我他下海了，中午没地方吃饭，“流落街头咪”，他说。在哪家公司我没闹清楚，反正名片上印的是“总经理”就是了。我琢磨他那点儿不自在可能是因被我看见在小摊儿上吃盒饭而起。机关食堂我吃过，未见得就比盒饭好到哪里，还要排老长的队，但好歹在室内，“就餐环境”好多了，而且吃饭的都是同僚，不像在小饭摊儿上，没准儿身边就挤一位蹬三轮送货的。也许他觉得吃食堂再简单也不失面子，坐在街边小饭摊儿上就有点跌份儿吧?

当然大多数在珠江路上班的小年轻是没我那熟人那样的背景的，渐渐地他们已经习惯自称是在哪家公司“打工”，吃盒饭并无落魄之感。故街边饭摊儿上不乏衣冠楚楚或穿着新潮之辈。这条街上雨后春笋般冒出的盒饭小摊儿，其生意主要就靠这个人群照顾。家就在这里，我原本不必混迹其间，只因白天家中就一人，懒得举火，既然下了楼就有不下五处卖盒饭的，比过去住在校园里吃食堂还近，也就以食堂视之。去的次数多了，对盒饭种种，自然知之甚详。

对南方人而言，盒饭大约是所有快餐中最接近家常饭的。你可以选择去吃面条、吃饺子、吃包子，然天天如此，似乎就是个事儿，还是得有菜有饭，而且最好还不要像盖浇饭那样，菜只一味。得有荤有素，庶几乎可。拿干粮当中餐，有点委屈，汤汤水水如面条馄饨那样的，就只能坐食，而面铺小吃店届时一定是人满为患，盒饭可以站着吃，还可带回公司去吃，在珠江路上大行其道，良有以也。

每到午饭时，那些小饭摊儿生意无一例外地红火，此时已到了饭、菜分装的时代，小贩们原本都是待食客来了再从饭盆、饭桶里往外盛饭，后来就事先分装好，饭盛好了一盒一盒码在一很大的原先用于包装的泡沫包装箱里，到时只管装菜，取出一盒配上就行。饶是如此提速，高峰时因围着饭摊儿的人多，不免还有人在催促，抱怨等得太久。

那一带就食者众，本不用担心销路，只是早点儿迟点儿的问题。有意思的是，小贩之间的竞争亦有超乎功利的一面，他们都抢着早点儿卖完，一方面早卖完早歇，另一方面抢了先手仿佛还能建立某种优越感。有一家，似乎总能先于别家半小时收工，收拾桌凳之际，老板娘高声与人答话说笑，面有得色，若有人恭维两句，她一定会说她家天天如此。别家听在耳里，就有几分扬己抑人的潜台词的意味，忍不住出言相讥的时候也是有的，弄不好还会吵起来。有次那边又在炫耀，我正在另一家买盒饭，小贩一边给我装菜一边说道，那家每天做的数量有限，他若是只做那么多，肯定早早卖得精光——“骚包什么呀？！”此外他还透露，那家买的鱼不新鲜。事实上只要是某个小饭摊儿的常客，你迟早会从小老板那里听到些别家的不可告人的秘密。好在他虽未必是“姑妄言之”，来就食的多半是“姑妄听之”而已，否则“兼听”的结果，天下乌鸦一般黑，这顿午饭你还吃不吃？

盒饭要卖得快，手脚麻利是一定的。最上乘者，是忙得有条不紊之外，嘴也一直不闲着，上焉者真是眼观六路，耳听八方，手里在给这个装菜，眼睛余光却能罩住全场，还能逮住食客因要哪样菜举棋不定的间隙与后面的人搭话，或寒暄或询问，要令在他这处的人少安毋躁，不因等待过久而生他就的念头。熟客则因他对你的食谱了然于胸，先就问你是不是照老规矩。热络如此，似乎在一片繁忙嘈杂之中也能令你有一种宾至如归之感。

这样的饭摊儿会渐渐地培养出一批死党，或者，似乎摊主已隐然将你视为死党，热络到你想换一家都不由得有一丝歉然。我最常去的一家，老板娘就是个极热络的人，倘去时不是高峰，她会不停地跟你说家常，即使只是从她摊儿前经过，她也跟你招呼。我对自来熟的人向来有几分畏惧，偶或目不斜视就走过去，但是有次买盒饭因她那儿人实在太多，就去相邻的一家，跟摊主点菜时本能地就压低声音，买好了一闪身就走，似乎让她看见买了别家的就有背叛之嫌。过后想想这心理很可笑：我干吗要做贼心虚似的？

这上面笨嘴拙舌的就吃些亏，至少缺少一种红火的气氛。我去的那家和别的饭摊儿一样，也是以家庭为单位经营，倘女主人不在，人气立马下去不少。有次有个女孩在帮忙，大概是她女儿吧，画着眼影，穿着高跟鞋，一身夸张的时尚，脸则一直挂着，不情不愿的样子。男主人显然是弱势的丈夫，也是弱势的父亲，指点小孩干什么都是有几分赔小心的口气。习惯了女主人的麻利热络，食客对速度、秩序的要求都高了，此时遇着穷于应付的男主人加上一个没有头绪、要这个给那个的新手，都觉不满，大呼小叫，争先恐后，间以对女孩犯错的责备，场面一时陷于混乱。那女孩支应得不亦乐乎，不知所措，最后对一个抱怨的食客发起飙来：“喊什么喊？！你以为这是你家？！”事出意外，围着的人一下都不响了，回过神当然是一片指责，女孩干脆把菜勺往菜盆里一掼，噔噔噔地扬长而去，剩下她老子在那儿低声下气地安抚众人。

当然，热络麻利是锦上添花的事，食客的选择，大多还是取决于饭菜的质量。饭的问题比较简单,用好点的米就是了，菜上面则是“兵家必争之地”。看相好歹,咸点淡点,有辣无辣，都会影响到食客的弃取。竞争既展开很久，盒饭从食材到烹饪的方法又受限制，大众到不能再大众，不可能有多讲究，那么也许以外人的眼光看，实在是大同小异，高下只在毫厘之间。然经常要吃盒饭的人还是有个计较，某家的肉圆做得好，某家的青椒肉丝有点小炒的意思，某家的素菜放的油多……皆心里有本账，有个就食的基本点，却也并不盯着一家，有时也颇似在校吃食堂，一食堂吃腻了，跑到二食堂，二食堂吃烦了，再奔三食堂……

大同小异几乎是必然的，荤菜左不过就是红烧肉、肉圆、鸡块、大排、小排、带鱼、整条烧的小鲫鱼，倘若哪家弄了粉蒸肉，那就算是创新了，食客必是趋之若鹜。价格标准不知是怎么出来的，珠江路那一带，基准价似乎是五元，就是说，大多数人买的都是五元一份的盒饭，内容是两荤三素。往下还有三元、四元的，三元一荤一素，四元是两荤一素，往上就算加菜，看要什么而定了，比如加只荷包蛋是五角，加块大肉是一元。每个饭摊儿上都会悬一牌子，不是店招——因这些饭摊儿都是无名的，记得只见过一家，大概是生意红火，有品牌意识了，打出“杨记盒饭”的旗号，他皆“桃李不言”——上面只写价格与标准，满眼是“荤”“素”二字与数字的组合，简要得很。具体内容不写，因哪“荤”哪“素”是要食客看着菜盆子自己组合的。

“荤”与“素”食客都有谱的，也知道“荤”有“大荤”“小荤”之分，说“二荤”必是一“大荤”一“小荤”。“大荤”“小荤”未必是与盒饭相联属的专有概念，吃食堂的人已经叫开也未可知，但肯定是在盒饭这儿叫响，且清晰起来的。所谓“大荤”指的是纯肉或鱼的菜，大排、小排、肉圆、红烧肉、大肉（即大块片状的过油肉、扣肉）、红烧带鱼等属之；“小荤”则多为荤炒素一类，如青椒肉丝、毛豆鸡丁、干子榨菜肉丝，又或一只千张卷肉、面筋塞肉、卤蛋等，凡有“荤”的消息又“荤”得有限者，都算。素菜无须解释，你看着青菜、土豆丝、藕片、豆芽、鸭血豆腐之类，要就是了。唯独“大荤”“小荤”，摊主要对新来者略加说明，明其界限。对老食客则要言不烦，以菜勺叩着菜盆问一声“大荤？——”“小荤？——”，要言不烦，就给办了。

我频频吃盒饭那一阵儿是盒饭的鼎盛期，有道是盛极必衰，到我二〇〇二年搬离珠江路时，已经有点走下坡路的意思了。起先倒不是有什么后起的快餐品种形成取代之势——是卫生、城管部门开始整顿秩序了。先是从街面上往巷子、岔街里赶，后来似乎又规定了营业时间，倒并没有赶尽杀绝。虽然遇上卫生大检查又或创建文明城市搞活动之际，小饭摊儿照例会彻底消失，仿佛不曾存在过。

那几天跑来买盒饭的人四顾茫然，稍稍一问，也便知晓，虽不免抱怨几句，也就接受现实自去想辙儿，因为知道这是过段时间必会上演的一出戏。几天过后，饭摊儿重新露面，摊主会以更激烈的态度骂管市容的。当然当真见到城管人员，还是得赔笑脸。平日的限时撤摊儿逼得小贩们大有紧迫感，总要抢在时限之内争取卖完。到了城管出现，少不得又要一边应承着马上就走，一边尽可能拖延时间，到最后必是城管最后通牒发至再三，终于大发雷霆，当街咆哮。

搬家之前，大概就这状况。一两年后的某日，恰在午饭时间从那一带经过，想起一家盒饭摊儿的肉圆，兴不可遏要重温旧时滋味，遂寻了过去。却发现已是白茫茫一片大地真干净，所有的小饭摊儿都已无踪无影了。大概也像南大门口的同类一样，被取缔了吧？小饭摊儿或是转入小巷，或者干脆歇业了。那些指着卖盒饭为生的人又在干什么，不得而知。再往后就有“蓝与白”“新四方”一类的新式连锁快餐店，由户外转入户内，窗明几净，向麦当劳、肯德基看齐，街头的那片热闹再看不到了。

我对盒饭的记忆，差不多就是这些了。然另有一人一事，虽属非典型性记忆，却是印象深刻。

那人我不认识，应该是在电脑商场门口揽送货生意的，因不止一次看见他踩三轮运货。但那是后来的事，他的引人注目，让我记住，却是在小饭摊儿上。

别人在饭摊儿上吃饭虽是快慢不一，大体上都还是快餐的吃法，倾向于“快”，他则紧拉慢唱，可以为慢食运动做标本——身旁的座位上已吃完走了几位，身后端着盒饭瞅准动静就等入座的人不知凡几，他自岿然不动，仍是不慌不忙地吃。慢到如此程度，当与他面前竖着的一瓶二锅头有关——中午在盒饭摊儿上从容喝酒（不比晚上街头大排档，在那里深宵痛饮也时能一见），我还是头一次见，后来也再没见过。而且他从来都是一个人，而且有时面前还摊开一包花生米。

一直霸着位子，摊主、食客自然都不悦，但他那样凛然一条大汉坐在那里，谁也是敢怒不敢言，止于愤然作色而已。他则仿佛全不知晓，自顾自吃得津津有味。看那神态，周围的乱哄哄一点儿不能破坏他的好心情，你甚至觉得盒饭岂止果腹，也是可以享用的。真是“心远地自偏”啊。

我所说的“一事”其实也算不得事。是我买了盒饭回去，多次在楼梯上碰见历史系的一位同事，某次问起各自的午饭问题如何解决，听说我每天如此，他便道：“日子过得不错——顿顿盒饭嘛！”我当笑谈，一笑而罢。后来回过味来，他不是笑话我瞎对付，是当真觉得我的伙食有点奢侈。心里笑这家伙也太抠了，盒饭的钱也要算计。不道某日领工资，忽然悟出他的感叹乃是实情：其时大学教师大多每月也就几百元钱的工资，他所谓“顿顿盒饭”诚然夸张，但每日一顿盒饭，居然也要占到收入的近四分之一,也确是“所费不赀”哩。倘“顿顿盒饭”，怕是要去“破产”不远了。

混搭

据说“混搭”是从英文词 mix and match 而来，原是时尚界的专用词。我是因网上哄传“犀利哥”知道的，说犀利哥穿的那一身就属混搭。虽是舶来，“混搭”一词却委实来得浑成，一点儿都不洋泾浜，说是翻译，不啻自撰，因为完全像是汉语里“搭”字的“演义”：相干是“搭”，不相干是“不搭”，原本不相干而令其做一处，就可谓之“混搭”。所以“混搭”从某一意义上说，也就是不按牌理出牌。

所谓牌理是从众的事，众人之理又从何而来？说到底，就是一个习惯。穿着上面，喜“混搭”的人不肯从众，硬是要混出一种个人风格，吃上面必也有特殊的个人口味，倒未见以此相标榜的。大约与穿相较，吃不算博出位的竞技场，同时也较难挣脱习惯。但从众之“众”是有地域性的，以中国幅员之辽阔，就更是如此。“众”有差异，“理”自然也就不同。阿Q 不屑城里人煎鱼头时放切细的葱丝，就因为不合于未庄的理——未庄人可是放的大段的葱叶。这还不过是一地的城乡之别，未庄距绍兴城也只十几里地，倘事涉东、西、南、北，“理”上的差异就大了去了。比如各地饮食上都有一些固定的搭配，相沿成习，理所当然，然在别地人眼里，就绝对是胡来，或者换个词，曰“混搭”。

各地有各地的作物，食材不同，也就罢了，有些东西是各地都能见到的，在此地可同烧的，在彼处则可能被视为犯冲，就像“红配绿，丑得哭”一样不被接受。四川人喜在肉汤里烫蔬菜，蹄髈汤、排骨汤里来点儿豌豆苗什么的，江南人见了，肯定不以为然，青菜汤、萝卜汤里氽点儿肉丸、肉丝倒也罢了，蹄髈、排骨这样长时间煨炖的，怎么可以？还拿肉汤说事儿：排骨、莲藕同煨在武汉人是再顺理成章不过的了，对此山东人则纵使不嗤之以鼻，也会感到诧异。至于广东人煲汤时搁上胡萝卜、玉米，别地人尽管没准儿喝了之后称善，自家却绝不会想到可以这么来。

某次在一湘菜馆里吃饭，点过一道豆角炒茄子，大概在湖南是极常见的，在我这样的南京人却觉得新鲜：豇豆、茄子固然是南京人桌上的常客，但哪有这样搭配的？东北的地三鲜将土豆、茄子、西红柿同烧，也一样让南边的人称奇。未必我们意中所无的“混搭”一定难于接受，西北的炒刀削面、炒拉条，我一吃就上瘾了，那浇头通常是西红柿、辣椒、洋葱、羊肉一起炒——辣椒与洋葱还算“般配”，西红柿怎会和它们走到一起的呢？若是未曾亲尝，听上去简直就是瞎搞。至于徐州人喜将不同种类、大小不一的鱼们一锅烩（称作“烧杂鱼”），在南方人眼里，当然也是胡来：下锅的虽然都是鱼，然不同“种”，南方人从来都是“桥归桥，路归路”的。最有意思的是东北的“乱炖”—— 豆角、猪肉、土豆、西红柿、茄子依次入锅，先炒后炖——好似不待外地人挑剔，自己就把此菜的“混搭”性质交代了。

我们大可不必对别地人的“混搭”行为大惊小怪——实在是各有其“理”的。而且一切的搭配，从头说起的话，皆始于“混搭”——从不搭到搭。西红柿炒蛋大概是地不分南北，皆视为当然的一种搭配了，最初也就是一种“混搭”。

打包

中国人对食物的态度很奇怪，一方面是“食为天”，吃被视为头等大事，国民性批判者甚至指国人之受口腔操纵为民族的一大罪状，照《舌尖上的中国》里的渲染，则对食物的敬重，简直无以复加；另一面，国人在吃上面的浪费却又国际闻名，别的事项上，我们常声讨西方妖魔化中国的企图，唯此事好像从未有人出来“以正视听”，足见这坏名声实在是不容抵赖。

并非从来就有浪费的传统。过去北京有“吃折箩（罗）”之说，《北京土语辞典》解释为：“酒席吃罢，剩下的菜肴，不问种类，全倒在一块儿……也叫‘折箩菜’。”至于家里，头天的剩菜剩饭舍不得倒，第二天“折”到一起烩食，则不独北京，到现在各地也还有的。周绍良先生关于“折箩”的记述有所不同：“过去规矩，饭庄子是要把这剩下的酒菜原样不动送回请客的主人家里，还不许拼凑，要原样不动。所以你有时看到两三个人，挑着大圆笼在赶路，这就是饭庄子伙计给人家送‘折箩’回家。”照这描述，桌上所余，不仅不能折在一起，还得原盘盛装。但是，其为残羹剩饭则一。虽大户人家，也是如此——周先生说，逢他父亲请客，家中便不开伙，大家等着吃“折箩”。这就见得那时人的惜物。而且饭庄子都有人专司送到家中之职，说明吃“折箩”已是“体制化”了。今人酒席过后也有自将剩菜带回者，且有一专名，叫作“打包”，却是未成风气，因大多以为那是很跌份儿的事。

打包不能盛行，实因事涉面子。国人的好面子，在席面的过于丰盛上可见一斑：酒菜之量，远远超过口腹之需。这是老毛病了，否则在家枵腹以待等着吃“折箩”，岂不是要等个空？据说其时主人客气，固然必是多多点菜，客人吃得也斯文，举箸沾一点儿，便适可而止，更有特别讲客套的，只吃前三道，即起身告辞。残羹剩饭地往回拿难道不有失身份？据我想来，这，一是已成习惯，也就不成问题；二是自有饭庄的人来收拾残局，不显山不露水就给送回去，主人尽可潇洒走人。如今的打包则会是另一局面：酒阑人将散，呼服务员拿来打包盒，而后提溜着一路往外走，不免狼狈。更关键的是，经常是对着许多没怎么动过的菜并无此念，即使生念，众目睽睽之下，也碍难出手。

为满足请客者的虚荣心，餐馆里的以逾量为度，已是相沿成习了，由店家安排的席面，一定是吃不了——到了请客之际，所谓“丰俭由人”，已成虚话。有次到一高档酒楼当陪客，单是每人偌大一块煎牛仔骨、一份鲍汁捞饭，对座中已届中老年战斗力下降的人，就已是半饱，而这两味之前冷盘不用说，热炒也已有数道上席，后面则还源源不断，目测最后要遗下一半还有余，最后的去向，当然是垃圾桶。倒是有一位，煎牛仔骨刚上来即吩咐服务员给他打包，说他吃不了，带回家给小孩吃。那人是个处长，对学校附近的这家酒楼知根知底，请客应该就是他安排的，如此这般打包，想来是常事。饭毕与一人同行，他私下问，上海人吧？言下对其精明颇为不屑。

未撤席即下手，与通常意义上的打包不是一义，不过不肯浪费总是好的。我尤其佩服的是那份从容。这上面印象更深的是另一次，在马来西亚。有个硕士班在那边，授课之余游马六甲，当地一位七十高龄的学生设席请吃。他年轻时做过马六甲的市长，中国改革开放后回来做生意，一度颇受欢迎的“金帝”巧克力就是他弄起来的，有人戏称他为“金帝之父”。赴餐馆之前上车，他提醒夫人带好什么瓶或盒之类，下车后遗在车上，又回去拿。我初未在意，待餐毕他们拿出来命服务生将剩菜装入，方知是特意带来，就为打包。显然，成习惯了，提着盒从从容容，自然得很。事实上，马来西亚华人不论贫富，请客吃饭均不大讲排场，即使举宴菜亦不过十品，一饭即罢，盘中之物多已净尽，所剩稍多，则打包带回。其与中国同胞之异，或许是因为当年闯南洋的祖辈均出身底层，到此谋生打拼，诸多艰辛，又非熟人社会，故没有面子之虑，后则习惯成自然了。

总之对比之下，我对我们习以为常的浪费，很有几分惭愧。但我最初的打包，却与此种“觉悟”无关。是有次被请，食毕照例桌上遗下一大堆，有人倡议打包，苦于无人响应。那家的红烧肉做得极好，我又是好这一口的，不免眼馋，眼看着众人要走散，终于夸张地嚷嚷了几句“你们不要我要”之类，命服务员打包带回了。一路往外走，我不住跟人渲染那肉的妙处，过后自思，那番做作几近表演：有意无意间，我是在以对美味的强调淡化“打包”的性质，仿佛那样一来，就可撇清“小气”“寒酸”之嫌，此举也就不可以寻常的“打包”论了。——我们的意识里，对节俭、不浪费之类，其实是鄙薄的。

这样理不直气不壮的打包大概后来又有过几回，总有种种的托词为掩护。也不知从何时起，慢慢地于打包渐有“平常心”，若是自己请客，常实施全方位的打包；若赴他人之请，则饭局终了之际，时或充当打包的首议者。有那么几回比较成功，一桌人在那里实行剩菜再分配，各有认领后散去。冷眼旁观，这上面男女有别，大体上女性较坦然，男的就比较抗拒或忸怩。或许后者更怕落下“不大方”的名声吧。

最得意的是，有次我上高中的女儿与同学聚餐，过后把一盒茄夹打包带了回来。我认定，这是我曾在家中发煌打包大义的结果。她的同学家长中有钱人不少，同学间的攀比料不可免，我常要培养她的抵抗意识，不过事实上并未具体到这上面。问她其他同学也打包了吗，说没有，就她一人。我便有点莫名兴奋。那几天电视里正在说“家教”，我便跌宕自喜了一番：“家教”？我们也有的嘛——比如打包。

食分男女

在饮食上，放眼全球，有中餐西餐，可谓“食分中西”；专注于一国之内，基于食米与食面派生出来的种种不同，则是“食分南北”。饮食文化者，大而化之地说，都是从地域上来，好像不存在什么性别的差异。凡欧美人，都喜吃西餐，无论男女；凡中国人，皆食中餐，男女一样。没听说哪种食物，有性别上的专属性，也没听说烹饪或是吃法上，男女有别。有次与一拨朋友在茶馆聊天，因见单子上“木瓜鲜奶”没尝过，便点了，结果引来一阵讪笑，原来那阵子哄传此味有丰乳之效，据说女性趋之若鹜。——当然是起哄,与“食分男女”的议题无关。

但细究起来,吃上面倒也不是一点儿见不出“性取向”来。比如男性喜吃荤，无肉不欢者大有人在，女性并非茹素，这方面的饥渴感却远不能与男性相比；女性对水果一往情深，在男性却是可有可无……将人类与兽类相比时，我们下意识里也的确倾向于将男性与食肉动物、女性与食草动物连起线来，“母老虎”“河东狮”之类，皆属“女汉子”之谱，身为女性而趋男性化，自不在论例。

问题是，这么说太笼统，且未及所以然。就说水果吧，以我的观察，男性对西瓜、香蕉与苹果、桃子的态度，就存在明显差异。吃西瓜最疯狂的，多为男性，因其可以用“大碗喝酒，大块吃肉”风格对付；苹果之类须去皮的东西，他也不是反感它的味道，你若削好了皮，甚或榨成了汁，他没有不欢迎的，可见还是因为怕麻烦。

前些时候一伙老同学出游，正是小龙虾上市的时候，几乎顿顿有。有一哥们儿，碰都不碰。这哥们儿能喝酒，打嘴仗不含糊，家里家外与人相处，却是绅士得紧。起初我还以为他道“怕烦”是托词，到后来吃不了，他仍按兵不动，方知真是不耐剥壳抽肠的麻烦。怕烦到这地步，也是奇了，即使男同胞，通常也不至如此。但怕烦却是通病，只要看看他们对鱼刺的深恶痛绝，便知一二。鱼虾这类吃起来要费点儿功夫的“水货”，最忠实的粉丝，多为女性。要吃鱼又怕剔刺儿之烦，才有酸菜鱼的出现，我敢肯定，这一款发明出来，主要是满足男同胞的——果然也散发着大老爷们儿的气息。

女性的细巧则令她们特别适于对付需要吃功的食物。寻常如瓜子，尊贵如大闸蟹，皆以女同胞吃起来才登样。若男男女女一席螃蟹宴，便尤见得分明。男同胞多半忙于觥筹交错地豪饮，筷子搛夹得起的荤素塞入口中是本分，膏蟹当前，却只予“极简”的处理，掀开盖子吃了蟹身，不要说小腿，往往大腿也随它去了，还美其名曰“宏观地吃一吃”。反观女同胞，搜、剔、掏、咂，那才叫斤斤计较地吃、锱铢必较地吃，必是里里外外，吃个干干净净。两相比较，男同胞那种大而化之的吃法，真是暴殄天物。

粗豪与细致之分，或是本于天性，然我们意识中男性当阳刚、女性宜阴柔的定位无疑也构成强大的心理暗示，无形中引导男女各趋一途。投射到吃上面，则似乎男性是宜粗不宜细，女性是宜细不宜粗。你若为女性，说你吃得真细，那是夸你；若为男性，这话没准儿就夹着嘲讽。于是各行其是，所谓“天命谓之性”，有种种暗示，愈发要“率性而为”了。

如今处处讲男女平等，然在吃这项最古老的本能上，却还保持着本色。依旧说，男性是趋于超人的，偏于“宏大叙事”；女性与日常生活有更牢固的关系，趋于“琐碎叙事”。吃为小道，当然属于“琐碎叙事”，但“人是铁，饭是钢”，虽壮夫亦必为。男性于是通过吃上面的粗豪来彰显其“宏大”，要吃就往“大”里吃。“大吃大喝”似乎只宜于形容男性。相对于男性的钟情于“大吃”，女性更偏嗜“小吃”。此处的“大”“小”不单指吃上面粗与细的不同风格，还可落到实处：“大吃”略等于“吃饭”，“小吃”则是将“吃饭”化整为零，一种零食化的倾向。在吃的领地里，一日三餐的“吃饭”无疑属“宏大叙事”，小吃化、零食化，当然是奔着“琐碎”去了。要在吃上面讲究，男性多半是在“吃饭”上下功夫，变日常饭食为“大吃大喝”，女性则另有他途，精致化之外，即是零食化。

这一点上，唯女子与“小人”相通：不分男女，小儿似乎都喜零食，无数家长为让小孩好好吃饭而头疼，换作零食，却是加以限制的问题了。男孩长大，于零食多半渐行渐远，女性则往往延续了童心，没准儿还能发扬光大。“零食工坊”“来伊份”之类，还有无数的甜品店，虽不能说是为女性而设，流连不去者，绝对是女性。你见到的男性，多半是肩负陪伴之责，或购或食，“单身狗”难见踪影。

既为零食，意不在求饱，男同胞口中“不够塞牙缝儿”的东西，没准儿倒是上上之选，吃起来“事倍功半”之物，往往正合其意。在过去，南京街头，有两样儿小吃，我敬而远之而又印象深刻，一是炒螺蛳，一是旺鸡蛋，在我看来，简直可以贴上女性标签。螺蛳肉剔出来炒菜，我是吃的，一个个剔出那么点儿肉来吃，却是不耐，但在女同胞口中，剔出炒菜，既不鲜，又无趣，必得牙签掏摸，一口口嘬来，方才得趣。一剔一嘬之间，灵巧只是一面，关键是那份专注、从容，尤不可及。

炒螺蛳都是坐食，旺鸡蛋过去都是站着吃的。摊主就一小炉一锅，街边热腾腾煮着，买了蛋，就往你伸出的手上倒一点儿盐。围食者我就没见过几个男同胞。那些老少女同胞，会小心将蛋磕出一小孔，就着将那口鲜汤吸得涓滴不漏，而后细细剥下蛋壳蘸了盐吃，吃罢掏出手帕擦擦，清清爽爽走人。

这两样儿，至少在街头是不大见到了，代之而起的是更都市化、时尚化的小食。如奶茶、关东煮之类，闹市区又或购物中心，几乎是“三步一岗，五步一哨”。我以为可以专设一名，叫作“逛街食品”。而逛街，本来就是女性的规定项目。

一日三餐

一

没有什么是“理所当然”“天经地义”的，包括“一日三餐”这种仿佛最“自然而然”的事情。最“自然”的状态，应该是人最接近动物的初民阶段，饥来驱我，便吃，寻到食，便吃。及至吃饭“体制化”了，很长时间里，则都是一日两餐，至少一天两顿比一日三餐的历史来得长。

古人做出一天两顿的“制度安排”，一个重要的原因是食物不丰。富贵之人，已是率先给自己加餐了，一般百姓还两顿，就这两顿，还有“饔飧不继”的担心——“饔”是上午那顿，“飧”是下午那顿。到了现代，都是一日三餐了。人是喜欢琢磨的动物，待“吃了上顿没下顿”的忧惧成为过去，又开始纠结一个新问题：一日三餐该怎么吃?

这是一个轻重主次的问题。有一种说法似乎早就有了，曰“早上吃饱，中午吃好，晚上吃少”。但这是理论上的，按以实际，完全是另一回事儿。印象中，过去最不当回事儿的，就是早餐。不仅最简单，量也最少。与中饭晚饭相比，早饭最是敷衍了事，仿佛是对肚子稍稍哄它一哄。

虽是每天的第一顿，实际上却像是那两顿之余，江南很多地方习惯早上吃泡饭，即是以头天的剩饭加开水泡上一泡，就点儿咸菜、酱菜、豆腐乳之类，就是一顿——可不是“之余”？当然可以吃得讲究点儿，然左不过也就是豆浆油条之类吧？与中饭晚饭比，还是小吃化、点心化。说起来这也是有传统的，古人有了三餐之制后，早餐那一顿，就是“小食”而已。宋人《能改斋漫录》云：“世俗例以早晨小食为点心，自唐时已有此语。”可见是点缀的性质。西方人也一样，所谓正餐 dinner 者，可以是中午，可以是晚上，绝不会是早晨。

倘“丰俭”是“由人”之事，那从量上面更可见出早饭的被轻视，大多数人都是早上吃得少，中午、晚上吃得多，若个人之间差异大，那从单位食堂的“制度安排”上也不难见出端倪，部队食堂实行供给制，尤见得分明。中学时学农学军，早上是一碗稀饭一个馒头，二至三两，中午晚上则是一大份干饭。

我父亲患糖尿病，须控制饮食，医生的建议，一天不超过八两，他的三餐分配，早上二两，中午、晚上各三两。我没问过他依据是从哪儿来，想来也是从众吧？其实从的是久已养成的早餐吃得少的习惯。

忽略早餐的极致，是干脆给免了。我有很长一段时间，懒得吃早饭，父母屡加干涉，道，早饭还是要吃的啊。若我偶或一顿没吃午饭，他们就不会有类似的叮嘱，因为尽有人不吃早饭，中午、晚上谁会省去？我不吃早饭，有时固然是起得迟，要赶着上课，另一方面则因似乎也不大觉得饿，中午、晚上，常有饥肠辘辘的时候，吃嘛嘛香，一大早则仿佛肠胃还没醒过来，吃与不吃，无所谓。

我后来恢复吃早饭，倒不是因为理会了一顿早餐对身体健康之重要——说来可笑，乃是因为起来之后要抽烟。“饭后一支烟，赛过活神仙”的说法，道出饱腹后吸烟的惬意，其实其他时候，未必快感就降低，但空腹吸烟，肯定不爽，似乎比空腹喝酒更甚。一早起来，比一天的任何时候都更近“空腹”状态，虽不觉饿，一抽烟却立马觉出腹中的空，一口下去，不香亦不顺。我不知何时发现了这一点，自此便开始乖乖吃早饭。久而久之，早上不醒便罢，醒来则十分钟之内，必有饿感，哪怕头天夜里吃过夜宵。足见饿与不饿，往往也因于习惯产生的心理暗示——当然，如此这般养成早餐的习惯，实在不足为训。

二

早饭如此，中饭呢？说是“中午吃好”。按以实情，这似乎比“早上吃饱”更能得到贯彻执行。虽然不提“饱”字，中午那顿的“好”其实是以“饱”作底子的，“饱”且不得，就无所谓“好”了。以量而论，即使不多于晚上，至少也是相当。多且强调“吃好”，足见这被当作一日三餐中最是质、量并重的一顿。理由是，半天工作、学习下来，体力、精力消耗不少，下午仍有半日之劳在等着，此时不“努力加餐饭”，更待何时？

照说这有点不相宜：城市里凡有工作的人，白天都在上班，多数人家都是双职工，中午的休息一带而过，哪有工夫“好”起来？现今的朝九晚五的上班族，中午那顿都是在外面对付，我小时大人也是，许多人就是在单位里吃食堂，或是带了饭的。奇怪的是，中小学生多半倒又是回家去吃——就近入学，距学校最远者走一趟或者要二十分钟，都是赶回去吃了饭再赶回来上下午的课，甚少有在学校搭伙者。家里谁在弄饭就说不清了，我只记得，以我为例，这一顿仍然最隆重最正式，证据是，若有红烧肉，那就会出现在这时的桌上，绝不会在晚上，除非是中午的剩余。

印象中到八十年代也还是如此。还得拿食堂说事儿。有些食堂只管中午那一顿，大学多为寄宿制，其食堂最能说明问题。我读大学时的食堂，伙食完全合于当时饮食上普遍的“极简”标准，一日三餐，菜金不会超过四角钱。虽然简无再简，三餐的供应当中仍然可以看出“中午吃好”原则具体而微的体现。吃好吃孬，我们当然可以有自己的选择，然三餐各有各的“封顶”，提供的菜品不一，这就由不得你了。早餐只有咸菜酱菜，可以不提，中午有两角钱的菜，晚上则最贵的菜不会超过一角五分，可归为“大荤”的大肉圆、大肉、大排、小排之类，到晚上就一起消失了。就连干与稀的安排也见出对中午那顿的郑重其事：早晚都有稀饭供应，中午则即使有馒头包子也没稀饭与之搭配。这就是诱导你“吃好”的节奏了。（所谓“好”是个相对的概念，在纯以主食作比的情况下，“干”自比“稀”来得“好”，况且二者习惯上还对应着不同的菜品。）

本科毕业后分配到一家机关，食堂也还供应晚餐。这与好些大单位的模式相近：单位分配的住房就在左近，形成一个家属区，若懒得做饭，晚间到食堂就食也可以是一种选择，事实上有家口的人却很少去，大体是买些馒头花卷之类，拿回家去吃。唯单身汉托了饭盒饭盆在食堂里转悠。中午才是食堂人满为患的时候，每星期有一天，吃饺子，那就其他什么都不做了，全吃这个。单位里北方人不少，到这一天就奔走相告，还没到饭点逢人便提醒，中午是吃饺子啊。届时窗口必大排长队，因饺子是一锅一锅现煮出来的，一锅完了，到下一锅，得等。处里有位老林，福建人，不知怎么对饺子也挺钟情，到那天必会早早喊人一起去排队。他家与食堂一墙之隔，我因说，哪天晚上有饺子你就用不着排队了。老林说，晚上哪会有饺子？——也是，饺子相当于一顿“好”饭，晚上吃饺子，太奢侈了。

待我又回到学校读研究生时，学校的食堂已有了些变化，我最感兴趣的是，二食堂晚间开了个供应蛋炒饭的窗口。开饭时这里总比别处热闹。不像别的窗口，都是现成的一盆盆菜，这里是一份一份现炒，一份饭两只鸡蛋，大师傅抓起来往锅沿上磕一下，打进锅里，锅里已有滚油在等着，不待翻炒几下，饭就倾进去，再撒上一把葱花，转眼就好了。以当时的标准，晚饭有两只鸡蛋，已经相当之“高大上”，所以记忆犹新。在当时，是惦着扑鼻的香和晚上肚里有了油水，现在想来，这晚餐的蛋炒饭未尝不可视为最初的信号，预示着一日三餐中，晚餐要向强调“吃好”的午餐靠拢了。

三

“早上吃饱，中午吃好，晚上吃少”的说法既然是早已有之，照理说，在越来越讲究饮食“科学”性的今日，晚上那顿应该变得越来越简单才是，事实上却恰恰相反：和过去相比，我们的晚餐只有更正式、更丰盛，且比午餐更有资格充当正餐。

食堂里午餐与晚餐已然没什么差别了，大体上中午有什么，晚上就有什么。若餐馆可以作为参照，则晚餐比午餐吃得更像样。中高档餐馆的高潮，一定是晚上，最火爆的餐馆，晚上订座迟了就无望，中午则不必有此担心。店家营业额上不上得去，就看晚餐。前有公款消费一说，酬酢宴饮，多在晚上进行，似不可以“一日三餐”而论，不过即使在家中，晚上这顿也已成为重头戏，一般情况下，这也是家庭成员“全伙在此”的时候。

未必到了晚上人就特别饿——晚上才大张旗鼓地吃，这与其说是肠胃决定的，不如说是生活方式决定的。这里的重心是“打拼”，上班，或是上学，时间由此被分割成几块。早上急急忙忙吃了就出门，中午不过是两段忙碌当中的间歇、过渡，唯到了晚上，才有了一日当中的闲暇，可以从从容容地做、有板有眼地吃。

如此晚餐升格，午餐相对边缘化，我们无形中是在向洋人看齐了。洋人有“正餐”（dinner）一说，指一天中最重要的一餐，可以是中午，也可以是晚上。但是在欧美，甭管哪国人，正餐多半是在晚上。维基百科 dinner 条解释说：“它通常指的是一天中最重要的那一顿，可以是中饭或晚饭。然而 dinner 一词在不同的文化中有不同的意思，它可以指一天中任意时段的一顿，不管量大量小。它曾经用来指一天中中午前后吃的头一顿，到现在有时也还指的是午饭，尤其是那顿分量大或正式的话。但是在英语世界绝大多数地方，用来指晚餐（通常是一天中最丰盛的一顿）已经渐成标准用法。”精确的统计数字都出来了，说英国人晚餐时间平均是在晚上七点四十七分。

事实上欧洲大陆国家大体上也是如此，他们的早餐可能差异很大，比如越往南边，越是简单，意大利人、西班牙人，往往一个羊角面包一杯咖啡就打发了，德国人则认真得多，香肠、鸡蛋、面包、水果，吃下一大堆。但是晚餐一概最当回事儿，德国人并不因为早上吃得多，晚上就将就。相比过去我们对午饭的重视，他们的午餐倒是将就的了。

然则过去我们也是白天工作、学习，上班族一样是八小时工作制，何以对晚餐就不那么当回事儿？以我想来，还是因为物质不丰，加上农业社会的遗风。农人的生活，日出而作，日落而息，晚上八九点钟就洗洗睡了。食物紧张，中午吃饱了是为了下午干活撑得住，大有必要，晚上早早就钻被窝里，吃上一大顿，岂不是大大的浪费？所以“中午吃好”是从必要性上着眼，好比“好钢用在刀刃上”。我老家在苏北农村，一直到上世纪七十年代，晚上那顿大体上还是天天元麦粉加上山芋熬的粥，早上也是这个，只有中午那顿是干的。父母将两顿稀一顿干的习惯带到了城里，虽然煮稀饭的原料变成了大米。

也不限于苏北。我们家老阿姨是六合人，也习惯晚上吃稀。我讨厌稀饭，一个原因是经常晚上偷偷看书到深夜，饥肠辘辘。要求晚上做干的，则老阿姨每次给我的回答都是一样的：“晚上又不做事，要吃什么干饭？！”的确，看书是背地里的行为，像当时大多数人家一样，通常十点钟以前，我们就关灯睡觉了。

现在的人在吃上面已经是另一个概念。虽说大多数人谈不上什么夜生活，睡眠的时间却已大大推后，但这肯定不是晚餐升格的原因。过去说吃食，有一个标准是是否“熬饥”，现在的晚餐丰盛，并非“饥来驱我”，很大程度上，美美吃一顿，已经属于享乐主义的需求了。所以过去的“晚上吃少”与现在人们的控制饮食不是一个概念，而是匮乏年代“不得不然”，而今晚上大吃大喝，与健康原则的大相违背，则是贪图口腹之乐的“情非得已”。

沪宁线上的味道

动车出现之前，坐火车从南京到上海，普快需要六个多小时，慢车则要八个小时以上。时间与空间的概念是可以转换的，那时就觉上海相当之遥远，即使到苏州、无锡，也是出远门的感觉。道长且阻，去一趟兴师动众的，来去自不能空着手，而彼时的商品流通不畅无形中维护了土特产的存在，带去或带回什么，无须像今日的抓耳挠腮。

过去的土特产远不如现今的讲究包装，或是裸呈，或简单的包裹因物而设，易于直观，无须细辨包装盒上的字而一目了然。于是车厢成为流动的土特产陈列场所，你从哪里上的车，大体上看你手上拎何物便知。民以食为天，土特产的流动当然首先见于吃物之上。

从南京上车的自然拎着板鸭。外地人基本不知“桂花鸭”“盐水鸭”，那是要吃现做的，不便携带，真空包装尚未出现，所以只能是应归入腌腊一类的板鸭。南京制造的鸭们除了得到

“咸得要命”的评价之外,名声上似别无所获,也是很无奈的事。板鸭之外,那时南京的香肚和咸鸭肫似乎也甚有名,后者在南北货店或腌腊店里多无包装,真正的“裸售”,一个挨一个扎成一挂,很有风干时的现场感。常有人就这样拎上火车,故这里那里从行李架上垂下一挂一挂的,颇不鲜见。

比鸭肫更招眼的是无锡的油面筋。油面筋都用篾编的篓子装,要买就是一篓,当然那玩意儿虚泡个儿大,一篓也没多少。篓子都是一样的形制,菱形而扁,大体上就是篓中物直径的厚度,油面筋在里面图案似的平着排开,网眼儿很大,要之以不掉出为度,里面自然个个分明,灿然如秋天的果实。它的体量大乃是虚张声势,拎在手里甚是轻盈,只是有人会买了分送数人,数篓在手,不免狼犺。同是无锡特产,肉骨头带起来就方便得多,此物在沪宁线上带来带去最是适宜——因照理当为当日现做,又只有纸盒的包装,再远没准儿就坏了,至少是不新鲜。当然若是车站所买,新鲜度及质量得打点儿折扣。有个比较讲究的朋友常出差上海,有次回程经无锡,特地下了车径奔三凤桥那家老店,现称了肉骨头再赶下一班火车回南京,上海至南京火车票的期限是一天,时间并不紧张,但是再无座位,只能站着了。

有他这么大劲头儿的人不多,外地人人地生疏,摸不着门径,多半还是在车站附近买了土特产完事,好在别物差异也没那么大。苏州的卤汁豆腐干大名鼎鼎却又惠而不费,路经苏州的人往往也会买上几盒，五盒或十盒以纸绳系扣儿做一扎，拎着也还方便。一小盒里只有一点点儿，附两根牙签供取食，又有一张油纸垫在下面，防着卤汁“力透纸背”烂了纸盒。其实火车站所售已是陈货，蛮不必有这方面的担心。

常州的枣泥麻饼也是用纸盒装，却是圆桶形状，五寸的扁扁麻饼摞一起放在里面，算是可着头做的帽子。有个朋友不喜此物，罪及它的包装，给一个“马桶饼”的诨名，这样因不合己意就乱加诽谤，我觉得很不公平。麻饼玫瑰豆沙馅儿，两面皆芝麻，并非常州独有，苏州的也有名，但常州在吃上面似乎特产少见其他，这一味也就被我记在了它的名下。

沪宁线上最大的去处是上海，过去到上海的人，重要的事项乃是购物，但似乎与“土特产”的概念无关。印象深的倒是“洋”味——我说的是奶油蛋糕。其时裱花奶油蛋糕即使像南京这样的大城市也少见，有也不如上海的地道，“十里洋场”则虽经“文革”，仍有“洋”的余绪。“老大房”的奶油蛋糕在吃过的人心目中固然不是凡品，对只有耳闻的外地人来说，则更是有“传说中”的意思。到上海背个“老大房”回来，因此成了不少人的使命。沪宁线上常可见到装蛋糕的大圆盒，而且多半有“老大房”的字样。以当日火车上的拥挤，要将这样一件须轻拿轻放、触碰不得的宝物安全提回目的地，并非轻而易举，比起别的土特产，多一分提心吊胆是不免的，而绝大多数竟都完好无损，足见人的能力都是练出来的。当然不幸的事肯定也有，某次去上海，我妹妹千叮咛万嘱咐，要带一个“老大房”。照办了，一路上加意照护，安然无恙，没想到出站时被人挤了一下，居然脱手，掉在地下。回到家急忙打开来看，还能怎的？——面目全非，一塌糊涂。

当然，馈赠亲友是大端，却也有自己就先享用起来的时候。上举种种，板鸭香肚鸭肫，还有油面筋，都是不能即食的，奶油蛋糕完整的一个，也动它不得。其他几样儿，都不妨多买一点儿，路上就吃将起来。这里面肉骨头吃起来动静较大，枣泥麻饼一块儿分量也不小，而以卤汁豆腐干充当车上零食，最是相宜。此物既是小盒包装，分拆容易，又有嚼头，故不论南来还是北往，从苏州站一开出，车厢里就有不少人在座上打开小盒，取牙签有滋有味地吃起来。一时之间，仿佛周围都弥漫着卤汁豆腐干特有的那种甜味。

草根『私房菜』

“草根”与“私房菜”，风马牛不相及，绝对地不搭。

吃上也如其他方面一样，“草根”讲的是实惠，“私房菜”则虽然照字面意思可以解作关起门来自己家里吃的菜，现今却早已变为专有名词,化“私”为“公”了。定义“公”与“私”，在我看来，有个标准很容易掌握，即是纳税与否。对外营业而照章纳税，还有什么“私”可言？另一方面，“私房菜”又皆以精致、讲究相号召，不弄到“高档”“极品”，不肯善罢甘休，与“草根”的因陋就简，全是两路。掮着“私房菜”招牌的，如大名鼎鼎的“谭家菜”，北京四合院里号称后人整出天价来的不算，大酒店里动辄几十个包间的，天南海北的我知道的就有好多处。

当然，即使本义上的“私家菜”，也与“草根”有别：虽是私家炮制，却必出于大户人家，或是家蓄私厨，又或主人有闲情逸致，潜心美食，自加琢磨，于一“私”字颇能满足，终是食材讲究，烹制过程复杂，平常人家不办。以我之见，当然要平平常常，只要好吃，谁都办得，其门槛不过是各路菜谱不载（倘若是一本菜谱照葫芦画瓢，便够不上“私家”），这才庶几“草根”。

依此标准，人人家里大约都能数得出那么一两样儿。我们家里原无吃的传统，照说是没有的，只是一直照外婆的法子做一种“老汁肉”，外婆的做法想来当地曾经颇流行，不想后来式微，这一味倒具有“私家”的性质了。其实也是卤肉的一种吧——只是用酱油、鸡油熬的汁，其他作料一概不用。

每次做完之后，即以细纱布过滤一遍，滤去卤时遗下的肉屑之类，封起来待下次再用。肉用五花肉，卤的时间很长，吃时肥的部分已是入口即化的程度。通常卤肉都是冷食，“老汁肉”却都是切成梅菜扣肉那样的大片之后蒸食。肥肉的部分总是有保障的，纯瘦的部分则火候稍过便显老硬。故我喜食的“上层”肥瘦相间的部分，“肥”的臻于“化”境由那一线瘦肉衬着，确乎妙不可言，而且肥而不腻——据说油都在卤制过程中“走”掉了，也不知是不是食肥而甘者一厢情愿的幻觉。

但“老汁”用的次数越多越油却是真的，母亲的解释是，这便是肥肉里的油都出来了。卤的回数多了，味道自然变淡，要往里加酱油。

“老汁肉”其来有自，发明权不属我家，我的“牛奶方便面”则绝对属于我的专利。“发明”的过程极其偶然：某次误将方便面投到奶锅里，居然也没发现，待过几分钟见面在奶中，顿时傻眼。就此倒掉，有点浪费，但牛奶与面条做一处怎么吃？幸而在家里吃方便面往往正是饥肠辘辘之时，仿佛重煮一包也等不及，那么，将就着吃吧。不想一吃之下，倒觉牛奶与面条也并非想象中的那样不可调和（没准儿是接受西餐里常有奶打的底），且与水煮相较，牛奶煮的面条有一种特别的筋道。有此一遭，以后偶有兴致，会有意用牛奶去下方便面，奇的是一般无二的奶煮，味道大不如前。几经试验，发现问题出在调味包上："妙手偶得"的那一回，吃的是其时"统一"刚推出的"蟹黄鲍鱼面"，其他什么"红烧牛肉""老坛酸菜"，还有我认为属于方便面中"战斗机"的韩式"辛拉面"诸味，均与牛奶不合。

说"私房菜"，方便面都冒将出来，我以为"草根"得很够格——"草根"之法，往往是"不足为外人道"的。有个同事跟我说过他的看家本领是炒饭，自谓一绝。我对此类从无外传的独门绝味最是感兴趣，便刨根问底询究竟。他起初就颇有"不足为外人道"的羞涩，只道"说出来你就不敢吃了"。经不住我逼勒，最后还是道出原委。原来材料不复杂，就是剩饭剩菜，关键是步骤：要将剩饭放冰箱里冻，取出后用手搓一遍再下锅炒。

不待解释，我自认已瞧科了个八九分光：这程序乃是为了让剩饭到锅里能均匀散开（在冰箱里走一遭则是为了更能经一番揉搓），炒出来自然粒粒分明。因想到过去炒饭，剩饭进锅时往往纠结一处，常用锅铲碾压令其散开，殊少炒饭应有的硬挺的颗粒感。手搓法倒是解救的一招儿。当时就决意什么时候试它一试，不仅因其“私”，也因它的够“草根”。写到此忽想到：在餐馆里抛头露面的许多美味，原也蛮草根，闻名遐迩的扬州炒饭，不也是剩饭出身？

农家菜与『俺家小院』

吃农家菜，都是奔一个“土”字去。顾名思义，是乡下菜，与城里的菜肴有别。它和家常菜也不是一个概念——乡下的家常菜与城里的家常菜，还是不一样。严格说起来，农家菜用的材料就是自家的出产，小农经济的特点是自给自足，不假外求，房前屋后有自己种的菜，猪圈里有自养的猪，地下跑着自家的鸡，全齐了。做法则粗朴简单，还是柴火灶上烧出来。当然，不必胶柱鼓瑟，今日的乡下也与时俱进，不再那么“原始”，不过不施化肥、不用人工饲料，还应是农家菜的“基本面”。

这个“基本面”在“原生态”里大体还算有保障，我说的是郊外或真正乡下的那些“农家乐”小馆，虽是应城里人休闲娱乐的需求而生，却还是就地取材（虽然不用化肥、人工饲料者也日见其少），大城市里以“农家菜”相号召的馆子就很难说了，此类莫不标榜“生态”“绿色”“有机”，究竟如何，天知道。食客的嘴没那么刁，辨得出土鸡、洋鸡，未必就能辨出其他，而“有机”之类亦非“农家”所能垄断，其他类型的餐馆也可有这讲究，所以还要看烹制之法，是否够“土”。

现今大城市里的所谓“农家菜”，往往不够“土”，有精致化的倾向。不知从何时起，有了“精菜馆”一说，不言而喻，是以精致为尚的，与农家菜正宜各趋一端，形成对比，事实上却是趋同。比如朝天宫一带有家“博大农夫”，打出的招牌是农家，事实上一无农家气，菜肴一概地求精致（能否真正做到精致又是一说），加以装潢豪华，摆盘讲究，注重色相，实与精菜馆无异。进过几家类似的餐馆之后，就越发觉出“俺家小院”的好。

好多年前，“俺家小院”在南京张府园开了第一家，听同事说好，却一直磨蹭着没去，磨蹭之间，第二家已在龙蟠里开张了。那地方原是南京图书馆的特藏部，我曾到那儿去查过民国期刊，几易主人，成了餐饮之所。不过“俺家小院”只占第一进的仿古建筑，大屋檐下，廊柱之间，摆下粗陋的桌凳，倒也不觉不合适。老板真有几分“农家”意识，突出的就是“土”，椅子也无一把，都是条凳，包间无门，用印花老蓝布的门帘，碗盏则一概是粗瓷家伙。还记得喝酒不给杯子，哪怕喝的是啤酒，也用黑色的浅浅的碗——城里超市、商店里卖碗碟，再见不到这样的。

他家生意好，经常爆满，晚上人声鼎沸，在包间里也休想清静，门帘只能挡住视线，喧哗的人声还是穿堂越户而来。

我是怕吵的，对这里的嘈杂却并不反感，反觉有一份农家的粗豪和热闹，就是脸红脖子粗划起拳来，也没什么不宜。现今的餐饮有“吃环境”之说，农家菜也该有对头的环境，倘金碧辉煌，或弄出喁喁私语的氛围来，倒让人有文不对题的错愕。

你要想清静一会儿也简单，跨出后门到院里就行。“俺家小院”其实无院，占的是院子的前进，这里是前进、后进中间的天井。这个院子说起来颇有来头，最初是两江总督陶澍在清道光年间建的惜阴书院，为清末南京八大书院之一，陶的后任端方出访欧洲，对那里的图书馆印象深刻，遂在这里建了江南图书馆，是为中国第一个公共图书馆，南京图书馆特藏部设在这里，也是其来有自。后进的老楼叫作“陶风楼”，是座很耐看的建筑，院子的前进租给了“俺家小院”，后进则仍是特藏部的书库。我中学念的是四中，与这院落一墙之隔，在菠萝山上嬉戏，常看到那院落的全貌，那大屋檐的“陶风楼”和那安静无人的院落颇有几分神秘，总是重门深掩的样子。后来读研究生时查资料，也只进过新翻盖后作为公共借阅处的前进，不料因吃农家菜吃到这院里来了。

晚饭时间，特藏部的工作人员都已下班，院里空无一个，“陶风楼”庞大的黑影兀立在月色中，两棵古柏，一座文物保护碑，越发衬出院里的静。走到那头看回来，“俺家小院”仿旧的老式格子窗里人影憧憧，里面的热闹好像隔得很远。到现在我还记得在院里的一种不真实感。

"俺家小院"的老板显然不是因为这里的清静和书香才看中这里，我只是因为知道了一点儿这地点的来历，就觉特有意思。后来又去过几回，每次席间都会到院里逛上一圈。再后来，"俺家小院"就搬走了，鼓楼江苏商厦里新开的是否前身就是龙蟠里的那家，不得而知，也不重要，因虽在新式的大厦内，他家的装修还是农家风味，菜单也一仍旧贯。

不知是听人说，还是由店"名"中那个"俺"字而起的自由联想，很长时间，我一直以为"俺家小院"是北地风味，后来方知，是沭阳过来的。沭阳是苏北的一个县，地处鲁南丘陵到江淮平原的过渡地带，亦南亦北，方言上、饮食上，都是如此。菜谱上的这个菜系那个菜系与农家菜是无涉的，农家菜说到底就是因陋就简，因地制宜。沭阳河网密布，水产丰富，或许与此有关，"俺家小院"拿手的是做鱼虾。我印象深的是一大一小。小的是米虾，看上去像虾皮，其实是新鲜的，据说菜市场上只卖八元钱一斤。他家油炒了用卷饼包了来吃，名为"家乡卷饼"。米虾炒得香喷喷，那么小的虾，几无肉可言，只取其味，而虾壳不硬，有咬嚼却又恰到好处。这在鱼米之乡或是常见的吃法，我觉得比京酱肉丝之类更有意思。有一特别处，是不用葱白之类，而用香椿叶和生蒜薹裹在饼里和虾一起吃。江南一带，香椿头炒鸡蛋是时令菜，香椿叶这样用法，别处未见，而与油炒的米虾做一处，意外地搭。

我说的"一大"则是他家的"红烧鲇胡子"。现而今餐馆的所谓“招牌菜”已然具有例行公事的意味，菜单上非标出不可，却未必有什么独得之秘，比如一道红烧肉，不拘唤作“东坡肉”“毛氏红烧肉”“坛子肉”又或“金牌”，几乎家家都说是招牌菜，其实味道、口感差不多少。“红烧鲇胡子”则是独一份儿的，我敢说别家即使做红烧鲇鱼，也绝对做不到这份儿上。同事向我推荐“俺家小院”，别的不谈，就说这个，凡去过的人则这道菜必点，“红烧鲇胡子”简直成了“俺家小院”的代名词。只是最好是人多点同去，若两三人，光一条鱼就够对付的了。

这是说那鱼来得大，都是选三斤以上的大家伙，整烧。油亮亮、肉滚滚卧在盘子里端上来，先就夺人眼球。头次去的人见了，多会惊呼“这么大！”，服务员听得多了，笑里是不以为意。现今南京餐馆里兴吃鱼头，席上制造惊悚效果的多半在此，大鱼头剖为两半儿并置在超大的盘子里，确乎夸张，而整条鱼烧的，不拘红烧、清蒸，大略都在两斤以下，再大就分解后烹制了。他家不知是否要坚持那份触目惊心的效果，要来就是一大条，小了还不做。当然，喜欢他家的人一顾再顾，首先还是因为做得好。那道鱼端的浓油赤酱，较一般的红烧酱汁浓稠得多。鲇鱼头平嘴阔，有点恶形恶相，两根在水中张开蛮精神的胡须此时烧缩蜷曲耷拉在口边，有几分猥琐，不过你是来吃它肉的嘛，计较长相实无必要。只要一动筷子，其内蕴即展露无遗。麻、辣兼而有之，却不过分，很是入味，却不知怎的，那么嫩，嫩到筷子搛夹不起，颤巍巍弄不好半途散落桌上，所以最好使调羹——吃鱼用调羹，也是别处再没有过的经验。鲇鱼无鳞，刺儿少到可以忽略不计，再加肥嫩，正宜下调羹。最好贴着中间那一路鱼骨下手，连着皮带着肉，蘸着酱汁送入口中，着实惊艳。对想吃鱼又怕刺儿如我之辈，实在是大饱口福，而吃鱼能爽到大觉过瘾，亦堪称难得。

也许是“红烧鲇胡子”太“出挑”了，“俺家小院”的其他菜色不免为其所掩。其实另有几样儿，“土”得很地道。比如“鸡汁捞面”。面是手擀面，下熟了捞起，一锅仔土鸡热腾腾上来，说红烧不是红烧，因连汤带水，说汤不是汤，因是加了酱油着了色且较汤浓稠，鸡块肉紧味浓，却是加了莴笋块同烧，投了面下去，非汤面非拌面，稍煮一会儿捞到碗中，鸡与莴笋的味道尽出，搭在一起也有一种特别。

土菜通常看相不好，以馆子里这菜系那菜系的标准，经常不按牌理出牌，鸡与莴笋的搭配似乎就很少见。他家的“大肠芋头烧青菜”又是一例。青菜与大肠似乎怎么也不搭的，和芋头同烧，好像也很不通，而且着了色的沾了芋头泥的青菜蔫蔫地一点儿没精神，一大碗乌乌淘淘。不过农家菜原是不该有清规戒律的禁制的，看相虽差，那大肠却侍弄得干净，够火候，吃在嘴里很是软糯。搭配嘛，吃多了精菜馆的菜，至少是有一份新鲜感。

“俺家小院”既在南京薄有名声，按照今日时兴的“做大”

策略，扩张是自然的。现在开了三四家分店，不能叫连锁，因风格并不一样。很不幸，鼓楼、南师大的那两家都在往精致上去，从装潢到餐具到菜单。要做大，商务吃喝必不可少，原先那样，就显得不上档次了，要想体面请客，轮不上。这也是无奈的事，大体上只有熟人小聚才会往原先那样的地方领，升级而非坚守土菜之“土”，对欲将生意做大者，似乎是大势所趋。我独不解，看家菜“红烧鲇胡子”怎么也从菜单里拿掉了呢？南师大那家，臭鳜鱼做得很地道，足见做鱼算他家强项，可这是别处都有的。我最近一次是在白衣庵那家吃的，不远处的张府园是他家的发祥地，此处还是旧貌，只是显得局促黯然，不像是兴旺之相。“红烧鲇胡子”原汁原味，仍能保持多年前的水准。一边吃得过瘾一边想到升级了的两家：没了“红烧鲇胡子”，“俺家小院”何以家为？

鱼香肉丝与洗脚问题

套鲁迅的句子——开会也无非是这样。官场上有文山会海之说，另一型的“等因奉此”，也就罢了。现今的所谓“学术会议”，往往也成官样文章，让人无语。在会场上坐着，等于受罪。几年前还没有微信，时间更难打发，能否“自求多福”，往往取决于你身边坐着的那位，是不是愿与你“交头接耳”。有一次，难得地参加了家门口的“国际会议”，身边坐着的是位老外，自己外语不灵，招呼一声，也没什么可搭讪的了。不想他倒主动跟我说起来，张嘴一口流利的汉语，还带点儿京腔。原来他在北京留过学，“那时候我们‘开门办学’……”“开门办学”？这词儿现在中国人知道的也不多了，这是哪路神仙啊？

后来知道，他是法国教育部的汉语总督学，中文名叫白乐桑，来华留学时中国还在“文革”年间，写过一本关于中国的印象记，号称“中国通”。接下来他和我便撇了大会开小会。我不记得他大会发言说了些什么，想来他跟我一样，对离题万里的闲聊更感兴趣，不然也不会在会后的宴请中又坐到一桌，接着聊。聊的都是鸡毛蒜皮，不过都与各自的习俗有关，因为都有好奇心。既然会议的议题关及“跨文化”，我们的耽溺细节，也不能完全说是跑题，也算是具体而微地“跨”嘛。

我追着不放的一个问题，是过去西方人洗不洗脚，如果洗，怎么洗？他一直感到困惑而提出讨论的问题，同样“无关宏旨”：川菜里的鱼香肉丝，怎么会叫这么个名儿？这道菜所用食材和鱼没半点关系，也并没有“象形”啊。

毫不相干的两个事儿，就这样并置到了一处。

法国人不洗脚?

我对洗脚问题的好奇由来已久。在法国教书时住的宿舍是“一战”后盖的老房子，极逼仄的房间里有一洗脸池，还有一物，状如抽水马桶，却无盖。既然走廊里有公共厕所，我就想当然地认定，那是洗脚池，不然在形成每日洗澡的习惯之前，洋人拿什么洗脚？总不至于脚丫子臭烘烘地就上床吧？当然，是想当然耳。过几年在国内见到卫浴商场有售我所谓“洗脚池”者，分明标着“妇洗器”，“洗脚池”之说，不攻自破，但由此派生出来的洗脚问题反倒挥之不去了。我有机会就以此为问，对我来说，这比好多大而无当的“文化”议题更有意思。

白乐桑肯定地说，要不就洗澡，如是局部地洗，那就是洗脸，或是“妇洗”，没有洗脚一说。我说，这是有了现代卫浴设备之后的状况啊，之前私人家中不能天天洗澡，如何是好？他是五十年代出生的人，就没见过洗脚的，可是他的父辈呢？再或者，他爷爷辈会洗脚吗？他说，也不洗吧？口气却没那么肯定了，大概想到前洗澡的时代，那的确是个问题。当年他会不经意地当作他们文化中的“从来如此”，而将洗脚的习惯完全归为文化的差异，或是前现代与现代之别，当时的中国农村，当然属前现代。

但我的确没找到西人洗脚的证据。翻过一本图文并茂的《沐浴的历史》，说的就是人类用水清洁身体的方式的演变，大体限于西方，从古希腊一直说到现代，各种各样的浴室，形形色色的浴具，都是说洗澡、洗脸，不及洗脚。倒是发现有两幅图，画着讲究的铜脚盆，说明西人不是绝对没有这回事儿，但这只是十八世纪法国人诸多“针对局部洗浴的迷你浴缸”中的一种，数量上和浴桶、浴盆、浴缸相比，简直不成比例。对我而言，偶或一用不算数，我感兴趣的是洗脚有没有“体制化”。（我们过去可是家家必有洗脚盆之设，每晚必洗的。）所以到现在，这问题于我还是一个悬案。

鱼香肉丝没有鱼

洗脚与否案悬而不能断，我们就转入鱼香肉丝的话题。

川菜当中，走遍天下的，除了宫保鸡丁、麻婆豆腐、酸菜鱼之外，就要数鱼香肉丝了。在南京，不要说餐馆，快餐店与食堂里，都常露面，它原本也就是极家常的一道菜。但你若问菜名的由来，未必有几个人能答得上来。因岳父岳母均为四川人，且喜做菜，这问题于我倒是小菜一碟。我很得意地向白乐桑解释：所谓“鱼香”者，指的是味道。四川人做鱼，多用泡生姜泡辣椒、郫县豆瓣酱之外，还放大量的葱。做鱼香肉丝，这几样儿也不可少。故某种程度上可以描述为，像做鱼一样炒肉丝，味道也就有相通处了。至于是否有“鱼香”，倒不必顶真，四川人因鱼是那做法，遂觉有鱼的味道，正如我们拿鲫鱼汤里的鱼肉蘸着姜醋吃会觉得有蟹味一样，事实上联想到鱼是因为那些与做鱼一样的辅料、调料，别地的人做鱼不是那做法，恐怕就很难吃出“鱼香”了。

倘若是别的老外，这回答足够打发其问题而有余了，有几个老外能拎得清泡生姜泡辣椒啊？但白乐桑不是寻常老外，庆幸问对了人之外，还有其他疑问：他没在鱼香肉丝里吃到泡姜泡椒啊？这才想起，鱼香肉丝已有多个版本，不是“正版”，“鱼香”二字根本没有落脚处。

我关于鱼香肉丝的概念，最初很“山寨”：江浙一带所谓“鱼香肉丝”，与“原版”几乎不搭界，泡生姜泡辣椒没了踪影，取而代之的是木耳和笋丝，郫县豆瓣酱也不用，用生抽，所以整个面目全非了，形、色、味皆大相径庭。论色，应是红红绿绿，绿是青葱，红是鲜亮的泡辣椒（红绿相间，差不多也可看作家常川菜的标准色了），郫县豆瓣酱并无上色的作用，这里却是浓重的酱油色。论味，正版的应该是咸、酸、辣而微麻，这里却变得偏酸甜，酸与辣应是从泡菜里来的，“山寨版”却是往糖醋口味上靠，再来上点儿辣。不知道是不是那一点儿辣满足了外地人对川菜的想象，酸甜口味又很对江浙人的胃，反正这一路的鱼香肉丝牢牢立定了脚跟，并且反客为主忘了来路，俨然就是正宗。有次到北京出差，发现那里的鱼香肉丝也与江浙这边的大同小异，故我的推想：以覆盖的地域而论，没准儿“山寨”才是主流，“原版”反倒只能“偏安”西南一隅。

橘逾淮而为枳，一地饮食在异地被接受，往往要经历这样本土化的过程。四川泡菜遍地，家家户户都有泡菜坛，餐馆更不必说，别地哪儿能这样对泡生姜泡辣椒予取予求？但鱼香肉丝在别处的变通，更关键处还在不能适应川人的重口味，想想正宗的鱼香肉丝，泡椒泡姜富刺激性，以江浙的标准，这就如同湘菜里的辣子鸡丁，全是调味之物，如何下口？聊备一格无妨，进入当地的家常菜系统就是另一事了。外地人对“重口味”的向往，不免是叶公好龙式的，就像洋人对中餐，当真原汁原味，多半消受不起。

有意思的是，饮食上的“山寨”和手机之类的工业化制品，可以与“真品”全不相干而仍能大行其道。上世纪九十年代搞市场经济，有地道的四川人把馆子开到南京来了，浮桥的“巴蜀园”，南大边上的“赖汤圆”，都是。我这才算见到鱼香肉丝的庐山真面目，第一反应是，搞没搞错？反倒怀疑人家上错了菜。事实证明，真假李逵的戏码还有另外的唱法，并非李逵一现真身，李鬼便销声匿迹：江浙一带，继续酸甜微辣地继续木耳笋丝下去了，直到现在，并且行不更名坐不改姓，就叫“鱼香肉丝”。你若问起这道菜，多数人告诉你的，必是这样。

上面这些意思，我大体上都跟白乐桑说了，自以为有理有据，至此已是题无剩义。没想到他还钉着追问下去：这“山寨版”的鱼香肉丝最初是何人做出来的？四川人还是本地人？四川有这样做的吗？还有，怎么会“山寨”成这样而不是别的样子？（我想他是问，比如，怎么会想到笋丝木耳呢，不相干嘛。）别的地方，会不会有别的版本？他记得就在哪里的“鱼香肉丝”，里面有黄花菜。

之前我是自信满满的：他不能解答洗脚问题，我对付“鱼香肉丝”，那是游刃有余啊。这下被他问倒了。

辑五

载体

人与食物的关系，原本简单，吃，即是为了果腹。渐渐就变得复杂，复杂之来，全由从吃得饱进而为吃得好。一旦求“好”，名堂就多了。

所谓“好”，理当包括营养与可口，事实上重心却在后一项上，顶着“美食家”名目的人，没几个是奔着营养去的。“吃货”一名，原是调侃好吃之人，偏于食量之大，现在也渐渐转移到“好”上了，同样没营养的份儿。此无他，营养从来不提供快感，快感的来源是美味，而大多数时候，人是变着法子追求快感的动物。

因为有快感，人在吃得好上面不免乐而忘返，“吃饱”一旦不成问题，“吃好”立马喧宾夺主——追求味道之美原是手段，不期然就成了目的本身，所谓“吃的就是个味道”的说法，恰好将对口舌之乐的贪求一言道出。

人之周而复始的生理活动，最频繁者，莫非吃喝拉撒睡，日复一日，单调至极。其他诸项，不能说没有快感，欠觉太多之后某日睡到自然醒，尿憋急了之后的一泄如注，均能产生痛快之感，但后者解决了也便不做他想，说不到“贪”字上去，前者虽有“贪睡”一说，也只能是简单重复。唯有在吃上面，快感可以叠加，且那份“贪”可以变着花样去满足。求饱的贪食与贪睡一样，“饥来驱我”，快感来自不足，求好的贪食则是人的能动性的体现了。从这上面，人之为人，或者可以得到新的定义：人是追求吃得好的动物。

较之其他各项，人在吃上面更有必要去挖空心思。一日三餐，几十年活下来，要吃上好几万顿，一成不变则枯燥乏味，单调至极。费心经营的一个结果是，吃成了一门艺术。这门艺术由“色、香、味”构成，扩大化了，还有就餐环境，然而食以味当先，毕竟味道是快感的核心，最直接也最诱人。“吃的就是个味道”走到极端，是有的时候，肚子成为舌头的附庸，食物成为味道的载体。

“载体”一词用在食物上，我最初是从一美国留学生那儿听来的。这哥们儿特能吃肉也就罢了，还特能吃甜。吃面包往上抹些果酱、巧克力酱之类，算不得特别，关键是抹得多，厚厚的一层，我看快赶上面包片的厚度了。上世纪八十年代，物资仍然匮乏，他那样的吃法，奢侈到让人瞠目结舌，另一方面我也疑惑：就不嫌腻得慌？吃饼干他也要抹各种酱，堆在上面老高。有次他给我抹好了一块儿，当然是按他的标准，我觉得夸张点儿说，这就像是吃菜干脆吃盐。他的解释是，面包、饼干是必需的，但不是重点所在。而后他查了词典告诉我，它们不过是“载体”。记不清是他自己的发明，还是英语里有现成的说法，反正挺有意思。

他吃了我们的奶油蛋糕，大摇其头，问他是不是奶油不行，说不是，是没滋没味的，整个不对。其时南京的裱花蛋糕尚在初级阶段，偌大一个蛋糕坯子，罩一层薄薄的人造奶油。从缺吃少穿的年月里过来，我们已是相当满足：奶油如此金贵，哪能大张旗鼓地用？而且也以为原本就是如此。我对蛋糕上的奶油兴趣不大，切蛋糕，别人总喜带着花切下的部分，因这里奶油堆得高些，我则总是避让的。后来看到洋人做的蛋糕，方知那洋哥们儿何以对我们的国货不以为然：或奶油或水果或果酱巧克力，皆厚厚堆积，那蛋糕坯子只是一层薄薄的底——敢情就是个托儿啊。再后来又有慕斯、提拉米苏之类袭来，你就更觉得“蛋糕”已是名存实亡（蛋糕总该是以面粉、鸡蛋为主料吧？），或者说，“蛋糕”简直成了一个幌子。当然，我如此“循名责实”，也和翻译的误导有关，人家有 muffin（松饼、松糕）、有布丁，有各种 cake（蛋糕），事实上倒没有抽象出一个作为大的种类的“蛋糕”。

所谓“载体”，是以“粗”载“精”，所载者，是通常被目为“精华”的部分，以“吃饱”与“吃好”划界，则越有“吃饱”意味越接近“吃饱”者，越有沦为载体的可能。比如面包与黄油、果酱、奶酪，前者充作载体，理所当然。承载者在下，被载者高高在上，为“上层建筑”，亦一望而知。但我以为这概念还可以有更广大的理解——何必循西人的“象形”理解，只及有形，不及“载”于无形的呢？

西人的那般“载”法，在中式食物中难有对应。我们当然可以说，凡有馅儿者，那皮便是载体，料足馅儿多，甚或“超载”起来，就更属“载体”了。但以西人之例，“载体”取开放式，包子、饺子、汤团乃至月饼等则封闭起来，还是不比为好。我要把“载体”的概念用于中国的吃食，是将其泛化、扩大化，更重载味于无形者。

《红楼梦》美食中尽人皆知的那道茄鲞，其中的茄子在我看来即已化身为载体，繁复无比（整个像炼仙丹）的做法不去说它，只说刘姥姥的反应：虽然身在农村，阅茄子无数，她就愣是吃不出来那是什么东西。茄子经那样一番折腾炮制，我估计不要说本味，连口感也得大变。如此牺牲自然，成全他味，说茄子已成鲜香之味的载体，谁曰不宜？

有人总结过烹调的原则，乃是“有味的令其味道尽出，没味的令味道尽入”。这当然有以偏概全之嫌，不过借这话我们也可以说，有些原本无味的食材，很大程度上扮演的，也就是载体的角色，比如海参，不能说无味，但随便什么做法，其要义在将他种味道烧进去，它的本身，不过是提供些口感作帮衬而已。

不比西餐的喜用浇汁（sauce），中餐的菜肴多讲究“入味”，倘我们将通常的“入味”与否当作一个标准，那么一切食物，均可说成是五味的载体了。所以还应将范围缩小到那些“味”绝对“超载”，且以“超载”为正常的菜肴。

比如湘菜里的“辣子鸡丁”。湘菜原本以辣著称，这道菜自然是狂辣，尚不止于此——辣子干脆就喧宾夺主唱大戏。端上来红彤彤一盘，干辣椒爆得油亮，鸡丁却是芳踪难觅，以至于有人戏称应另立一名，叫“红灯区找鸡”。撇开其中的涉黄意味不论，这大体可以说是写实：吃这道菜的确往往是要从堆得山一般的辣椒堆里拨拉拨拉，才可夹出一块小小的鸡丁来。如此深藏其中，鸡的味道已然似有若无，你说它只是载辣之具，亦无不可。江浙一带的人若来个青椒肉丝之类，那辣椒即或不是菜椒，也是入得了口的，可视为带着辣味的一种素菜，“辣子鸡丁”则不然，干辣椒只取其味，没打算让你吃，那辣的味道全赖鸡丁的运送了。

与湘菜同属重口味的是川菜，湘菜是一味地辣，川菜则还要加上麻。四川人的烹饪，不仗山珍，更无海味，功夫在调味上，其注重入味，自是不同寻常。单说凉拌的菜吧，他们下手之重，就往往令别地的人瞠目结舌。比如大名鼎鼎的夫妻肺片，一是所用调料种类的多，一是用量的大。通常凉拌菜的概念是“拌”，所拌之物均得调料沾身即可，夫妻肺片则几乎整个“淹”在汁水中。“藤椒鸡”更是只能以“淹”来形容了。

藤椒鸡随“紫燕百味鸡”店铺的四处开花,现已广为人知,我初以为藤椒是四川一种特别的辣椒,后来方知此椒非彼椒,乃是花椒——鲜花椒是也。当然是麻,麻之外另有一种鲜,为我们通常用的干花椒粒所无。那鸡就是白斩鸡,的确是嫩,但这上面上海三黄鸡又或广东的白斩鸡若做得好,亦不遑多让。藤椒鸡的特别处还在它的卤汁。白斩鸡多是蘸着调料吃,藤椒鸡是斩好之后即浸泡在卤汁中。其味的麻辣而繁复,不去说它,只说它的量,半只鸡,要用两只极大的塑料碗来装,大半都是卤汁。我对鸡的“斩”法尤感兴趣:白斩鸡处处有,通常的斩法,与斩烤鸡、斩烤鸭、斩烧鹅,都是一个法子,块儿的大小差不多,头、爪任其囫囵,或顶多将头一劈为二;藤椒鸡则斩得细碎,相比起来,肉多处几成薄片,而且是连头带小腿带爪一股脑儿往碎里斩,小腿分为数块,脚爪都成断趾,小小一个鸡头,也能“裁为三截”。我初不解何以要施如此碎尸大法,吃了就明白,是求其入味。试想如此细碎,浸于重味卤汁中,岂不饱吸味道?故一口下去,沾卤带汁,首先是那味道迫人而来,且在舌上逗留不去。

藤椒鸡也用辣椒,红的绿的小辣椒,切作小圈,漂于淡黄之上,鲜艳悦目,但辣得有分寸,主要还是帮衬着麻。或许对麻更能接受的缘故,对藤椒鸡的载麻,我颇能欣赏。对辣子鸡丁,则有几分吃不消,那如小山一般堆着的干辣椒声势太大,些少鸡丁,载得动,几多辣?

加椰

“加椰”听起来不大像一样儿吃食——椰子是吃的，“加”这个动词搭上去，成了动宾结构，用动宾结构作名词，指涉吃的东西，有点别扭。这是椰浆、鸡蛋、糖混合制成的一种酱，通常用来涂面包。马来人的发明，当然原名是马来语，叫作kaya。听当地人说kaya，发音如用汉字去模拟，其实更近“戛亚”，华人显然不甘如“叻沙”一般不明所以地音译，译音而兼译义，便成了“加椰”。虽然有点走音，至少椰的成分是点出来了。

我最早是从陈平的回忆录《我方的历史》中知道kaya。陈平是前马共总书记，上世纪八十年代，马共与政府谈判，放下武器走出了森林，多年后陈平口授、英国记者撰写，合作完成了上面提到的回忆录。不再是政治人物的陈平对过往历史虽仍有纠结，尘埃落定，却也做过眼烟云之想，老来时时想起的，倒是未投身革命前安适的家常生活，向往着回到家乡，坐在家门前，来一片涂上kaya的面包，怡然喝咖啡看乡间景色。

我对马共的历史感兴趣，看这书本来是取其“大”的，不知怎么倒记下了这微末的细节。kaya究竟是什么呢？不免好奇，遂逢人便打听，结果是略知一二，并艰难地在大超市里觅到，带了两盒回中国。包装极简陋，且上面没有中文字样，只有马来文。白咖啡有许多品牌，上焉者包装相当“国际化”，kaya则说不出，看上去仍留着小作坊制造的痕迹。

我说超市里难找到或容易错过，并不是说kaya已经式微，相反，它属于马来西亚饮食常规化的部分，只是因为较“本土”，通常寄身于菜市场周边的小杂货铺里。经营“早市咖啡”处，差不多必有kaya，而咖啡、面包则是当地人早餐的一种选择。面包是殖民者在饮食上留下的大宗印记，撇开果酱、巧克力酱、黄油之类，而以kaya涂抹，则将吃面包变得有几分本土化的意味了。

至于说到小作坊生产，这在马来西亚一点儿不稀奇，事实上很多人家到现在还自制kaya。不止一个学生听说我对kaya有兴趣，马上告诉我咖啡店里的新鲜货如何比商店所售要好，而最可口的应该是自己做，并且当即就授以制法。我对简单的手工艺一向有兴趣，颇有点跃跃欲试，然一听之下就决然放弃。

做kaya一点儿不复杂，简单到如同自熬糨糊，要诀只是不停地搅和：将鸡蛋打散，加入椰浆、糖，边加热边搅和就是了。不停地搅是为了不让它煳了，防止焦煳的另一措施是隔着水加热，就是说，搅拌是在隔水蒸着的一个容器里进行。关于时间，学生的说法不一，有说两三个小时，有说五六个小时，时间越长则制成的酱越细滑。即使取其下限，这过程也太漫长了，何况搅拌的那只手还一直在饱受水蒸气的“熏陶”。

kaya 极香甜，蛋与椰浆做一处，想着都妙。且又极细滑。美中不足的是太甜，随便商店里卖的还是自制，都是如此。盖不甜到一定程度，就不宜存放，作为一种酱，一次取用无多，又必会放一段时间。我总想，如果不是那么甜，其浓香可口，应更是突出。

面包之外，华人还会将 kaya 涂在一种糯米糕上，或是干脆混合在米粉里，做出糕来。但最常见的，还是涂抹面包，故也可以说，这是一种马来西亚特有的面包伴侣。也有人习惯两面涂抹，一面是 kaya，一面是黄油，唤作“鸳鸯”。我到现在还没弄清楚。

意大利馅饼

现今五十来岁的人年轻时对西餐大都没概念。南京原本就没几家西餐厅，“文革”期间则更是销声匿迹了。只有胜利饭店（即民国时的福昌饭店）的二楼还做西餐，却大体是对内或涉外的性质，我辈哪敢问津？是故相当长的时间里，西餐于我们，更像是一个传说。隐约透露点儿消息的，是在上海见到的红肠，再就是上海亲戚用蛋黄自制的沙拉酱拌出的土豆红肠沙拉。

到九十年代，西餐厅肯定已是死灰复燃，只是仍不多见，而且多数人一面对西餐不无鄙视（因为传说中的难吃），一面则又心存“敬”意：想象中必是贵得离谱，故等闲不敢迈进西餐厅的门槛——是“敬而远之”的“敬”。

对大众而言，对西餐怀有“敬”意而又敢挨上身去，当在肯德基落户中国之时。一九八八年去北京查资料，恰逢第一家肯德基在王府井大街开张。无数外地来北京出差的人专门跑去吃平生第一顿西餐，仿佛啃炸鸡吃土豆泥也成了进京的一个节目。此举所具有的仪式性令很多人对花吃顿烤鸭的钱吃下一堆今人口中的垃圾食品亦无怨无悔——毕竟开了“洋荤”，完成了西餐最初的洗礼。

以如此低水平的认知，西餐食物在人们心目中之眉目不清一片混沌，自不难想见。我只知一个笼而统之的西餐，再不晓西餐还有法式、西班牙式、意大利式等的门道。但事情往往有出人意料者，比如，在人们还普遍不知比萨为何物之时，有一种“意大利馅饼”在南京已是“不胫而走”了。我敢肯定，西餐食物而饰以国名，绝对是件新鲜事。点心之类或有之，可以与“餐”沾边的热食，罗宋汤之外，就数不出来了吧？而且没几个人知道“罗宋”即俄罗斯，Russian 的音译“罗宋”看上去毫无“意义”，恰可保证其为“洋”味而已。

“意大利馅饼”不比“肯德鸡”、罗宋汤的养在深闺，乃是抛头露面立于街头的，比起来“肯德鸡”的价格也显得危乎高哉——想想看，只要一两元钱就能买一个。西餐食物亲民如此，得未曾有吧？所以若搞追认，“意大利馅饼”当是西餐大众化的先声——如果它真是舶来品的话。

真的非常大众化。风靡南京那阵子，闹市区好多商店的门口都支个炉子做这个，又有好多食客排队等着买。物美不美且不说，价廉是真的，正可充当逛街的食物。过去什么店卖什么东西似有一定之规，餐馆小吃店卖热食，副食品商店或有食品部的百货店所营既为“副食”，当然是糖果糕点之类的冷食，唯有一些特定的时段是例外，比如栗子上市时“长江南北货”一类的店门口架起大铁锅卖糖炒栗子，又或中秋前后卖鲜肉月饼。八十年代“开放搞活”，特别是九十年代有了“创收”一说之后，界限便有些模糊，店家都在想辙多卖点什么，奖金之类的活钱也因此有个着落。“意大利馅饼”的出现且迅即遍地开花，即在此时。

“意大利馅饼”是发面做的饼，做法介于煎与烙之间，呈圆形，烧饼大小，看似北方普通锅盔而略见油润。当然，有馅儿，应该什么馅儿都可以的，照例却是两种，一种是韭菜粉丝，一种是牛肉末的，两种都放胡椒粉。南方有馅儿的热食食物，连汤带水不可当干粮的不算，味咸者有包子，甜的有麻团，饼则少见，烧饼中固然有腹中有料的，然与包子的馅儿全为两事，如所谓葱肉烧饼，只有少许肉末，聊取其味，未可以“馅儿”视之（例外的是苏州上海的鲜肉月饼，但月饼虽是馅饼，我们却不当作寻常的“饼”来看的），故单是为馅饼这一项，已让南京人颇感新奇了。

不待见到成品已觉新奇者，则是用来做馅饼的锅，一种用电的饼铛。也就是平底锅罢了，却与过去所见有异。家用平底锅是后来才见到的（也是厨房厨具西化的一端），餐馆、小吃店使平底锅则早已有之，多是用来做锅贴或烙火烧，乌漆墨黑大盘子似的，另有因烟熏火燎油渍麻花的木头锅盖。“意大利馅饼”的锅则似是不锈钢的，而且锅与盖一体，盖与锅有一端连着，盖上时可以扣合得很严实。看上去白亮亮清爽卫生，不见多少油烟，与中式铁锅相比，简直像是仪器。更有甚者，好像无须烦琐的人工操作、反复的揭锅察看视探、加油加水，只需等到时候开锅就卖。这样的炊具,其“先进性”一望而知，也不知是不是进口，反正当时一般的个体户，大多买不起，故经营者多半是好歹有点规模的店。

味道如何呢？吃异国的食物，因饮食文化的差异，多少会有些不适应，“意大利馅饼”被接受，则好像没有任何障碍。那一阵儿走在新街口、山西路这些热闹地方，似乎随时能见到行人拿着且食且行，赞好吃的也不少。那口很明显的胡椒味则大约可以满足人们对“外国”的模糊想象，因为与我们习惯的味道很有些不同。胡椒在西餐里是最基本的调味料，传统的中餐里似乎用得很少，至少馅儿里很少见。今日的南京人已趋于重口味，包子铺十有八九都有辣味的品种，辣肉包、辣豆腐包、酸豇豆包也少不了辣，过去是没有的，馅饼的馅儿里放入胡椒粉，因此很能提供一种新异的刺激，有人还就喜欢上了这一口。胡椒虽也辣，却不是辣椒那般的辣法。

我怀疑很大程度上，就是胡椒味，加上那看上去很“自动化”很洋气的饼铛，让我们对那馅饼的“意大利”身份不疑有他。意大利不意大利，与炊具的先进与否毫无关系，事实上人家那儿早就又开始崇尚手工，且吃的上面，意大利人一向也不以机械化为高的，只是我们将“现代化”的想象具体而微地附会到馅饼上去了。

后来问一曾在欧洲留学的朋友，在那边吃过没有。“意大利馅饼？”他听了一脸茫然，“是说比萨饼吗？”其时虽未亲炙，对比萨饼已有耳闻，且伴着对洋人的奚落——笨嘛，不晓怎样包起来，就把馅料摊外面了。标榜“意大利”乃示其与众不同，然而堪称意大利国饼的，怎么也该是比萨吧？

顶真起来，馅饼还原到西方，在英语里是叫作“派”（pie）的，常见的“派”都是大馅饼，吃时切分为三角、长方等不同的形状，馅料在切口下刀的截面外露，呈“夹心”模样了，其实倒是全包在里面，只是切开了就不像。但馅饼与“意大利”何干？我恍惚想起十年前游意大利时吃过一种食物，酥皮牛肉馅儿的，然概念中的饼该是圆形，那玩意儿却是月牙形，像大个的饺子。非圆形、方形者，我们好像都不以“饼”视之的，比如东南亚有一种咖喱角，油炸包馅儿的，也可以看作馅饼的流裔吧，我们就坚持以“角”呼之。后来知道在意大利所食者名为 calzone，与“派”两路的，“意大利馅饼”因此还是无法找到它的前身。

事实上不待查考，只要稍具常识，就该明白所谓“意大利馅饼”来得蹊跷。牛肉馅儿的且不说，韭菜粉丝馅儿的，其“意大利”从何说起？粉丝于西餐食物里见不到，韭菜我在巴黎倒是见到过，却是在中国人的超市里，“夜雨剪春韭”肯定是西人不晓的，就像他们的地里不种青菜，所以韭菜贵得离谱，我买了一把，只觉肉疼。天晓得何人是始作俑者，居然将内容近于韭菜盒子的馅饼与意大利联系起来。

一地食物到别处被本土化，橘逾淮而为枳的事情是常有的，不过“意大利馅饼”就像“加州牛肉面”一样，显然不在此例，因为它不是改良品种，整个就是“发明”。黑格尔有言，“存在的即是合理的”，从“不管白猫黑猫，抓住老鼠就是好猫”的逻辑去推，“意大利馅饼”在认识论上的罪错（模糊西人食物的真相）难掩其带来的实实在在的好处，至少它以“意大利”的名义，在特定时期给我们提供了逛街食品的某种新的选择。

所谓“逛街食品”是我杜撰的，顾名思义，是常会在逛街时吃的食物，其地盘一边挨着零食，一边傍着快餐，界限不甚分明。未必就不能抵饱，但不会纳入我们日常的饮食系统（大白话就是“不拿它当饭吃”），就是说，它不会成为我们一日三餐的选择。它是我们常规食谱的小小的溢出。你会买了烧饼、馒头之类回家就稀饭，而“意大利馅饼”，多半不会。宜于充当“逛街食品”者，往往要能够提供某种“吃”的新鲜感，在逛街而不是别的时候，这种新鲜感特别容易撩起尝试的欲望，因逛街也是朝九晚五节奏的微调，其实是集吃喝玩乐于一体，“吃喝”也兼有“玩乐”的内容，能吃出一点儿别趣来，自然最好。在休闲食品尚未立项大行其道之时，“意大利馅饼”提供了类似的满足。

“意大利馅饼”立足南京街头（既为“逛街食品”，当然多出现于闹市区，居民区就少见），好像颇持续了一段时间，“土掉渣饼”是其消失了很久以后出现的，与之并不构成替代关系，这里想起来，只是因为“土掉渣饼”号称“中式比萨”——间接地，仿佛也和“意大利”有了瓜葛。

时在二〇〇〇年之后了，有次到武汉出差，在街头看见穿戴时尚的年轻人都在吃一种饼，女孩尤多。很快就发现了饼的出处：一小店门口排着队，买好的人手里都拿着这个，店招上赫然有“土掉渣”字样。它的引人注目，在于与土造的烧饼、油饼之类不同，用一当时洋快餐店才见的颇洋派的纸袋装着。而店铺整洁，不是那种灰头土脸的炉子，是用西式的烤箱。出于好奇，当即买了尝尝，是七寸比萨那么大的薄饼，饼面上有些肉末葱花芝麻，香脆可口，不知都用什么调料，只知孜然的味道很是突出。印象中孜然是经由新疆羊肉串而得以普及的，虽曰普及，其味似乎也就附着于西北的肉食，面食的饼而取孜然的风味，新鲜。

因是头次去武汉，回来后不免向好吃的人说起对武汉小吃的观感，以为由吃去判断，武汉是座比南京更有市井气息的城市。提到土掉渣饼只是捎带，因与武汉的饮食传统无关。武汉的吃食在南京是难得一见的，似乎仅限于一两处卖热干面，且始终不成气候。未料过不多久，居然就在街头看到了土掉渣饼。而且戏剧性地，不多时已经到处都是，用“忽如一夜春风来，千树万树梨花开”来形容，并不夸张。

不记得在武汉时，店家是否已然以“中式比萨”相号召，这时已是店招上、纸袋上大书特书。“意大利馅饼”风靡南京的那一阵儿，多数人尚不知比萨为何物，此时因必胜客的登陆，比萨已广为人知，且因为必胜客的营销模式，还显得相当之高端。“土掉渣饼”一方面出奇制胜，面向时尚人群而不讳言其“土”，且将“土”当法宝祭出（土到掉渣，其土可知）；另一方面又特别拉扯上“洋”比萨来，的确颇能戳中时尚青年的痒处——原本不相干，这一份涉“洋”的联想，加上入时的包装（那只纸袋实在未可小视），仿佛可将对“土”与“洋”的好奇同时满足。

一时之间，“土掉渣饼”喧腾众口，店铺遍布各处，门前是排队等候的食客。对年轻人而言，没吃过此饼，隐然有落伍之势。那声势，又远非当年的“意大利馅饼”可比了。可惜好景不长，无数的加盟店，良莠不齐，卫生、质量难以保证，媒体一加报道，很快，众多的店铺门可罗雀，再往后便是一家接一家关门大吉。前后也不过几个月的时间，真应了一句老话：“其兴也勃焉，其亡也忽焉。”

炒菜之热闹

西方人到中国，第一个发现是人多，第二个发现是中国人生活很热闹。

人多与热闹自有因果关系——人多了才热闹，或者，人多了就显得热闹。但还有一条——中国人爱热闹。人多，又爱热闹，自然热闹加倍。

将这热闹轰轰烈烈表现出来的，有一项，是吃饭。饭桌上大呼小叫、揎拳捋袖自不必说，倘将这比作戏剧的前台，煎炒烹炸的过程就应该算是后台——也很热闹。事实上“吃”这台戏从那里就开始了，所以可以说，热闹贯穿了从做到吃的全过程。

我以为，中国人厨房里的热闹，与我们的烹饪手法里有“炒”这一项大有关系。西方人会烤、会煎、会炸、会煮……但从不知有“炒”一说，而能在厨房里整出最大动静的，毫无疑问，是“炒”。你就想想餐馆里“炒”的场面吧：食材入锅时的“嗞啦”声大作，从锅里到锅外势成燎原的火苗，放作料时每每铲子叩着锅沿的当当有声，还有杂耍般的颠勺……端的大开大合，有声有色。与“蒸”“煮”，甚至“炸”相比，“炒”差不多是上演戏里的“全武行”。

洋人并不拒绝吃炒菜，但他们对“炒”的过程绝对是敬而远之，一副拒“炒”于千里之外的架势。已听说过许多中国人租房子时洋人房东约法三章的故事了，其中重要的一条，是举火时不能“炒”，虽然主要是拒绝炒菜时因“烈火烹油”而起的油烟，且家居时的炒菜声势与餐馆相比大大不如，但我总以为“炒”的热闹也是遭人排拒的一因，至少会更容易引起对油烟负面的关注。

说起来洋人的厨房真是安静，也就是炸和煎有点响动，煮和烤都可悄无声息地进行。“烤”是距中式烹调最远又相当普遍的一法，家家户户厨房里照例须有一大烤箱，烤的过程虽漫长，当厨的人将所烤之物放进去之后，差不多可以就此作壁上观，与中国人下厨相比，简直就是“袖手派”。绝大多数时候，他们进入“烧”的过程之后都是好整以暇的，入了锅或箱便可以该干吗干吗，一直等到定时器响起。“煎”与“炸”当然须守候炉旁且须有所动作，但不过是拨拉拨拉翻个面的事，动作的幅度与速率，哪里可以与“炒”相比？

据说，“炒”在中国要算是最广泛使用的一种烹调方法，若此说成立，充作中华烹饪法的代表，便有了资格。为明其“真义”，请教了一下字典，上面定义如下：炒，“以油为主要导热体，将小型原料用中旺火在较短时间内加热成熟，调味成菜的一种烹调方法”。但这显然传达不出“炒”的动态——若说“烤”的过程是静态，那“炒”之为法，就绝对地动感十足：你得不停地搅拌、翻锅，将食物扒散在锅边，再拢到中间，聚了散，散了聚，不停地重复。至于炒时的锅铲上下翻飞，洋人就更是莫名所以。

也就因为属于中华烹调的独门绝技，西方人在自己的系统中找不到对应词，西语中就只能另造新词。英语里将就地译作“fry”即“煎”，现在欧美中餐馆英文的菜单上，大多也还是如此，或者因为煎与炒都用油而又用得不多，洋人就“煎”“炒”不辨了。但是对中国人说来，煎是煎，炒是炒，怎可混为一谈？最后令“炒”在英语里定于一尊的，还是中国人的发明——赵元任先生译作“stir fry”，这词已进入美国的词典了。赵元任是著名语言学家，好端端怎么想起来做“煎”“炒”之辨？却原来是太太杨步伟写给美国人看的中国菜谱。中国的菜谱没了“炒”还能有谱？这简简单单一个“炒”字，想必让赵元任大伤脑筋。事实上英文里 fry 还不单指煎，也可以是炸，凡以油为媒加温弄熟食物，都可以说 fry。分类上的大而化之，也就见出中国人在吃上的在意。stir 是翻动、搅动之意，fry 前缀一 stir，翻动着煎，庶几乎“炒”了吧？

反正英语里从此有了 stir fry 一说。当然，也只是一个词而已，洋人在家里固然不会有“炒”的举动，西餐馆里也决不会“炒”将起来。所谓 stir fry 也只合望文生义地联想吧？除非是去唐人街吃中餐。

然而事情往往有出乎意料者，某年往美国访学，居然就见识了洋人的炒菜。是在科罗拉多大学博尔德分校的食堂里。据说全美的高校食堂，这里是数得着的，某年的评比中名列前茅。入内参观一番，果然是名下无虚，就餐环境不必说了，诱人的是选择之多，常见的西餐之外，还有墨西哥的卷饼、日本的寿司，中餐与东南亚菜做一处，也有一席之地。但我所谓“炒”并不出在这里，虽然类乎自助餐长方形盘子里盛着的种种菜肴，意意思思的，多半也只能归为炒菜。美国多移民，与欧洲相比，饮食上也更混杂而具开放性，大学比别处更国际化，食堂里搞多元化，实不足为奇。我在芝加哥大学的食堂吃过炒饭，厨师就是几年前来美谋生的福建人。

令我好奇的是，我是在面食（pasta）部里领教了“炒”。pasta 不就是意大利面吗？在洋人的食堂里，绝对是大宗，问题是这里的 pasta 很有几分像中国人卖炒面的档口。很多人在排队，到跟前有个自选区，鸡肉、火腿肠、培根、蘑菇、蔬菜、橄榄、梅子干什么的，由人自取，选好了便交予里面的厨师，这时还有一问，问要何种沙司酱。接下去正式开“炒”：炒锅里油热了，荤的素的不分先后一股脑儿倾入，炒勺下去搅和，放入煮好的意大利面，来上一勺选定的沙司酱，再搅和，再颠，就好了。

倘说味道与中国炒面的味道相去甚远——想想那些配料，还有那奶味很重的沙司酱，的确也没法“中国”——油少多汤汁似也有点近于“烩”,那么至少厨师的招招式式,只能谓之“炒”了。俩大师傅，一白一黑，黑的那位头上扎着花头巾，干得特卖力特欢实。我一向以为，“炒”是烹饪诸法中最具表演性的，像乐器演奏中的小提琴，可全身有大幅度的动作。这一位颇能体现这一点，他似乎特别陶醉于颠勺的动作，大体上是以颠代炒。灶上的火焰居然也能蹿上尺把高，锅里锅外燎成一片，吃时奶味与火油味的奇妙混合，只能归之于它的浴火而出。中西合璧的吃食领教的也不算少了，西式的原料、配料、作料，施以最中式的手法，这还是第一遭。

我发现排队等着这一口的人委实不少，当然一客一客地炒，也比别处慢。不远处墨西哥卷饼那儿也是要现场炮制的，然而不过是类于煎饼馃子式的包裹的动作，与这边的声势没法比，这边真是热闹。

跟着长队慢慢往前移动，正好看热闹。

初遇『洋』面条

没听过人将面条举为“国粹”，其源远流长却是一定的。东亚日本、韩国的面条固然是中国传过去的，欧美蔚为大观的意大利面条，有一说也是马可·波罗从中国学得而生的变种。没想到日后会杀一回马枪——我说的是上世纪八十年代，源自东洋的方便面，还有西洋人的意大利面，都在中国抢滩登陆。

父亲患糖尿病，在饮食上大受限制，吃什么吃多少，不敢越雷池一步，医生说吃面条有益，于是每日必吃一顿，在这范围内多少求点儿变化，也是自然的。这也连带着让我对面条界的风云变幻，易于察觉。

意大利面最初出现的场合是食品店。食品店也有卖面条的，限于挂面。意大利面条的特别处，是散着堆在过去糖果食品厂运送糕点饼干的那种敞着的木箱里，地道的本土制造。头次见到，虽以面条视之，见黄澄澄有点透明肥皂色，硬撅撅较标准的挂面粗长，却不知什么来路，一问，是意大利面。于是买回去让父亲领教洋面条，当然自己也跟着新鲜一把。不想下到锅里就是不肯服帖，硬邦邦像自行车上的辐条，杵在那里。自然而然的，我们的参照是下挂面。挂面虽脆硬，到锅里遇了滚水，不多时也便“宛转随人”。眼前这玩意儿倒好，煮了许久，两锅挂面也该下好了，它还没动静。捞了几次上来尝，还是生的。

不拘切面挂面，下时人不离开的，这面好像要煮到猴年马月的意思，难道就这么守着？后来就搁那儿煮着，由它了。后来忽然想起，大呼完蛋，以为定是一塌糊涂了，奔过去一看，却是依然故我的派头。

初遇意大利面，有我这样经验的不在少数。也许就因不知如何下手的缘故，“其兴也勃焉”（一度满大街都是），“其亡也忽焉”，这种面条很快就消失得无踪无影，要到好多年后，“意面”才算进入中国人的食谱。

相比起来，差不多同时登场的方便面很快就被接受。只是最初方便面之受青睐，很大程度上并不是因其“方便”，而是因它的“高级”。我记得最早领教的是上海益民食品厂生产的“美味肉蓉面”，有着鲜艳漂亮图案的半透明油纸封装——单是这包装，看着就“高级”。其时切面固是裸售，挂面是一张纸束成圆桶状，一头封死，另一头露出一二分。纸是普通的纸，上面是单色印的，简陋至极。

另一方面，价格也让人不能等闲视之——还是粮票时代，每袋二两粮票，似乎将近两角钱，倘知道其时一斤切面是两角钱，小馆子里一碗馄饨是一角三，一碗阳春面不到一角钱，你就知道那是什么概念。但我们不以为非，既然未将其视为方便食品，就算不是仰之弥高，当作开洋荤、打牙祭，吃时却决无食堂里打饭那样的平常心。

方便食品而今已是系列繁多，蔚为大观，彼时尚无这一说，要图方便，那就是干粮，中学时外出活动，都是带这个：烧饼、馒头、面包、油球……居然可以不用举火，开水一泡就得——这不是啃干粮，是吃“饭”的概念了，由不得你不称奇。

如此这般，自然恭而敬之，当作好东西：卷曲头发般的定型，包括调味包，工业流水线带来的特征，都被视为“好”的证明。而且吃到嘴里也觉鲜香无比。

要过相当长的时间，方便面已是铺天盖地了，我们才算完成了对方便面的祛魅。这时好多地方都引进生产线，各种牌子都出来了，记得北京产的有一种，包装上偌大的“油炸”二字，具有相当的吸引力，虽说其他的方便面事实上也都是油炸。方便面特有的味道，所谓“鲜”来自那个很夸张的调料包，所谓“香”则正是从油炸来。

眼下生产商对“油炸”避之犹恐不及，当年却因油炸催生出方便面的另类吃法。我是某次找不到开水无意中得之，后来向一朋友传授，刚问得一句“知道方便面还可以——”，对方便截断话头道：“——干啃，干啃。”

相与抚掌大笑。

焙果与如意卷

这两样儿吃食在中国没什么知名度,在美国却是“能见度”极高，无人不知，无人不晓——相当于我们这边烧饼油条的东西，美国人若不知道，简直说不过去。

但你必须指出焙果即 begal，如意卷指 pretzel，不经还原，肯定对不上号。翻译这事儿真是奥妙无穷，音译、意译、音意兼顾地“混搭”，无所不可，只可惜两样儿吃食并非众所周知，上面的中译也就行之不远。我想，是不是将来就会定于一尊，也难说，现在只能说是偶见。

顾了“意”，注定会产生联想，“顺理成章”去寻“对应物”，却多半要出错。比如“焙果”——是什么“果”呢？近日在我家附近看到一家卖烘山芋的，将梨子也烤得焦眉烂眼地在卖，说是台湾吃法，我想这可能是从西人那里得的灵感，因不止一次在西方小说里看到过烤苹果的描写——我们会不会把“焙果”想象成这样？当然“果”不限于水果，“果”通“粿”，我们也说“京果”“煎饼馃子”嘛。问题是照这线索去“按迹索踪”,还是难得 begal 要领。再如“如意卷”,顺着“卷”下去,不外卷饼、蛋卷的方向。

当然，都不是。这两样儿是我到纽约之后不久就决意要尝而后快的，因为据说是真正大众化的食物，虽说都不是美国本土的发明（焙果一说源出德国，如意卷则是欧洲犹太人带来的），然发扬光大肯定是在这里。欧洲即使现在还有，也必限于一隅，在美国则可以称得上流行。焙果之作为早餐极普遍自不必说，端杯咖啡、拿只焙果行色匆匆去上班，实在是很日常的情景。如意卷在街头巷尾的小食摊上谋面的几率则相当高——事实上头次碰到的是迷你版：美国的飞机上不提供免费餐，饮料之外，偶尔给点儿小食，类乎我们给包花生米嚼嚼吧，好几次我遇到的都是这个，一小包，里面一个个指甲盖儿大小。

标准版的个儿大得多，能当顿饭吃。译成“如意卷”，肯定是“象形”而来（也有人称那是美国蝴蝶酥），没准儿是因其形似中国的如意结、糕饼之类,没有称“结”的,就“卷”了。后来在电视上看到过比赛，是将拇指粗细的长条面坯揪一块下来，三盘两绕成型，而后就进炉里烤。面是未经发酵的，结实，烤好后还有一道工序，结果是我看到上面有些米粒大的白色的星星点点。你道那白色颗粒是什么？糖粉？非也，是大粒的盐！为了像美国人那样吃，我把一整个，连同上面的盐，全吃下去了。味道如何？就一个字，咸。此物风靡全美，必有道理，即使外人难解其中味。我的疑问是，他们就不嫌咸？难道盐粒只是装饰？也没见他们吃时将其除去呀？这疑问一直留到现在。

比较起来，焙果要容易亲近得多。它也是一种面食，看上去像面包圈。不把它往面包里归是有道理的，因那面坯成型之后且不进烤箱，先到水里煮一遭，水中历练过了再烤。这一煮，口感就与面包大异，不复后者的松软或松脆，闻上去固有面包的香，里面却绵韧有咬劲儿，依稀在馒头、烧饼之间。在早点店里，焙果都是一剖为二，往里夹各种东西，无所不可。我头次吃是照朋友的建议，抹奶油芝士，吃得余香满口。据说这是最传统因而最正宗的吃法。但我坚信，裸吃（什么都不加）也有妙处。有机会就实践了一下，真的，也好吃。

结论是，尝他人的食物，最易接受的，恐怕是与我们所习惯者在似与不似之间的那些：不似才有新奇感，似的一面则接通吃的记忆，于新奇中带来亲切。我喜焙果，没准儿也是因为从中吃出了馒头、烧饼的滋味。

中美油条之比较

短期去美国公干，一拨早已在大洋彼岸落户的老同学闻风而动，决意要就美国文化好好给我上一课。从大选到万圣节疯狂购物的“黑色星期五”，从移民博物馆到街头小吃……网上或电话指点门径与耳提面命甚且亲任导游，兼而有之。文化这玩意儿，虚虚实实，属“实”的范畴而又具体而微的一项，是吃。

别的犹可，将美国的一些吃食提前介绍，图片也贴将出来，真是一种撩拨。其中有一样儿，倒未必就一定让人食指大动，却是勾起了一探究竟的好奇心——我说的是他们口中的“美国油条”。美国人也吃油条？新鲜。

美国人的吃正如他们的文化，千头万绪，无从说起。我不是说美国人如何如何善吃——从来也没人把那儿看成是一个美食的国度——顶真说起来，你就说不出几样儿，可以算是土生土长的美国造：三追两问，差不多源头都在欧洲，移民国家嘛。

所以不必胶柱鼓瑟大较其真，在美比较流行的食物，将就着也就算是吧。不过华人所食却不能算。近年华人赴美打拼者日见其众，中华美食在美到处开花，没准儿有一天，某样儿中国的吃食本土化之后，也像 begal（焙果）、donuts（甜甜圈）一样，被美国这个多民族多元文化的大熔炉收编。但现在肯定不会，不仅因为华人的食物尚不具流行性，更因华人尚在主流社会之外，其食物是“他们”的，很难习惯成自然地被接受为“我们”的。老同学所谓“美国油条”，自然也并非因地制宜、改头换面的中式油条，虽然“永和豆浆”已然开到了美国的许多城市。

不要说白人、黑人，就是向华人打听“美国油条”，多半也是茫然不解，因为这只是一个比附的说法，而且说的人只凭己意，并无约定俗成。让种种似与不似的外人食品向我们的油条看齐，只能说明油条给我们这一代人留下的印象之深。

头一个说美国的吃而牵连出油条的同学，发到网上是张 beignet（一种法式甜甜圈）的图片。这是新奥尔良人当早点吃的玩意儿，新奥尔良人多为法国移民，beignet 是法语，其源出法国，大概是无疑了。甫一贴出，即招来异议，因 beignet 一点儿也不“条”，作四方的饼状，中央因油炸而隆起，上有白色的糖霜，满打满算似乎也只满足了油条之为油条的一个条件，即是油炸，但美国油炸的食物多了去了，何独 beignet？在美其他同学显然已被油条所诱，于是另一种“美国油条”浮出水面。这是一种名唤 cinnamon twists 的油炸食品，有人译作“甜扭纹饼干条”，后来吃过，更似面粉做了可颂那样的发酵处理后以油炸来定型，酥脆而又有咬劲儿。那仅见的中译名颇得其“形”——面坯油炸前确乎拧了做螺旋状的。也就为此，综合它的甜味等因素考虑，我以为更具可比性的中国食物应该是麻花，虽说它的两端为楔形。

在美国各地暴走，许多新奇的事物要领略，“美国油条”这一茬儿，也就淡忘了。直至到了旧金山，那里落户的老同学声称要领我去吃“三两一根的大油条”，恰逢别地的同学打电话来询问接待情况，一听之下不以为然，强烈建议，要吃就吃“美国油条”。旧金山的这一位还不乐意：哪有中国油条好吃？但是一听之下，“朕意已决”，咬定要吃“美国的”。主随客便，便开了车到一家墨西哥人的速食店里买了来。这回所说的“美国油条”是源自南美的一种小吃 churro，体量与我们的油条相近，只是笔直得像根小棍，沟纹路也笔直，横切面如齿轮状，一看即知是模具挤压成型的。体量相当，分量却相去甚远，因发酵油炸都没到中国油条的程度，“实在”得多，虽还不能说是实心与空心之别。味道则是反的，中国油条是咸，它则是甜，甜里面又带一种怪味。原来是掺了肉桂粉。洋人似乎特喜欢甜与肉桂味的混合，我想起他们有些蛋糕也是这味儿，如前面比为麻花的所谓“甜扭纹饼干条”，“肉桂”（cinnamon）干脆就点明了。我们虽也用肉桂，却似乎多见于烧菜之时。

没想到的是，“耳闻目睹”却没见过真身的 beignet，在老同学的餐桌上也能得其仿佛：这玩意儿在新奥尔良之外，不大见得到的，当地却有半成品出售，也就是配好了料的面粉罢了，老同学带回旧金山家中，夫人如法炮制，终因油少的缘故，难得其形，味道却应大差不差，我意外地发现，如不撒糖霜，口感和油条真还有几分“神”似。

虽然肉桂将churro的味道弄得很不“油条”，倘在上面几样儿中择一而从，赐以“油条”之名，我还是会圈定churro。理由却在口感、形状之外——在它出现的场合。据说在纽约，常可见到游动小贩当街卖churro，地铁站口更是屡见不鲜。beignet偏于一隅，“甜扭纹饼干条”我是在超市里买到的，与之相比，churro的流行特别是其“草根”色彩，应更适于拿来与中国油条“对位”吧?

餐桌上的中西

中餐西餐，两股道上跑的车，走的不是一条道。从“体制”层面上说，最大的分野大概是分餐还是聚而食之。其实中国人最早也是分餐，甚至比西人“分”得还清楚——干脆不坐一张桌，人前一案，各自据案而食，想碰个杯都碰不起来。当然，后来家具形制变了，吃法也面目全非，以致要倒过头来向洋人学分餐制。

中餐西餐上菜方式的差异是不是和分餐有必然的联系，非我所知，差异却是明摆着的。说起来都是一道道地上，尽管西餐里自头盘、主菜到甜点秩序井然，端的“循序渐进”，中餐没有这般严谨，却也是凉菜、热菜、汤、主食地走下来，只是道数多点儿，且现在有点乱套，高档酒楼也会胡来，过去则是大有讲究的。故依我看来，差别还在西餐是上一道即撤一道，你唱罢我才登场，中餐上菜则是叠加式，后菜已来，前菜仍在。这到了餐桌上就一目了然，吃西餐每人面前就是清清爽爽一个盘子，中餐则桌上横七竖八、满坑满谷，所以看着就热闹。我对西餐上菜方式的不满在于：它是不让吃回头草的，你不能这样儿吃点儿，那样儿吃点儿，你必须按部就班地吃，服务生必待前一道吃完才肯上后面一道，除非你让他撤，此时即使没吃完，他也连盘子端走了。

西餐里的每一道菜因而都很有“存在感”，因为同一时间里，你面前只有一道菜，别无其他。多年前我在人家的地界里吃西餐，吃着沙拉等着牛排，左等右等，就是不来，待服务生经过便催，他不赶紧上菜，只盯着那道未吃完的沙拉笑容可掬一个劲儿问，不知我的何种表示让他生了误会，二话不说就连盘子带菜给端走了。看看周围用餐的人，我才断定这并非对我的歧视——敢情就这规矩。暗想，上菜就上菜嘛，前面那盘子碍着你什么了？！

事实上还就是有碍。这是后来在国内吃西餐悟出来的。国内西餐的本土化，有一端即见于上菜——不讲究前菜已毕后菜方来的段落分明了，往往是一道道络绎而至，桌上兼收并蓄。西餐厅的餐桌是承洋人的形制而来，大都面积不大，几道菜摆开，顿显拥挤，于是乎洋人由一人面前一盘之疏朗格局为保证的餐桌上的“个人主义”，顿告消解。当然，国人进西餐厅，大多也是西餐中吃，二人以上，虽使的是刀叉，从沙拉到甜品，往往也是共食，所以桌上兼收并蓄起来，应视为顺乎国情之举。

不仅西餐厅，我琢磨中餐馆酒席桌上空间的紧张，也与西餐的影响不无关系。中国人传统上信奉“食以味当先”，对菜肴的摆盘并不十分讲究，要说重看相，那也多在菜品本身的形色,而不在摆盘上。中国画里多留白,要论在餐盘里“留白”,就远没有西方人的大方：偌大的盘子，他们的菜肴往往只偏安一隅，恨不得盘内一半以上的地方都“白”着——还真是白，他们使的多半是白盘子。这是有基础的，因他们的盘子来得个儿大，反正一人就摊一个，大点儿也不碍事。及至西风东渐，我们的餐馆里也把摆盘当回事儿了，于是有配合菜品的各种盘子出现，不论是何形状，摆盘大体遵行的都是“密不透风，疏可走马”的原则，向西餐的“留白”靠拢。中餐原本菜的道数多，这一来至少是部分注重摆盘的菜品，家伙得大，于是乎拥挤加倍——初时尚见从容，待后面的菜源源而至，桌上真是寸土难觅，没吃完的既不能撤下，服务员只好不住地大盘换小盘，忙个不了。

好在这时多半已是酒过三巡，热闹声中，纵使杯盘狼藉亦无妨了。

餐桌上的句号

一日三餐，正经吃的那一顿，西人称为“正餐”（dinner）。正餐要慢慢享用，不可草草，晚上那一顿，工作已然结束，最来得适宜。早餐，中国不少地方又称“吃早点”，已排除在“饭”之外了；德国人讲究早餐，但任是怎样丰盛，哪怕超过了午餐，也没人会把它当正餐。中国原无正餐一说，然西方人的逻辑思维，讲的是一个清楚，中国人擅长模糊思维，可此可彼，亦此亦彼，“相对论”是骨子里的。体现在吃上面，则西方人的正餐有一定之规，按部就班，前菜、主菜、甜品，段落分明，一道一道，乱不得。过去中餐酒席的上菜也是有讲究的，大体是冷盘、热炒、炖菜、汤依次上来，现而今虽是“帮系乱套，家法全无”，这个程序也还存在。但限于酒席，家中如何，就另一说了，且西人的那一套已是固定下来，体制化了，我们的先来后到则要灵活得多，因时因地因人而变。

所以要说一顿饭在哪儿画上句号，就是说，最后吃什么来结束一顿饭，难说。江浙一带，通常似乎是喝汤。碗里的饭吃完了，舀上一碗汤，或者碗中饭已不多，来个汤泡饭，喝汤即毕，便离席而去，或是收拾桌子。但这汤多半早就上桌了，前面已然在捞汤里的菜吃，而且汤也是时有时无，并非题中必有。广东人在喝汤上面有点像西方人，喝在前面，而饭后来一点儿甜的，也颇流行，称作"糖水"。只是不那么固定——对西人的正餐而言，可以没有前面的汤，没了饭后甜点则一顿饭便失去了它的完整性。宴席自不必说，日常亦是如此，小馆子里的一份很简单的套餐，别的尽可简化，甜品必包括在内，或是一份糕点，或是一客冰激凌。

甭管是不是像西餐那样程序化，餐桌上总要画句号的。从味道上去大而化之地划分，不过是以甜还是以咸结束的问题。虽然有"酸、甜、苦、辣、咸"的五味之说，味道的"基本面"无疑是甜与咸，其他诸味都是往上面叠加，无所附丽，不能独撑局面。故从未闻有以酸、辣之类来终结一餐饭的。咸与甜之中，又以咸更基本，说到吃饭，首先想到的便是咸，即使是欧美人，构成一顿饭重头戏的主菜，当然也是咸的。对吃惯中餐的人而言，饭后来份甜点，多少有节外生枝、画蛇添足的意味。中餐酒席中亦有甜点，那是穿插其间，并不破坏"咸"的主旋律，以甜来收束，并且是那样自成一体、浓墨重彩的甜，仿佛是话说从头，高潮过后又起高潮，不像以咸始以咸终那么顺理成章。

喜好甜品，大有人在。据说甜品能让人产生幸福感，又据说，科学研究已经表明了，人类产生幸福感是由于大脑分泌的一种叫作多巴胺的物质，基因通过多巴胺来调节我们的幸福感，分泌得多一些，我们就幸福、快乐；分泌得少一些，我们就悲伤、绝望。而吃甜食，尤其是巧克力，体育运动、血拼等都能促进人体分泌多巴胺。科学家得出结论是通过实验，一般人则是凭经验，凭经验我们就知道，甜比咸更能带来一份满足。一些超出了味觉的心理感受多饰以“甜”字（比如“甜蜜”“甜美”），大概就是基于此。这种比况是不是反过来影响到我们对甜品的体味？也许。似乎没有人把咸与满足联系起来，有个说法叫“油是精神盐是力气”，惦记着“力气”其实是想着干活，甜品则似乎只与休闲、惬意关联，由此看来，以之来给一顿饭画上一个圆满的句号，倒也顺理成章。

但人是习惯的动物，吃上面更是如此。我始终无法把甜点与一顿饭联系起来，尤其是它出现在最后。我的抵触最直接地来自口腔：不少人是把一顿饭的最后称为“收口”的，以咸来收口，嘴里仿佛清清楚楚，以甜品收口则嘴里黏黏糊糊（想想看，又是糖又是奶油的），不爽。

『扒』与『排』

依次说来，最先吃过的是“扒”，虽然后来猜测，“扒”与“排”应该就是一回事儿。

一九七九年头一遭进京，落脚点之一是父亲一老战友的家。他们家有两样儿菜是我一直记得的。一是清炒土豆丝：比我大几岁的老二将土豆丝切得细而匀，在水里漂洗数遍，下锅爆炒，放花椒粒，起锅时喷醋。吃起来特别爽脆，简直没淀粉的意思，与家里做土豆的“面”全然两样，但这不过是精致版、餐馆风格的炒土豆；另一样是“煎猪扒”——他们这么样叫的，我此前根本就没听说过。肉这样处置也是我没见过的，往往是阿姨一边跟我说话，一边用刀背在一块块几寸见方的肉上剁、拍，拍得肉上纵横交错像是加了细密的网格，而后就去作料里腌了再煎。我觉得好吃无比，开了洋荤了。

口语里的“开洋荤”不一定就“洋”，凡不常见者都可说成“洋荤”，但我怀疑这煎猪扒正经有个“洋”出身，因习惯上中国人即或大块吃肉也不是这样。属“大块吃肉”者，从整烧猪头到红烧肉，或多人合作，或可多可少地送入口中，都是共食的吃法，我吃的煎猪扒大小是一人之量，虽是与别菜一般好多块堆在盘子里端上来，分餐制的消息似也于不经意间隐约传递。此外“扒”字也来得蹊跷：中国烹饪中的“扒”乃是指微火焖烧的法子，比如“扒鸡”“扒蹄髈”之类，本身是动词，菜名落脚处仍在“鸡”在“蹄髈”——标明做法而已。名词的“扒”显系舶来品，那位阿姨是广东人，广东人在饮食上，是得“洋”气之先的吧？

说起来，“排”字在我们的菜单上是更常见的。哪个学校的食堂里，或是快餐饭摊儿上，恐怕都少不了“大排”“小排”，只是在一九七九年那会儿似乎还不多见，快餐盒饭也还要到几年后才成为新生事物，“大排”“小排”这样的“大荤”（即纯肉的菜）听上去有几分奢侈，而一个“排”字有“排骨”做后盾，似也并不费解，无须视为“洋荤”。倒是我颇有几分怀疑“大排”的来历：怕是有食堂菜、快餐以后才冒出来的吧？食堂的菜和快餐都是一人一份，自然而然就有些洋人分餐制的意思了。

造成我理解上的混乱的，是头一次吃牛排的经历——我发现牛排就是扎扎实实一大块肉，根本见不着“排”，也就是骨头。小排、大排、肋排、杂排……凡着一“排”字者，皆为连着骨的肉，没有骨头，何以称“排”？后来当然知道了，“排”是对洋文 steak 的翻译，不仅“排”，“扒”也是从这儿来的。

再去翻词典，人家说是从牛、鱼等身上整块切割下的肉，通常是煎、炸、烤的。即是说，“排”与“扒”所对应的洋文，直指大块的肉，碎肉做成整块形状的，比如我们称为“牛肉饼”的，也称 steak——去我们的“排”更远。我一度以为“排”“扒”有别，比如在国人具体的使用中，是否逢牛便称“排”（牛排），逢猪便曰“扒”？后来发现，混着用的，并无一定之规。牛排之外还有鸡排、鱼排，做法不一，如牛排常是裸着加热，鱼排、鸡排常会裹上面包粉炸，但与骨头无涉却是肯定的。倘是连着骨，反倒要特别标明，比如，“T 骨牛排”——这一样儿倘照我们对“排”= 骨头的意会去解，又是“T 骨”又是“排”的，真是叠床架屋，啰唆得很。

一直不明白的是，为何要把 steak 译作“扒”或“排”，这二字在中文里本有其意，“意会”起来，当然容易往骨头上联想，对少见多怪如我之辈，不免就有“混淆视听”之嫌。

两个半西餐厅

像别的事一样，餐馆，从不同的角度可以做不同的分类。不同的分类对应着不同的需求，不同的食客，不同的胃。有些分类是未言明的，比如，冲着本地人、熟客的，冲着游客、路人的。外人不明就里，本地人、老食客于此，绝对地门儿清。扩大开去，在中国，有针对中国人的西餐，也有满足西方人胃口的西餐，正像在欧美大城市里，有唐人街上地道的中餐馆，也有迎合老外对中餐想象的洋中餐。

西餐在中国，早已形成一个庞大的市场，有意思的是，除了肯德基、麦当劳、必胜客这些跨国公司经营的连锁店，我们这边层出不穷的西餐馆、西饼屋，十有八九，都是中国人开的。在欧美，也有老外做中餐的，那绝对是凤毛麟角，与国人的千军万马涌入西餐行当，完全不成比例。

在欧美，中餐馆的主流做的是洋中餐——虽然留学大军加上越来越多出国游的观光客可以带来不错的生意，然在人家的地界，中餐馆又是遍地开花，单凭同胞决计填不满，引来老外就食才赚得到钱。在中国也一样，西式餐饮得靠我们来消费，算计我们的胃，或是满足我们的西餐想象，当然还是同胞来得精准。

宾馆、酒楼里聘的洋厨师不算，洋人自己开餐馆、饼屋，有点年头，又有点名气的，偌大南京，以我所知，只有两家半。之外还去过一家“稍纵即逝”的，在清凉山公园，叫“巴黎盛宴”，一听这浮夸的名字，我先以为是中国人开的，后来知道不是，老板是法国人。法语联盟还在那儿搞过活动。中式的庭院，西餐馆通常是不设包间的，他家也有了。院中的空地没闲着，露天设了些座，鹅卵石的甬道上放小桌，小桌上架着烛台，坐那儿透过院墙花窗可以看到外面街上的行人和汽车。隔着花窗看外面，与欧美餐馆露天座相比，很是异样。

价格自然不菲，我只是有次下午经过喝过咖啡，吃大餐，多少要下点决心。他家是以“浪漫”“小资”相号召的，待我下了决心要去“漫浪”一回时，已是关门大吉了。

我确切知道走进的是老外开的餐馆的，要从“藤美”算起。此即我所谓“两个半”的“半”。是偶然撞上的。在大城市里生活，你的活动范围几点一线，就这么大，许多地方其实与你无涉，餐馆亦如此，不在活动范围之内的，大体等于不存在，除非是名声特别响。若非干道上会路经，藏在深巷里，就更是如此。

“藤美”开在省中医院后面一条小街上，小街再拐进去，有片空场，周围一圈，原是部队的房产，曾几何时，摇身变成了“石鼓湾美食广场”。也不知为何，入驻的商家不约而同，都玩异域风情：“澳门轩”一望而知是哪里的，“利久”属日料，从店名也模模糊糊猜得到，有家印度餐厅我忘了名字，甚至有家叫作“喜玛拉雅”的，一度小有名气，居然是个尼泊尔餐厅……

二〇一〇年我在省中医院做个小手术，术后的病号饭清汤寡水，真是嘴里要“淡出鸟来”。有天晚上在高楼上的病房里看夜景，就见下面有一大片霓虹灯闪烁，“美食广场”字样颇招摇，加以乐声，有几分灯红酒绿的意思。

于是馋虫蠢动，也不管医生的禁令了，慢慢下了楼过去。转了一圈，挨家挨户探了探。最后选中了“藤美”，是因为猎奇，他家菜单上颇有些没见过的名目。其时南京大大小小的西餐馆已开了许多，几乎家家都是那几道菜，千篇一律，与国人对西餐的想象，倒是相当吻合。比如汤，左不过就是罗宋汤、奶油蘑菇汤，再加南瓜汤而已。我在“藤美”要了菠菜汤和煎龙利鱼，这在南京不多见。都不错。从此这里就成了我偶动西餐之念的一个点。

“藤美”说全了，叫“藤美荷兰风味西餐厅”。单看“藤美”二字，或者会以为是家日料店，与“荷兰”“西餐”搭在一起，莫名其妙。后来知道，“藤美”乃是老板娘的芳名——不是日本人，是中国人，从温州出去的，嫁了个荷兰人。

在欧洲，温州人做生意攻城略地，卖皮包之外，就是开餐馆。我因此推断,“藤美”的前传,必是在荷兰的一家中餐馆。有次遇到老板娘，一问，果然。

老板娘人高马大，普通话说得有点生硬，衣着打扮有点土（据说这是各类归国人员的一大外部特征），常在前台张罗着。不像她先生，寻常看不见，偶尔出现也主要是和来就食的老外寒暄几句。我去过多次，只有一回，他到桌前来，问了句“怎么样”。虽然娶了中国太太,大概中文只会几句。身量偏矮，发福中年人的模样，拘谨木讷，老外中少见的予人缩头缩脑的感觉，与老板娘的热情泼辣恰成对比。一望而知，老板娘才是主脑，更是二人中有进取心的那一个。我猜想，杀回马枪到中国来开西餐店,多半是她的主意,虽然她对西餐似乎不甚了了。不止一次，我问某道菜的究竟，她都是去问老公或问厨师，咕哝一阵再来相告。

老板娘早已入了荷兰籍，我把“藤美”只算作半个老外开的西餐厅，似乎于理不合。当然，是从口味上说的：它要比中式西餐馆“西餐一点”，又没有主要针对老外食客的餐馆那么地道。所谓“荷兰风味”是可以忽略不计的（荷兰虽不像英国那样被讥为“黑暗料理”的集结地，却是不属美食的国度，似乎甚少见到以此相号召的），倒是有几样儿吃食标以“荷兰”字样，似乎不甚可口，尝过也想不起了。他家起初还可见到些老外，只是服务的对象，似乎主要是中国的小年轻，隔三岔五地打折，时不时搞个派对，又或弄些游戏项目之类的噱头，都是冲着这个人群。除了菜式有些特别，经营模式上，是越来越向中式的西餐馆靠拢。

论地道不地道，我的一个参照，即是距它不远处的“你好意大利”。老板是个意大利人，有个中文名字叫朱赛佩。很早以前新街口新华书店对面有过一家“蓝色多瑙河”西餐厅，据说他是那儿的主厨，又据说，他在北京也干过，到南京，喜欢上这个城市了，于是安营扎寨，以“老外”之身第一个在南京做起了餐饮。他的厨艺，当然是意大利风味。多瑙河与意大利挨得上吗？但那时国人对西方的饮食，就是一个笼统的“西餐”概念（比萨饼都还是稀罕物哩），“蓝色多瑙河”因施特劳斯的名曲在中国尽人皆知，当作标签贴上去，没人觉得不对，也没人会跟着店名走，估猜他家是奥地利或中欧风味。

等到自己经营，就打出意大利菜的旗号了。我不知道店名是老板自己取的，还是他的中国朋友的主意。一句问候语做了店名，挺新鲜：“意大利”嵌进去了，连态度也有了。咬文嚼字的积习作祟，我曾觉得不妥：谁在跟意大利打招呼？是在替食客代言吗？我好几次过其门而不入，倒不是因为被店名雷到，是因为他家看上去不大像个西餐厅。

说起来有点绕——这里的像与不像，又是以中式西餐厅为参照的。九十年代，私人开的酒吧、咖啡馆、西餐厅在南京渐次出现，当然各式各样，然皆与过去吃喝的所在判然有别，其一致处，是都别致讲究，虽巴掌大的地方亦如此，追求的是

“洋气”。印象较深的，是湖南路省军区大院往南，沿街开了一溜，“黑森林”“稻草人”……店名都透着洋派——“洋气”“洋派”是个笼统的概念，从装潢风格到干净程度到餐具到服务态度到店名，合各种想象而成——反正过去中式餐饮，没这么命名的。做餐饮而又讲究设计，似乎就是从这里开始。

与我们对“洋气”“西派”的想象相对应，吃西餐，似乎就是吃个情调，味道倒是为辅的。味道不咋地，情有可原（我们心底里原就认定老外不懂吃经嘛），不给制造点浪漫情调就说不过去了。中餐馆可以烟熏火燎，环境糟糕，装潢没品位，我们习以为常，西餐馆则理应高端大气上档次。尤其是，绝对不能“土”。很不幸，“你好意大利”恰好有点“土”。

像是完全没有设计过，似乎粉刷一下，摆上桌椅，挂上几幅不高明的画，就开业了。裸露的水泥地面，门口还有个“你好意大利”，与我们的想象不大对得上，本地小饭馆里常见的大红擦鞋垫，上有“欢迎光临”字样，还有一串装饰灯红红绿绿地在门口闪烁。

要是玩后来时兴的极简风，或是猎奇性地点缀些中国元素（像好多老外喜欢的那样）倒又罢了，却不是，比如，粉红色的椅套算哪一出呢？已是进入新世纪了，中国大概成为这个世界上最热衷于装修的国度，家家户户大动干戈，更不要说“楼堂馆所”。它这里的装修几乎可以忽略不计。

另一方面，若仅着眼于餐桌，则他家的标准则又似星级饭店，我是指餐具的选择、摆放之类。刀叉锃光瓦亮，高脚酒杯明晃晃，绝对见不到指纹，加上烛台、餐垫，摆放得一丝不苟。提供的服务也和简陋的店面不成比例。服务员随叫随到，包括点菜、上菜、向后移动椅子让你入座之类的小动作，均极礼貌周到，毕恭毕敬。若你点了葡萄酒，则必是斜捧了上来，问可不可以，若是白葡，到时必是放在冰桶里拿上来。后一条在欧美的餐馆里属规定动作，然在彼时的南京，尚属少见。倘若老板在装潢上自贬身价的话，那他在西餐礼仪上倒是一点没马虎，全带来了。作为这礼仪的一部分，或者说，给他家提供的不成比例的待遇再加码的，是大厨亲自到你餐桌前来问询。

大厨就是老板本人。和“藤美”的男主人不同，“你好意大利”的老板朱赛佩常常出现在大厅里，不是悄没声息，相反，每出现都仿佛自带高光。他挨个走到每张餐桌前，打招呼，问满意不满意。若食客是中国人，就用中文。其人身材魁梧，红光满面，说话中气很足，不管是否戴着高耸的厨师帽，都有名厨的派头。他在那边一开腔，洪钟之声马上把你的眼光吸引过去了。你会觉得你伸大拇指或奉上赞美之词皆在他意料之中，一切都是理所当然。他走上一圈，如同主人巡视自己的领地，很是笃定。

朱赛佩的笃定，当然在下面这一点上——他搞得掂食客的舌与胃。他对他的厨艺很自信，还要加上，他对意大利菜充满自豪，一如店名“你好意大利”所提示。其实十几年前，绝大多数中国食客如我一样，对西餐根本分不出个子丑寅卯，对意大利菜在西方的美名也几乎一无所知（以国家论，似乎只有一个云里雾里的“法国大菜”），但好吃是硬道理。

我头一次去“你好意大利”，居然有惊艳之感。大概是于西餐见识太少，“眼眶子浅”，我的“惊艳”，从面包篮就开始了。欧美餐馆的惯例，面包篮是奉送的，中式西餐馆或是免了，或者只是虚应故事的性质，面包与超市里买的无异。“你好意大利”的面包则像是自家做的，稍稍加热过，我也不知是什么名目，只觉松软可口。若是从菜单上点的蒜香面包，当然是更上层楼了，香脆酥松，烤得恰到好处。

“你好意大利”的沙拉对我说来，则惊艳之外，还有启蒙的意味。我对沙拉略有所知起于上海人的土豆沙拉，上海人的洋派，有一部分就着落在这里。我觉得神奇的是自制的沙拉酱，蛋黄和油调和，不断地拿调羹搅和，终成糊状。后来超市里有现成的沙拉酱，土豆沙拉似乎也不再时兴了。不管是自制还是现成的各种沙拉酱，都来得黏稠，容易腻，然则很长时间里，我们关于沙拉的概念，都是沙拉酱塑造的。虽然沙拉在中餐中的对应物应是凉拌菜，我们却不会以此例彼，质疑何以不能有凉拌菜吃起来的那份爽。“你好意大利”的沙拉让我“爽”起来了，因为调味只用橄榄油和他们的醋，对比沙拉酱拌的各式沙拉，简直是一种颠覆。地中海菜系里，这大约是主流，基本款，太寻常了，于我却似发现新天地一般。

橄榄油，似乎我也是从那里得其“真义”的。真是香。橄榄油和橄榄油可以差很远，就像芝麻油上焉者与下焉者相去不可以道里计一样。他家的比萨饼一直冠绝南京，我也以为烹饪技术之外，首先是用的奶酪就与众不同。

“你好意大利”的意面、千层肉酱、牛排羊排那些，也不必一一说了，总之对我们从中式西餐馆获得的西餐概念，绝对是一种刷新。我敢肯定，老板不仅是做餐饮，美食的标准也是有的。证据是，他家的水准，好于你在欧美旅游景点走进的绝大多数打发观光客的餐馆。

比“你好意大利”更“故步自封”的，是德国人开的西餐馆“云中”。“云中”西餐厅在南大附近的南秀村，一条巷子里，与“你好意大利”同样不起眼，位置上更背。他家对本土化的拒绝是全方位的。如果不事装潢，口味、分量上都本土化这些都不算的话，那在中国做餐饮，营业时间上还恪守欧美的规矩，就绝对是了：周一铁定是关门的，不要说中国人开的西餐厅，就连“你好意大利”这样的，也大都入乡随俗了，“云中”就是不变。

当然中午不营业，应是他们的经营策略。老外开的西餐馆要比中式西餐馆价格高出一大截，以二十年前教师的工资，去撮一顿还是要三思而行的，没个由头终嫌奢侈。我从学校经南秀村回家，几次路过新开的“云中”，均未入内。有次中午又经过，咬牙跺脚，决定开它的洋荤，却发现“云中”门窗紧闭。我还是第一次遇到餐馆中午的大好时光不营业，以为是遇到偶然情况，然而门上有行小字分明写着：十七点到二十二点。后来我推想，只做晚餐，大概因来就食的多为附近的外教、留学生，欧美已形成的惯例，工作日午餐都是将就的。

到某个晚上过生日，终于名正言顺去了，又发现“云中”的西餐，分量来得特别大。中式西餐馆之为中式，口味上迁就同胞之外，还有一项，就是分量上的酌减。老外人高马大，吨位在那儿摆着，饭量自然大，他们的一顿正餐，分量着实惊人。

中国留学生在欧洲的学校餐厅里常会有食不果腹之感，疑惑怎么一顿饭这么点就打发了，那是因为学校餐厅通常只管午饭，而午饭通常都将就，一份三明治、一盘沙拉，就可充数，要到晚上才拉开了架势来 dinner。到外面的餐馆里吃一顿就知道，不单是味道上的讲究，分量上与学校餐厅就完全是两个概念。

大多数中国人吃西餐属猎奇尝鲜的性质，猎奇时是不会以饱为念的，又因远离了平日的饮食，没了参照，甚至一顿吃下来，你都不知饱还是没饱。店家也就酌情处理了。比如牛排，其大小厚薄，已是参酌我们熟悉的大排了。“云中”则“不忘初心”，在德国咋样，到这边还是咋样，分量上决不变通，绝对不打折扣。从“咸猪手”这道菜上就可见一斑。

现在都知道，“咸猪手”堪称德国的国菜，十几年前，在南京还挺稀罕，我头一次领教，是在新开张的购物中心“水游城”，那里有家“德国啤酒花园”，菜单里有。显然是中国人开的，知道国人吃肉的常态，与德国人完全不在一个数量级，他家是将肘子剔了骨拆开了按份儿卖的，估计是四分之一的量。五台山体育场那儿的“宝莱纳”也是打德国啤酒的牌，老板不知是不是德国人，他家的“咸猪手”可以半个半个买。“云中”拒绝化整为零，要吃就是一整个。分餐制，一人要对付一整个蹄髈，对于我辈，相当之夸张——“换位思考”一下，让你一顿灭一个酱肘子或一个冰糖蹄髈，那是什么概念？！不光是咸猪手，在“云中”只要点一份主菜，以国人通常的饭量，吃撑了是大概率。

“云中”似乎不像“你好意大利”那样有号召力。固然是德国不以美食闻名，德国菜原本就不享有意大利菜受到的那份追捧，另一方面，也是因为“云中”的底牌不是做餐馆，而是做烘焙，南秀村的餐厅乃是“云中”糕饼屋的衍生物，而且好像存在了没几年，主人便歇手做回了自己——虽然生意似乎还挺红火。

把餐厅说在饼屋前面，实属“倒叙”。从头说起的话，“云中”饼屋要比“你好意大利”更有年头。彼时的南京，虽然西式饼屋已是星罗棋布，西式糕点则已将本土点心挤到了“传统”的角落，但通常所见，还都是改良版，打了折扣的。对我而言，“云中”才提示了不折不扣的西点是何模样。事实上，直到现在，“巴黎贝甜”“85度C”“面包新语”“酵墅”这些品牌店次第登场之后，最地道的西点，还要数他家。（有意思的是，“面包新语”是新加坡人开的，“巴黎贝甜”是韩国的品牌……这一块做大了的都是东方人，欧美人在中国似乎没有一家类似快餐面包房、饼屋的连锁品牌。）

我头次摸到“云中”是个冬天。“云中”开在上海路菜场对面，极小的门面，走过路过，很容易错过。“摸到”是指特别去找的，不然很容易“过其门而不入”，因门面实在是不起眼。一进去就觉异样，其一是热。南京人不怕冷，我的印象，在相当长的时间里，家里不说，即使公共场所，取暖时温度的设定也是酌减的，他家天气最冷的时候，在里面可以穿衬衫；其二，浓郁的奶香扑鼻而来，浓到可以用“浓得化不开”来形容（直到今日，这味道仍是标识性的，“巴黎贝甜”“克莉丝汀”再不会有）。二者加一块，再加上空间狭小，高头大马的老外挤挤挨挨，令人感到连里面的空气也较别处稠密滞重。

与这浓郁的味道相应，“云中”带来了西式糕点的重口味。西点当年在上海、天津租界早有一席之地，因起始都是西人经营，不地道也地道，但上世纪六七十年代，渐次绝迹。待九十年代后西饼屋风云再起，已然大大地本土化了，韩国人、新加坡人经营的饼屋，也都经历了适合东方人口味的变异。芝士蛋糕即其显例，有一款很受此间食客欢迎的轻芝士蛋糕，芝士与蛋糕浑然一体，消解了西人厚重的芝士奶油的堆积，据说是日本人的改良，兀自云淡风轻起来。

“云中”的糕点一点儿没有向东方人的胃口让步的迹象(若说有的话，那就是近年开始做起了月饼)，几可称西点中的“浓油赤酱”。蛋糕和各种派，皆是奶油、奶酪、果酱、水果、坚果的巨量堆积，蛋糕的托只有可忽略不计的薄薄一层，充当载体，各种派的饼底则本身已加足蛋奶，奶香味十足。以我的口味，实在是够齁的，有次吃下一块茶橘子蛋糕，腻了足有半天。但是架不住浓香的诱人啊，何况他们的点心做得真是细致用心。所以还是时在念中。

精致的点心之外，“云中”给面包正了名。面包在中餐中的对应物，应是烧饼、馒头之类，但很长时间里，我们这边的面包有点心化的倾向，有意无意地复杂化，各种添加剂各种味道，大体上是往甜里走。这背景下，“云中”的面包就来得特别本色、质朴。不管意式、法式、德式，都没啥添加，烤得外酥内软，突出的是面香。我头一次领略他家的面包，是吃三明治，他家三明治，用的是意式的恰巴塔面包。须知这还是上个世纪末的事，在中国的肯德基、麦当劳，帕尼尼似还没有成为西式早点的担当，顶多是在试水，恰巴塔加上金枪鱼夹馅，一举颠覆我固有的三明治概念。原来可以是这样的，不是只有那种层层叠叠三角形的才算三明治，还有，恰巴塔让我吃出了烧饼的风味。有此联想，倒不是口感上有什么近似，关键是它让面包回到了作为“饭”的质朴。

“回到”云云是参照众多本土化的西饼屋而言，其实不拘面包还是糕点，“云中”不过是在自己的延长线上，保持了原汁原味而已。他家的地道是由真材实料提供担保的，自然成本就高，顺理成章，也就卖得贵，在南京的西饼屋中，价格上似乎独标孤高。比如可颂，“麦德龙”四五元钱一只，“巴黎贝甜”大概十元钱上下，已是价格不菲了，他家要卖到十五元。提拉米苏，各种蛋糕，也比别家明显高出一截。因此也就小众。但凭着地道，凭着独一无二，还是俘虏了一批忠实的回头客，终是屹立不倒。

自开张到现在，“云中”存在二十几年了。在餐饮业各领风骚不几天、城头变幻大王旗的背景下，已然算是一家老店。国内的企业，都是以“做大做强”相标榜的，不知道“云中”有没有“做强”，没有“做大”是肯定的。“做大”是上规模，连锁，加盟，开分店。在南京，做西式烘焙的糕饼屋，有名气的都是连锁，从早先的“莎莉文”“易尔美”到后来的“克莉丝汀”“面包新语”，再到“85 度 C”“巴黎贝甜”，都是四处布点，能见度极高。“云中”混迹江湖几十年，依然不显山不露水。倒是“大”了点，似有三家了，只是按照现今国内“马无夜草不肥”的节奏，你都不好意思把那叫“扩张”。

关键是，就这三间店，在不起眼上，还是依然如故。在中国，门面风光似乎是特别重要的，店家也都乐于在吸引眼球上砸钱，以至于许多外国商家在中国开的店要比其他国家的店讲究得多。“必胜客”在中国已是升级版，不必多说，像韩国人的“巴黎贝甜"，在中国的店远比在首尔的店要气派。"云中"则还是那个"云中"，整个就没什么变化。菜场对面店搬到了云南路与上海路交界处，门面还是窄小，里面面积较前稍大，也只是稍大而已，门前隙地，弄了几个露天座。装潢、陈设依旧简单。店招不甚醒目，我不止一次，就是冲他家去的，骑电瓶车一没留神就过去了，不得不回头再找。

注重营销的时代，"酒好不怕巷子深"的说法早过时了。"不怕"透着底气，底气足，不经意间就露出傲气。只是傲娇你自傲娇，想大火是没门的，至多是不温不火而已，而现而今的气氛里，不火差不多就等于不成功。"云中"的老板如此淡定，恐怕还在于就没惦着大卖，而他自有他的根据地：外国食客依然是其基本盘。现在的位置就挨着南大留学生公寓，对于长着西方胃的老外，"云中"的面包糕饼即使不算刚需，也是题中应有的。

虽然从原址搬过来只有两三百米，谈不上"迁地为良"，更靠近基本群众总是好的。比起来"你好意大利"挪窝就挪得有点不妙。不是他们想搬，是遇到了不可抗拒的因素。石鼓湾那一带的房子属军产，军产不可用于经营，上面一声令下，都收回去了，不独他家，"藤美""利久""喜玛拉雅"什么的，都关张的关张，搬家的搬家了。有次经过，忽然想吃"你好意大利"的比萨，发现已然人去屋空。

不知出于什么考虑，"你好意大利"搬到了江宁那边的景枫购物中心内。楼上楼下，楼下做成酒吧，楼上吃饭。关键是，装潢讲究了许多，符合所谓“上档次”的标准。也许是借着搬迁升级吧。另一方面，大型购物广场里的餐馆都是往“现代”、往光鲜里去的，即使做快餐的，也与街边小馆不同，它若还像过去那般素面朝天，没准儿招商者都不答应。美国的高级住宅区，邻居常要管人闲事，比如哪家院子不打整草坪，任杂草丛生，就要劝诫一番，乃至业主委员会强令整改，因为你的乱头粗服影响了小区的整体形象，拉低了档次。像景枫这样摩登的购物广场，物业会不会有类似的考虑？像原先“你好意大利”那样简单随意的布置，在各大购物中心里，真是没见过。不管怎么说，搬迁之后的“你好意大利”比原先气派多了。

但是，装修的升级并没有给“你好意大利”带来更好的生意。有次专门坐地铁大老远奔过去，正是晚餐时间，走过一楼的酒吧，像是还未开业，上到二楼，偌大厅堂，连我们在内，不过六七个食客，冷冷清清。口味一如既往地地道，没了人气，只剩下“寂寞开无主”的萧索。原来他家傍着“金丝利喜来登”，五星宾馆，不少外国公司的人员出差住宿的一个点，想来也是其基本食客，再加上石鼓湾地近新街口，人流量大，不愁没人光顾。搬到景枫，好比顿失根据地，有多少人会专门跑到远离市中心的地方来吃一餐饭呢，就算“你好意大利”口碑那么好？

果不其然，过了段时间，“你好意大利”就消失了，“大众点评”网上再也搜不到踪影。也不能说就此在南京彻底销声匿迹，南秀村一家名为“意式小厨”的西餐厅，据说就是在朱赛佩指导下开起来的。去吃过几回，至少比萨、沙拉，还有“你好意大利”的余韵。

有意思的是，“意式小厨”的厅堂，就是原来的“云中”西餐厅。“云中”西餐厅短命，老板收缩战线深耕烘焙的一亩三分地，“云中”饼屋当然还在，而且在业内似有相当的号召力。有次在三牌楼经过一家新开的西饼屋，看着有点特别，进去张了张，店内无人，店主逮着我一通自我介绍，不知怎么提到“云中”，她大为兴奋，说她曾经是“云中”的员工，进去都会经过培训。那口气，仿佛“云中”是烘焙界的黄埔军校。

吃肉

很久以前，就听到过肉在韩国如何如何珍稀的传闻，说韩国人送礼，肉是一大选择，逢别人有喜庆事，拎块肉或排骨登门者不在少数。未经考证，不知是否夸张。我猜想这是往事了，不过韩国人吃肉少是真的，现在也是。

你若是到烤肉店，当然不会有这印象，得出相反的结论也说不定。因为你会发现，周围的人都很能吃肉。烤肉有种种吃法，不论裸吃，还是用蔬菜包起来吃，肉都是绝对的主角，你就是奔着肉来的。牛肉贵，大部分人的选择是烤五花肉。真正的五花肉，肥瘦相间，层次分明。据我的观察，烤肉的大小是有标准的，大块的那种，大体是一公分厚、二十公分长的长条，分量约一百克——超市里买切好的肉，这种规格的就独成一类。不拘架上烤、烤箱里烤，还是铁板上烙，烤熟了使剪刀剪成小块就行。一般烤肉店，一人份的，两百克起售，就是说，吃顿烤肉，起码四两五花肉下肚。

有次在宏大那一带逛，进了家人气极旺的烤肉店，坐定后才发现，是自助式，不限量。我是号称“食肉动物”的，自然“甚合吾意”。两人刚坐下，一大盘四大块肉就端上来。更不打话，摊开在烤盘里就烤，过一阵就嗞嗞冒油，油汪汪一片，服务生过来帮忙，按一按钮令烤盘倾侧，油便从那头一小孔里流出去。饶是如此，烤炙过的肉还是较炖肉、炒肉之类更见得油，吃肉的主题也更见突出。一盘下去，不待吩咐，服务生又将一盘端上来，这时我才发现，我的所谓“无肉不欢”到这里就现出纸老虎的原形：虽有泡菜、啤酒解腻，虽然烤肉香气扑鼻，甚是诱人，我却已是强弩之末，力不能再战了。只好令将端上的肉撤去。

环顾周围，却是热火朝天。这里挨着宏益大学，食客多是大学生，正当虎狼之年（想来烤肉不限量对年轻人也才有意义），自然特别能战斗。以“热火朝天”来形容吃的场面，似乎在烤肉店更得其意：吃烤肉必喝酒，觥筹交错中，肉在釜中嗞嗞作响，构成人声的底色，一个个排烟管下是升腾的烟气，真有一种特别的氛围。那些小伙子也就罢了，邻座有俩女生，清秀斯文的样子，居然面不改色把四大块肉全吃了，服务生又上一盘，也不见推阻，仍若无其事谈笑喝酒。想想国内一些女性在餐桌上，一块红烧肉也能令其犹豫再三，畏葸不前，差得真不是一点点。我的同伴是来首尔度假，像很多来韩国的人一样，行前被灌输了很多韩国没肉吃的传闻（倒好像到韩国等于一次斋戒之旅），这时就嚷嚷：谁说韩国没肉吃，韩国人不怎么吃肉？！且立马就要发微信以正视听。

要证明韩国有肉吃且韩国人很能吃肉，太容易了。如果鸡也可归入肉，我拿出的证据可称“铁证”。我上的一门汉语口语课，教材为韩国人所编，有一课是“在饭馆”，两男生一女生点餐，男生点烤牛肉，女生点的是参鸡汤。参鸡汤我是有数的，一份就是一只整鸡，没有拆零之说，虽说都用童子鸡，这肚量也甚可观。教材中的情景对话相当写实，有普遍性的，事实上饭馆里的定量，也是对众人吃肉欲求与能力平均数的一种预判，若有“群众呼声”，早就一分为二或化整为零了。猪蹄也是如此。这是韩国人吃肉的另一焦点，最常见的卤菜。他们的猪蹄连蹄带髈一大个，都是整个地卖，片成一盘（在餐馆）或一包（在市场或超市），就是整个猪蹄剔了骨之后的全部，只有猪蹄个头的大小之分，没有什么称几两半斤之说。我一人在异国吃“独食”，自忖没那么大的量，超市里卖的猪蹄都是切好打了包的，不由分说。有次在市场见到一摊位上囫囵个地码了一堆，现切现卖，便上前比画，想让摊主卖半个给我，也不知是不是未能比画清楚，反正是遭拒。那回也巧，似乎都是后蹄，个儿大。我一连吃了几天食堂，清汤寡水，嘴里快淡出鸟来，也不耐再比画下去，买了个整的走人。切出来包了一大包，饶是吃肉心切，也吃了好几顿才全部下肚。

说韩国到处都见着肉的踪迹，又说我在韩国的日子过得清汤寡水，听上去自相矛盾，其实不然。事实上，韩国人在餐馆里吃起肉来更见豪放，恰是因为他们平时不大吃肉，毕竟下馆子不是常态，而大张旗鼓地吃肉，大都是在餐馆里。所谓常态,吃吃他们的食堂便可了然。我们那边的食堂,菜单上有“大荤”“小荤”之设。女生或是原本口味清淡，又加上减肥已成第一要义，有小荤即可打发，男生则一日之中，必有“大荤”。“大荤”者何？大排、小排、红烧肉、鸡腿……就是纯肉的菜嘛。韩国学校食堂多行套餐制，两三样套餐选择，皆甚少见肉，即使有洋葱炒猪肉之类,也仅一小撮,不堪大用,如同我们的“小荤”,“意思意思”的性质，肉的消息只在隐约之间。他如火腿肠、小肉饼等肉的代用品,皆混合较多洋葱、胡萝卜、淀粉在内,已不能以吃肉视之。故有一学生不止一次在我面前表示对食堂的鄙夷，他在中国读的中学，有中国的食堂做参照，原可以有多方面的抱怨,比如选择少之类,但他一言以蔽之:“没肉吃！”家中的饭食，或有不同，但韩国朋友告诉我，清淡这点上是一样的。

韩国人对吃肉如此吝惜，在过去，是因为资源匮乏，没那么多肉，现在则是久而久之形成了一种饮食习惯。并非胎里素，清淡的饮食，过一阵儿还得有大张旗鼓的吃肉来平衡。平日吃肉的冲动受到压抑，一旦吃起来就格外地主题鲜明。他们到烤肉店、炸鸡店，真正就是吃肉，专题性的，因没什么别的菜肴。而比起吃肉的重头戏，后面弄点大酱汤、泡菜吃碗饭，属一笔带过的性质，高潮过后的草草收场。烤肉、炸鸡、卤猪蹄之类，的确也不适于用来下饭，只合下酒。在喝酒与吃肉上，韩国人和我们正好相反：他们的喝酒是日常的一部分，我们则大多数人平日并无喝酒的习惯，喝起来倒可一拚；我们天天吃肉，餐桌上再无刺激，战斗力也就平平，他们平日不吃，吃起来时自有一种亢奋，往往爆发力惊人。

我说“亢奋”是有根据的。韩国学生聚餐相当频繁，聚餐当然可以有多种选择，不论男生女生，这时若有人提议“我们吃肉去吧？”，几乎总是得到“好！好！去吃肉！”的回应。一个对中文极有兴趣的学生，用上了她刚自学来的一词，形容那场面为“欢呼雀跃”，我大加赞赏之余，颇后悔我有次上课时，对顺带说到的“登高一呼，应者云集”一词，解释过于草草。解说词语，讲说字义之外，举例是最生动具体、易收印象深刻之效的，我大可以跟他们说，有人提议吃肉时众人齐声赞同的情形，就有那么点“登高一呼，应者云集”的意思。

下面

一

汉语里“下”字当动词用时，有一个意思，字典上说是“投放”，比如“下种”“下面”——不是说方位的上面、下面，是说下面条。并未区分往哪里投放，种子是“下”到土里，面条是“下”在水中。往水里下饺子、下元宵、下馄饨，也都说“下”。

有个老外好抠死理，水、土之异且不追究，盯着问我，都是cooking，都是在水里煮，米入水中，就不说“下米”，却是为何？我跟他说，约定俗成嘛，习惯的说法，哪那么多逻辑？我倒是想过：米饭不拘干饭还是粥，米与水同在，凉水生米一起煮，说不准谁先谁后；面条、饺子之类，则必要待水沸了再行投放。（我平生第一次下面不知此理，烧饭一般，面条与水一起下锅，当然是一塌糊涂，教训相当之惨痛。）

若“下”专指投入沸水中的动作，做饭当然就用不上一个“下”字。然而我们若在吃饭与吃面之间举棋不定，问吃饭还是吃面，回说“下面吧——省事”，那这里的“下面”与“做饭”差不多是对举的，指的是cooking面条的全过程。并非一投了之，准备浇头，调和汤底，皆在其中。即使取狭义，专注于将面条煮熟的“下”，也包括了从投入到加凉水到捞起的各个步骤。

下面似乎算不上什么技术活，然而和做饭比较起来，还是多一点技术含量。现在做饭差不多由电饭煲代庖了，面条则还要一板一眼地“下”，不管在家、在面馆里都是如此。下面的讲究，无非是软硬的拿捏，有人喜欢硬一点，有人则相反。以我所知，“硬”是主流。南派的苏州面强调“汤宽，面硬，重浇头”，想来“硬”是多数人的要求。北派的面条（尤其是西北）多系手工，其筋道由手工的碾压、揉制、拉伸来保证，南派多机制面，且通常来得个细，要想吃出筋道，下面时就须格外留意，煮的时间稍长，面条即不复硬挺。

当然也有个度，断生似乎是前提。唯生熟之间，又有不同的拿捏。理想的“硬”，面条外面爽滑，芯子则还带点生，“硬”的口感与这点生脱不了干系。在家里自己下，或者在面馆里大师傅给你下，“硬”的要求似乎都不难达到，通常却是面馆在硬度上更胜一筹。

面馆一是能硬，二是敢硬。有次在南京一家常熟面馆吃面，等的时候和店家聊天，问他们的面条下出来何以如此硬挺，回说首先面条就不一样。据他所言，多数面馆里所用面条是定制的，与面条店里卖给一般顾客的不是一回事儿，多半是加了碱的，原本就硬。又加上面馆都是大锅，火旺水滚，面条下去，拨拉几下就可捞起，要怎么硬就可以怎么硬。（其实“硬”不仅关乎口感，还关乎看相，苏州面能一丝不乱、清清爽爽码在碗里，多少也是仗着面条绝不拖泥带水的那份硬挺。）

所谓“敢硬”是我自家琢磨出来的。独自在家时，常以下面来应急，既然特在意面条的筋道，自然要往硬里下，只是又怕不熟，不免往“熟”的方向上加大保险系数，不时捞起尝尝。“恰好”的机会稍纵即逝，待确证已熟盛入碗中，吃时已嫌软烂了。往“生”里试过多次，终因惦着“断生”的雷池一步，以为思想够解放了，结果还是硬不起来。

面馆里也有把面下烂了的，然绝大多数时候，硬度上很让人放心。要说我因担心“生”而在硬的方向上不能毅然决然，那面馆大多是宁生勿软的，就像餐馆里调味时的宁咸勿淡。厨师比我们更下得了手，想想看，炒菜判定“断生”时的大胆果决，大举放作料时的近乎“向死而生”，你在家里哪敢这么干？下面，道理也一样，你就不敢往“生”里铤而走险。

没准儿一碗偏生的面，你在家里吃了，疑惑熟没熟，在面馆里吃了，则不疑有他。下面在厨艺中端的小道，却也有业余、专业之分。你是业余，他是专业，业余对专业，即使是不服以至叫板，不免还是要仰视，专业的不管有理无理，自带一份笃定。

二

说“硬”是主流，并不意味着“软”就无人问津。有喜硬挺的，就有喜软烂的。我原以为软烂是老年人的专利，牙口不行了嘛。其实，非也。尽有年纪大牙口不好者，偏好咬嚼的口感，对面条筋道的要求，一点不肯放低。也有年纪轻轻就唯软烂是尚，面条必要煮得烂熟，才觉味美。

烂熟到极致，便是烂糊面。不喜吃烂面条的人，或者要怀疑是没下好，自暴自弃，干脆将错就错往烂里煮，居然就自成一格。我原以为烂糊面者，都是在家里的因陋就简，无招化有招的乱对付，直到有次在上海一面馆菜单上看到，方知人家也是可以有头有脸的。

便是连汤带面带菜一起煮。南京风靡过一阵叫作“小煮面”的，其特别处是两只锅同时进行，一下面，一以青菜、肉丝、榨菜等物汆汤，面条下到五六分熟即捞起投入汤锅，再同煮上一阵。烂糊面无须一分为二再合二为一的程序，可以一锅烩。

关键是，小煮面对面条的爽劲并不放弃，故只肯“小煮”，下出来仍是汤自汤，面自面，不失分际，菜则求其鲜嫩。烂糊面则可称为“大煮”，必要煮到面与菜同烂，汤与面共一色，方才罢休。“清爽”二字是免谈了，面条膨胀到走形，几与汤打成一片，汤则是真正的面汤，堪称“浑厚”，当真已去糊状不远。对好之者而言，其可喜正在于此——在其成就另一种口感。有个朋友是硬面、烂糊面皆好的，烂糊面不烂到那程度，他便以为不合格。以他之见，烂糊面几乎可以羹汤视之，是可以喝的。吃面总是要用筷子吧？吃烂糊面可以用调羹。在吃面上，我属坚定的吃硬不吃软的一派，那次在上海的面馆里见到烂糊面，从猎奇的角度，也该一尝的，而竟放过。唯一一次在外面吃接近烂糊的面，还是误食。

是在首尔的广藏市场。广藏市场在首尔小吃界的地位无须多言，韩国传统小吃，应有尽有。在首尔教书一年，每每到此猎奇，什么活章鱼、鱼内脏火锅、凉拌猪皮之类，一一尝过，绿豆饼、生牛肉拌饭等，更不在话下。但猎奇式的觅食，往往就是一回头。有次又逛，却是没胃口了。这时看到手擀面，当真是“觌得亲切”。其实市场东面一入口处足有四五家小摊，都做这个，之前只顾搜奇觅怪，以其寻常，回回经过都是视而不见。

真正的手擀面，现擀面现切。这也没什么，我看了稀奇的是面就下在一锅肉汤里，煮的时间相当长，也不加水，就这么煮，而后连汤带水盛上一大碗。汤自然不清，肉汤里混合着面粉的意思，浑浑噩噩，浓稠如浆，面条外面已往烂里去了，却不能说是烂，入口是一种黏腻。因是手工面且较粗，到里面仍有咬嚼，长时间在肉汤里煮，又另有一种风味。一大碗面，也没什么浇头之类，配着朝鲜泡菜，我吃得心满意足。最满意的还是它的口感，似乎是烂糊和筋道兼而有之，或者说，从烂糊中发现了筋道。

我说“误食”，乃因是冲着手擀面去的，几处面摊，牌子上都标着“×× 手擀面”的字样，前面当是地名，看字面，提示的是面条的制法而非下面的方式，当然那地方手擀面都那么下也说不定。倘若招牌上写的是“烂糊面”，我就望而却步了。

也许韩国根本没有烂糊面一说，我却因一点相似，后来擅自称之为韩国烂糊面。虽然我那位用调羹吃面的朋友肯定会说，那是两回事儿。

『饭』的加法

有句老话叫“少见多怪”，时常挂在嘴边的，着实道出了“少见”与“多怪”之间的因果关系：一现象、一事物，没见过或是少见到，才会觉得奇怪，见过或是见多了，则“见怪不怪”。事实上，你觉得怪与不怪，它就在那里——局外人才会“见怪”，个中人浑然不觉，“怪”不过是对你的成见的颠覆而已。

到异地或者异国，经常就有这样的颠覆，也是一个从少见多怪到不以为怪的过程。十几年前我到法国，首先于“饭”与“菜”的概念即有一个大的颠覆，因我们当“菜”的土豆他们经常当主食，我们绝对以“饭”视之的米，他们又拿去当拌沙拉的原料。

照说韩国饮食应该不像西餐那样对我辈构成重大挑战，一则也是食稻米的国度，二则这里不像东南亚，有那么些特别的香料。何况这些年大城市里各国美食轮番登场，南京的韩国餐厅早已遍地开花，学校的食堂里也石锅拌饭起来了，来韩国我甚至对饮食已然一无搜奇览胜的期待。

没想到还是有新鲜可看。比如用餐时的主食并举。

第一次领教其实是在南京一家叫“摩休敦纳”主打年糕的韩式小馆。其时奶酪尚未在非西餐饮食中大举渗透，他家的火锅里有，我是奔这个去的。长圆条的韩式年糕浴在韩式辣酱制造的红汤里，上覆一层奶酪丝，与我们的汤年糕、炒年糕比起来，当然别是一调。奇的是最后又下了块儿方便面进去。我们的习惯，不拘汤年糕、炒年糕，吃年糕便是吃年糕，若是火锅里年糕不够吃，再来一份便是，好比吃饭一碗不够再添一碗，跑出面条来，算哪一出？节外生枝嘛。但那回重心在领教年糕与奶酪的混搭，且店名叫“摩休敦纳”，透着洋味儿，没准儿是店家故意不按牌理出牌，就让你们新鲜个够，也未可知。

到了韩国才知道，不仅年糕和面条，面条和米饭、米饭和年糕，也可以并举，主食上搞叠加，敢情是人家的常态。为猎奇去尝个新鲜和一日三餐的吃饭，感觉是不一样的，前者就为那点新异，见了“怪”也不以为意，及至当作常态来接受，不免就“少见多怪”起来。

街边的辣炒年糕，又或冷面什么的，不算，那是小吃，吃完拉倒——我说的是正经吃饭。我没在韩国人家里做过客，不知就里，不过学校食堂应该能反映“家常”的一面吧？韩国的学校食堂，例行套餐制，中餐和午餐，几乎每次，我取到的都是两种以上的“饭”。比如米饭之外，搭一份荞麦面条；

比如泡菜炒饭，外加一个迷你的热狗；比如米饭、面条之外，又有一份辣炒年糕……年糕也就罢了，因我发现在韩国，辣炒年糕是可以定位为“菜”的，火锅年糕里它是与蔬菜、肉类一起下去，以“程序正义”而论，最后下去的面条或泡的米饭，才算主食，年糕岂不就该属于“菜”的范畴？（在东大门吃“一只鸡”，也是先下年糕在鸡汤里，最后才是面条下去，那个值得做专题，且表过不提。）但面条、米饭并举，炒饭再来热狗是什么情况？我们吃粥时必有干粮，那是吃稀，吃干就得另说了。

当然我这还是少见多怪，谁规定只有稀饭、馒头的搭配，不能有其他？说起来我所食者，也符合干湿搭配的原则，我就没见过干饭搭炒面的。这么一想，好奇心就转向另一面——数“饭”并举，宜有主次之分，分出主次，也就定位了哪一样是终极的“饭”。韩国朋友不假思索板上钉钉道：“当然是米饭啊！”果然，从量上看，其他都是为辅，且其他都必是有味道的，米饭才可能是“白饭”，汤面就可当汤喝，居于“下饭”的位置。

毕竟是稻米的国度，只要有米饭在场，那就是“天王盖地虎”的性质，其他种种，都“降格”为“菜”了。

首尔『一只鸡』

韩国人爱吃鸡。传统的，有参鸡汤，朴槿惠见宋仲基，选了参鸡汤一起品尝，足见其来头大；后来居上的，数炸鸡，借光韩剧，在年轻人中，差不多无人不爱。“一只鸡”远没有这样声名远播，没准儿韩国别的地方就没有。当然，首尔足以号令全国，首都嘛，而且作为超级城市，首尔是一家独大，韩国差不多半数的人口在这里，从他们的叫法上就可知道首尔的非同一般：在韩国，首尔之外，都叫“地方”，就像在法国，除了巴黎，都是“外省”。

“一只鸡”兼指鸡的做法、吃法和经营此味的餐馆。像别的城市一样，首尔的餐饮连锁店讲究店面的分布，四面八方铺点，传统的特色餐饮则喜欢扎堆，于是地铁回基站那里有海鲜葱饼胡同；奖忠洞有猪蹄一条街；广藏市场一家挨一家全是绿豆煎饼；新堂洞则有辣炒年糕一条街……还有许多未命名的，比如东大门附近一条胡同，巴掌大的小餐馆一家连一家，全做烤鱼，号称烤鱼胡同。那日转了历史与文化设计广场出来，顺脚扎进左近的巷子里乱逛，这里满巷子烤鱼的香，家家就在店门口烤，所营为何，一望而知。正盘算日后要来一尝，到胡同转角处，又撞上另一番热闹：一家二层楼的餐馆，满坑满谷坐着食客，外面还有好多人在等位。早过了饭点儿，那些烤鱼店只有零星食客，或者歇息的状态了，它这边风景独好。店招看不懂，好在另有汉语“一只鸡”“鸡一匹”的字样，证以食客面前一盆盆冒着热气的鸡，是做鸡的店无疑了。再看看，周围四五家，全都“一只鸡”，却见冷清。

风景这边独好，或者与他家是“元祖”有关。初到首尔，就见到一些店家门额上有“元祖”字样。在国内，台湾人开的一家偏中式糕点的连锁饼屋颇有名气，就叫“元祖”，首尔的“元祖”往往很是简陋，我还说，“元祖”到了这边何以破落如此。当然，不相干。韩语里“元祖”是“始祖”之意，“元祖”并非店名，提示某食物是他家的创制而已。看人气爆棚，这家“元祖”在我就算挂上号了。但其实也就是一念：这么犄角旮旯的所在，下回再能摸到这里，概率太低。

没想到再到东大门一带，走街串巷寻路间，居然又迎头撞上。这次正好寻路误了饭点儿，腹内空空，而店堂内居然有座，也不寻那家詹姆斯芝士排骨了，立马就“登堂入室”。这家“元祖”为陈玉华的店，没什么装修，服务员清一色中年大妈，让人想起国内过去那种集体所有制的小饭馆。首尔颇有一些人气餐馆，就是这模样，靠物美价廉赢得口碑。前几年黄焖鸡米饭连锁店、加盟店一夜之间火遍南京，店家诌了句颇“诗和远方”的词，曰“一只鸡的传说”。那是红烧鸡肉快餐饭，“一只鸡”，传说而已。首尔的“一只鸡”倒是一只整鸡，两三斤重，你面前气炉上已是一盆鸡汤在那里（内有土豆片），八九成熟的整鸡放进去。想是中国人来得多，居然有一份中文的操作程序在旁边：先把整鸡剪成块儿，再将半小碗蒜末倒进去，再加入年糕。而后，边炖边吃。鸡块捞上来，蘸调料吃，酱油、醋、芥末，自加调配吧。看我们对着整鸡犹犹豫豫不下手，一服务员走过来，也不费指导的工夫了，操起大剪刀，三下五除二就把鸡给剪成了大大的块儿。

这可真是开了眼了——还不是说往鸡汤里下年糕，又或蘸料里有芥末，我最觉新奇的这许多蒜末加进鸡汤去，至少是对江南人而言，这样的组合，得有非同一般的想象力。江南人的鸡汤，是地地道道的清汤，宗旨是不让别物别味来破坏鸡汤的鲜，这许多蒜末大张旗鼓地放下去，岂不让鸡汤之鲜荡然无存？然而千真万确的，它有它的鲜美，虽然是另一路的。江南的炖鸡汤用老母鸡，重心全在一汤，鸡肉已是炖得如广东人所谓“汤渣”，往往是鸡汤人人争着喝，鸡肉却是食之无味，弃之可惜。记得小时候，我对汤里鸡的兴趣，唯在内脏与鸡皮。首尔“一只鸡”，鸡与汤并重，汤是浓汤——土豆、年糕这些淀粉质的东西当然让汤往浓里走，蒜末的加入则益增味的浓——而鸡并不往死里炖，蘸了作料吃，如同热食的白斩鸡了，虽然不可能有白斩鸡的嫩，却仍可食，剪成很大的块儿也是有道理的，太小则肉易老，而鸡肉浴在浓重蒜味的汤里，也已别有风味。

韩国人吃饭，辣白菜必不可少，有百搭的意味，吃什么都白送一份，或是自取。辣白菜与鸡汤何干？韩国人不仅当小菜，还就是让二者混搭了：待锅中物吃得差不多，就见邻桌的韩国人纷纷将碟中辣白菜倾入锅中，鸡汤顿时渲染成韩国饮食中那种几乎无所不在的经典的红色，然后就是下面条了，于是这顿饭便有一个热烈的稀里呼噜的尾声。

若是放养的走地鸡，这样的吃法简直是暴殄天物，既然是养鸡场的鸡，如此这般不仅无伤大雅，我简直认为还是独辟蹊径的一条鸡汤思路。须知洋鸡炖汤，很多人都觉得根本没法喝的。故我也要把韩式吃法进行到底。虽然两个人对付整只鸡已需要一定战力，且土豆、年糕都是饱腹之物，吃到这时已是强弩之末，我们还是照葫芦画瓢，勉力再要了一份面条，照韩国人的习惯，这才算善始善终。

吃撑总是难免的。于此我们离开时也就更要对隔桌一中国女孩投去同情的一瞥：她一人面对着偌大的一盆汤，偌大的一只鸡，显然她是独自出游。要说韩国人也真是不会变通，一只鸡就是一只鸡，一份就是整只，一个独食，也没有卖半只的。这是在坚持“一只鸡”的完整性吗？

当炸鸡遇到啤酒

时尚影响到饮食，过去也是有的吧？但肯定是于今为烈。这里面影视的推波助澜是一大关目。比如名不见经传的韩国料理因《大长今》而广为人知，普普通通的炸鸡，因为是《来自星星的你》女主的爱物，忽然间就令少男少女心向往之。时尚的特点，是“各领风骚三五天”，时尚餐饮亦如此，因为重心不在味道，而在“时尚”的新异感，往往旋生旋灭。但在韩国，炸鸡肯定不属此列，假如起初有点时尚的因素，现在也早已沉淀下来，成为韩国人饮食中深入人心的一部分了。

我第一次吃炸鸡是在肯德基，已是一九八七年的事，北京前门，第一家肯德基开业。那以前虽然阅鸡多矣，但就没吃过炸的。国人颇喜油炸的食物，传统的糕点，面粉制品，油炸相当主流，菜肴中油炸作为一道工序或甚普遍，炸鸡则少见。从整只的鸡到分割为鸡块、鸡丁，蒸、煮、炖、焖、烤、炒无所不可，就是不用炸这一招。以至肯德基初来乍到，我们都觉得新鲜。我想韩国人也是如此。

肯德基作为洋快餐，以“洋”字相号召，一举在中国站稳脚跟，炸鸡亦随之落地，现而今山寨者颇众，炸鸡排的店固然到处都是，既然流行歌里都能唱到“我在人民广场吃炸鸡”，也就见得炸鸡还算受待见了。但我总觉炸鸡还是外于我们饮食系统的另类，至少在鸡的谱系里，它远不能号令天下。韩国则不同，从任何意义上讲，炸鸡都已本土化。其一是食者众，对我们而言，炸鸡是一种小儿或年轻人的食品，中老年人多半是敬而远之，在韩国则真有点老少皆宜的味道。首尔炸鸡店之多，可用“三步一岗，五步一哨”来形容——没错，就叫炸鸡店，专营炸鸡或主营炸鸡，店多势众，我想唯烤肉店可与之分庭抗礼。不像国内，除了肯德基，其他做炸鸡、鸡排者，多半是外卖，这边多堂食，很多店规模还相当大。其二是舶来变国产，已然演变为韩式。咖啡是更地道的舶来品，且也已成为韩国人的必需，大大小小的咖啡店街头巷尾遍地开花，普及程度不下欧美，且一统天下，取代了传统的茶，以至很难找到一家茶馆。但那大体上是照本宣科、原封拿来的性质，到哪家喝的也是美式、拿铁、卡布奇诺或意式浓咖。炸鸡不同，虽基本面就是美式的炸，却已是移花接木，弄出许多名堂来。照说爱炸鸡若此，又与美国关系不一般，肯德基在韩国应该比中国更有市场，事实却相反，偌大首尔，肯德基并不多见，且远不如在国内的显山露水。一个重要原因，便是韩国人的“创新”，结果本土派将外来和尚打败了。

你到一家炸鸡店，少则七八种，多则十几种口味，什么原味、调味、洋葱、蒜味、芝士味、水果味、酱油味……不一而足。原味是最朴素的，说白了就是肯德基式，其他种种，都是在这底子上变化。比如覆一层洋葱丝，上浇沙拉酱；比如撒上芝士粉。韩国饮食，多喜撒上芝麻，我怀疑炸鸡上放瓜子仁、杏仁片是这一“原则”的延伸，炸鸡块伴以橙子、菠萝片的则要算另一路。诸色杂陈，看上去颇诱人，有的搭配，也真让人脑洞大开。这里面我觉得最韩国的，当数调味炸鸡。其实原味之外，都要算调味。但在他们那里，调味专指以韩式辣酱调味的那种。是炸一遍之后裹上酱再炸，特别入味，且其他口味，均以现炸现吃为好，调味炸鸡则摆放一阵亦无妨。我得说若是原味，还是肯德基的更好，选料的严格，温度把控的精确，都令其更能保证锁住水分的酥嫩。但是挡不住韩式炸鸡多样的口味啊，独沽一味，终是单调。

饶是花样百出，炸鸡的风靡韩国，也还有一大关节，即是它遇到了啤酒。炸鸡独行，形单影只，与啤酒成双作对则相互衬映，终成佳偶。我不知道如此搭配是怎样被固定下来的，反正在韩国，炸鸡与啤酒已然是“焦不离孟，孟不离焦”的局面，以婚姻关系作比，则俨然“天生一对，地设一双”。韩国人口中，啤酒和炸鸡，会被简称“七迈”，这是 chicken and beer 缩略后的韩语发音，谙中文的人则创出一个“炸啤”来，意思一样，却和中文“扎啤”谐音，可见在韩国人心目中，已是二位一体。

韩国人很少拿炸鸡来搭配其他，炸鸡也不构成正餐的一道菜。事实上炸鸡也不适合用来“下饭”，不管配米饭还是配面条。若作为洋快餐的一部分，当然没问题，但稻米之国的韩国，快餐的首选似乎还是紫菜包饭。所以若非当小吃，则唯有喝酒时，炸鸡才算得其所哉，有了用武之地。美国人喝啤酒，也有佐以炸鸡的，然西方人喝酒大体不用下酒菜，炸鸡可有可无，与啤酒形不成标配。韩国人喝酒便是喝酒，不与吃饭相混，但例需下酒菜，啤酒也不干喝——这倒很东方。而喝啤酒，炸鸡最是相宜。

炸鸡店未必有啤酒，因好多是外卖，或兼营其他，是可以吃饭的地方。啤酒屋，则必有炸鸡。啤酒屋，顾名思义，是专门喝酒的地方，不供饭菜，也没别的下酒菜，就是炸鸡。起初我不知两种地方如何区分，因炸鸡店也不是绝对不卖酒，问了才知，关键是吃与喝的主次之分。若招贴上炸鸡与酒瓶并举，或大书 CHICKEN AND BEER，那是啤酒屋无疑了。首尔啤酒屋密布，顾客少有喝酒而不点炸鸡的，想来若不是与酒同行，形成组合，炸鸡的市场必会萎缩大半。

其实啤酒屋并不单卖啤酒，韩国人传统的口粮酒，叫作“烧酒”的，亦属常备，下酒菜也是炸鸡，选择喝烧酒吃炸鸡者，不在少数。但未闻有“烧酒 / 炸鸡”一说，固然啤酒显得新派，炸鸡的拥趸也以年轻人势众，另一方面也就见得炸鸡与啤酒的搭配更深入人心，不容第三者插足。我都试过，的确是啤酒与炸鸡更搭。盖啤酒宜痛饮，炸鸡干而燥，大口的冰镇啤酒下去，解燥，爽。烧酒虽度数与中国白酒相比低了不是一点点，喝起来还是浅斟低酌一路，配卤猪蹄之类温润的下酒菜更合适。

来首尔数月，各色炸鸡领教不少，多半都是喝啤酒，啤酒屋却没去几家——语言不通，一人独食，非得弄出一副“斯人独憔悴”的模样，故以打包带回住处为多。去过的几家也不记其名，有一家因店名怪异，倒记住了，事实上就是因对店名好奇进去的。是一家连锁店，叫“CHICKEN TOILET”。TOILET 不是厕所吗？就算译作“化妆间”，与鸡何干？怕自己孤陋寡闻，问在美国的熟人是否还有别解，回说没有啊。问韩国学生，也都说不出所以然来。有次闲逛又经过那家店，一时兴起，遂进去究明真相。语言不通也不打紧，炸鸡一上桌就知道了，原来店名里的 TOILET，着落在装炸鸡的器皿上：他家不用盘子，用一种类似厕所蹲坑模型的家伙盛装。一桌一桌，食客喝他家的自酿啤酒，对着粉绿色的便池下筷子。首尔早见不着蹲坑了，这算是怀旧也未可知。但玩什么噱头不行？吃喝而有厕所的联想，这不是恶搞吗？不过别说，光顾的人还真不少。这创意，也算是对时尚的一种诠释吧？